CHEZ
NOS PETITS FILS

EUGÈNE FOURNIÈRE

CHEZ

NOS PETITS-FILS

PARIS

BIBL IÈQUE-CHARPENTIER
GÈNE FASQUELLE, ÉDITEUR
1., RUE DE GRENELLE, 11

1900

CHEZ NOS PETITS-FILS

I

LE CHIFFONNIER DE L'IDÉAL

— Votre socialisme à compartiments, où chacun devra s'encaquer par autorité supérieure, et dont nul ne devra bouger sous peine d'être mis hors la loi, tenez, Frizet, si vous le réalisiez là, tout de suite, je m'enfuirais au bout du monde.

Frizet, ainsi interpellé, leva doctement l'index, se recueillit un instant la bouche ouverte, puis articula de sa voix douce et menue :

— Ce bon Lagaline, comme il s'emballe !... Comprenez donc, mon cher : Chacun se trouvera si heureux dans son compartiment, que nul ne pourra même songer à le quitter. Tenez, un exemple : Notre hôte et ami, Pierre Davant, ici présent, est à l'aise dans sa petite maison entourée d'un vaste jardin ; il a réuni dans son domaine toutes les commodités de l'existence, et il ne songe nullement à le quitter. Pourquoi? Parce qu'il y est heureux, tout simplement

1

Pierre Davant eut un bâillement que son geste fatigué ne put dissimuler à temps.

— Lui ! s'écria Lagaline. Il s'ennuie comme un boutiquier retiré des affaires.

Le geste de Pierre se transforma en une vague protestation. Comprenant qu'il devait une excuse plus précise à ses amis, le bâilleur dit d'une voix dolente :

— Non. C'est mon estomac qui m'ennuie. Ces bâillement sont nerveux. Je ne devrais jamais discuter au sortir de table.

— Vous ne devriez même jamais discuter, fit une voix derrière lui. J'ajoute cela au régime que je vous ai prescrit.

— Docteur ! geignit Pierre en tendant la main au nouveau venu, si vous continuez, vous ne me laisserez rien de ce qui constitue l'existence.

— Pardon. Je vous laisserai la vie, dit le docteur en se versant un grand verre de bière fraîche.

Il ajouta, en s'asseyant sur le banc rustique :

— Vous êtes un bon client. Je tiens à vous garder, et vous ne me rendez pas la tâche facile.

Pierre Davant avait bien une mine à tenir en éveil la sollicitude de son médecin. Il était parvenu au dernier degré de l'étisie, et ses vêtements d'été, retombant en larges plis cassés, semblaient abandonnés sur le banc par la domestique négligente. Mais une face osseuse et blême vivait à leur sommet d'une vie intense, attestée par des regards de fièvre, et cette face communiquait un peu de

sa vie aux pans d'étoffe claire, agités de frémisse-
ments prolongés qui venaient mourir à la place
où devait se trouver le buste.

— Tenez, poursuivit le docteur en étendant le
bras vers Frizet et Lagaline, voilà ceux qui vous
tuent.

Frizet eut un sursaut de protestation indignée,
et Lagaline haussa les épaules.

— La lame use le fourreau, fit en riant celui-ci.

— Autant dire que la tête de notre ami Davant
est trop faible pour contenir un raisonnement,
dit Frizet.

— Notre ami Davant, riposta le docteur, n'équi-
libre pas assez sa vie. Il la consacre trop exclusivement à la pensée, et il ignore l'action, même
sous les humbles et salutaires apparences de la
bicyclette... Vous, Lagaline, docteur ès anarchie,
votre emploi d'inspecteur d'assurances vous oblige
à escalader cent cinquante étages par jour. Et
vous, Frizet, père de l'Eglise collectiviste, quand
vous avez pâli huit ou dix heures à corri-
ger les épreuves de journaux financiers et com-
merciaux, vous vous décrassez le cerveau dans
votre rêve promené à petits pas de l'imprimerie à
la gargote et de la gargote à votre logis. Vous mau-
dissez tous deux votre existence, dont les
meilleures heures sont vouées au labeur machi-
nal par lequel elle s'assure. Mais ce labeur ne
vous nourrit pas seulement : il vous sauve.
Rentiers comme Davant, inactifs comme lui,

vous seriez comme lui la proie vivante de votre rêve.

— Oui, c'est bien cela, fit Pierre. Je suis possédé de l'idée, de toutes les idées qu'agitent en chaos les esprits exacerbés de ce temps où tout se discute, se nie, s'espère, mais où rien ne s'affirme, ne se précise en réalités, sinon des choses et des idées point belles, et dont je suis bien heureux, en somme, que mon obsession détourne mes regards.

— Mais, sacrebleu! s'écria le docteur, il n'y a point d'idées sans faits. Comment, si affreux que vous les dites, ces faits d'aujourd'hui peuvent-ils engendrer des idées qui vous séduisent à ce point?

— Elles me séduisent et me torturent, les gueuses. Je vois en elles l'image embellie du réel, si répugnant à contempler. Mais, voilà! quand je veux les assembler en un décor d'harmonie, tout fiche le camp. Elles participent de la contradiction des faits qui les engendrèrent... Je rêve d'un ordre parfait, à la manière de Frizet...

— Bon! fit celui-ci.

— Et, patatras! Je m'aperçois que la liberté chère à Lagaline y meurt étouffée.

— Parbleu! s'exclama Lagaline.

— Alors, je relis Auguste Comte, qui prétendit marier ce grand Turc avec cette République de Venise, — et je m'embrouille bien davantage.

— Évidemment! conclurent ensemble les deux théoriciens, heureux de s'accorder un moment dans une haine commune.

— Lisez donc la vie, nom d'un chien ! hurla le docteur, exaspéré. Et, surtout, vivez-la.

— Je vis la mienne, répondit Pierre.

— La vôtre vous tue. Vivez celle de tout le monde, ne serait-ce que deux heures par jour. Occupez-vous, prenez une besogne régulière.

Pierre protesta :

— J'irais, moi qui ai des rentes, enlever le gagne-pain d'un malheureux !

— Faites la noce.

— Pouah !

— Mariez-vous.

Pierre étala sur le banc son décharnement et dit avec un rire amer :

— Je ferais, en effet, un mari assez présentable... Je trouverais femme, pardieu !... J'ai de l'argent... Je serais trompé, et ce serait bien fait pour moi.

— Etre trompé, ça occupe, fit le docteur, imperturbable.

Repris par le besoin de frotter leurs théories, Frizet et Lagaline discutaient à mi-voix. Frizet, petit, rond, têtu et doux, glissait poliment ses arguments, que Lagaline, grand, anguleux, capricieux et vif, lui rétorquait avec des rires secs. Cessant d'écouter le docteur, qui continuait d'affirmer la nécessité de trouver un dérivatif au rêve dominateur, Pierre suivait leur discussion, béant comme s'il entendait par la bouche. Furieux, le docteur éclata.

1.

— Vous ne voyez donc pas que ce malheureux Davant est entre vos théories comme l'âne de Buridan. Faites-vous de l'action, au moins chez vous?

Lagaline et Frizet protestèrent qu'ils ne faisaient que ça.

— Eh bien, reprit le docteur, donnez-lui à fabriquer des discours, des lois, des bombes, tout ce que vous voudrez... Arrangez-vous pour ça, mais occupez-le à quelque chose.

— Je veux bien, dit Pierre mollement. Mais voici la difficulté : Si j'agis avec Frizet, je lui opposerai les arguments de Lagaline, et, si j'écoute celui-ci, je lui ferai les objections de Frizet... Il en a été ainsi chaque fois que je me suis épris d'une doctrine ou d'une mode. Quand j'alignais des vers symboliques, Racine était mon livre de chevet, et quand je m'initiai au boudhisme et à la kabbale, Darwin et Büchner me hantèrent irrésistiblement. Le passé et le futur, le pour et le contre, le rêve et la réalité se battent dans mon cerveau, quoi que je fasse. Je crois savoir pas mal de choses, puisque j'ai le sentiment de celles que j'ignore; eh bien! je ne serais pas capable de donner mon avis sur une seule. Je n'ose plus rien dire, de peur de me tromper... Et vous me parlez d'agir!

— Toutes vos notions, toutes vos idées sont en vrac dans votre tête, dit le docteur. Si ce curieux méli-mélo pouvait se matérialiser, on apercevrait des bijoux d'or ciselé dans de vieilles savates, des soupirs de Beethoven et des rognures de saucisson, de la dialectique d'Hegel retournée en carmagnole par Marx et du sadisme de littéraille contemporaine, des vierges naïves et des batteries électriques... de quoi faire la fortune d'un tribun, d'un brocanteur et d'un académicien... Votre hotte est surchargée, ô chiffonnier de l'idéal, et c'est sous son poids que vos reins plient à craquer... Allons, flanquez-moi tout ça par terre, et faites votre tri.

Frizet et Lagaline, que cette déclamation un tantinet romantique n'intéressait point, étaient retournés à leur discussion. Cette fois, Pierre ne fit pas attention à eux. Le docteur venait de diagnostiquer son mal avec une telle précision, qu'il éprouva la souffrance aiguë du patient touché au point dolent par l'auscultation.

— Voilà bien exactement de quoi je souffre, soupira-t-il. Dénoncer un tel mal, c'est constater qu'il n'y existe nul remède... Car vous n'allez pas, j'imagine, me proposer l'amputation ? Vous ne supposez pas que je puisse me résigner à je ne sais quelle existence purement machinale : le cloître ou la vie mondaine !

— Faire le tri, murmura le docteur. Ce n'est pas impossible.

— Je m'en déclare incapable seul.

— Qu'en savez-vous ?

— J'ai essayé, et je n'ai fait qu'augmenter la confusion de mon lamentable bric-à-brac d'idées et de notions. Cette tentative, vingt fois répétée, a failli me rendre fou.

— Ce que vous n'avez pu faire seul, un autre ne le pourrait à votre place... mais il pourrait vous aider.

Pierre eut un balancement du corps qui fit flotter son vêtement trop large.

— M'aider à quoi? fit-il. A numéroter mon bazar! A me prouver, ce que je sais de reste, qu'il n'y a aucun parti à tirer de ces richesses et de ces ordures, dont je ne sais lesquelles me sont le plus inutiles et en même temps le plus précieuses ?...

— Qui sait ! reprit le docteur d'un air absent.

Puis, avec résolution :

— Croyez-vous à la suggestion ? fit-il.

— Comme je crois à tout. Et c'est parce que je crois à tout que je ne crois à rien.

— Bon. En tout cas, vous ne refuseriez pas de vous prêter à une expérience ?

— Cela dépend... Je crois voir où vous voulez en venir.

— Vous le voyez nettement... Votre grande préoccupation, à vous qui savez pas mal de choses sur le passé et sur le présent...

— Avec quelles lacunes, grands dieux !

— Ah ! si vous voulez encore surcharger votre hotte ! s'écria le docteur, impatienté.

Pierre fit un geste conciliant. Le docteur poursuivit :

— Vous seriez curieux, tout au moins, de savoir

ce que deviendra ce qui est, non pas dans sa réalité objective, cela est impossible, mais tel qu'il deviendrait s'il était réellement ainsi que vous le connaissez.

— Ce serait peu pour ma curiosité, mais ce serait toujours cela.

Puis, pris d'un scrupule, Pierre ajouta :

— Que serait-ce auprès de la réalité !

— Il est certain que, dans le rêve que je voudrais vous suggérer, vous n'inventeriez pas de nouveaux moteurs industriels, ni une nouvelle morale. Mais, tout au moins auriez-vous utilisé votre fonds et, qui sait ! bazardé vos rossignols. Voulez-vous tenter l'expérience ?

Pierre fit une moue de lassitude.

— Vous savez, reprit le docteur, que le temps et ses mesures n'existent que par rapport à nous. De même que le noyé, dans la minute où il sombre, a la faculté de revivre en pensée sa vie entière, de même, dans les quelque cinq minutes où je vous aurai endormi, je puis vous donner la faculté de vivre en pensée autant de jours et même de semaines qu'il vous plaira.

— Que vivre ? se demanda Pierre, non décidé encore, mais déjà fortement intéressé à ce drame d'idées dont son cerveau pouvait fournir le canevas et le théâtre.

—. L'avenir, parbleu ! répliqua le docteur. Ce que vous savez du passé et du présent est suffisamment coordonné dans votre esprit, et rien n'en peut combler les lacunes, sinon l'étude et la méditation. Or, je vous interdis formellement l'une et l'autre pour le moment. Appliquez ces éléments, tels quels, au devenir, tandis que je vous suggérerai les coordinations qui vous ont échappé jusqu'ici. Voulez-vous que nous essayions ?

— Faites, dit Pierre, prenant enfin sa résolution. Mais si, de mon excursion dans le futur, je reviens avec l'horreur de l'enfer sur ma face... je vous en avertis, je me tuerai, après avoir dénoncé à tous votre crime.

— Bah ! fit en riant le docteur. Il n'y a ni enfer ni paradis, pas plus dans le temps que dans l'espace.

En quelques passes magnétiques, il endormit Pierre, tandis que Lagaline et Frizet continuaient de discuter.

II

LE COIN DES ANCÊTRES

En s'éveillant, Pierre s'étira. Et ce geste eut
une conséquence inattendue : comme si le bras
de notre héros se fût allongé jusqu'au bout extrême de la chambre à coucher, les rideaux s'étaient
ouverts et les persiennes décloses, et le matin
d'un radieux jour d'été entrait à pleine et fraîche
lumière. Pierre jouit un instant de ce bien-être,
puis s'étonna, puis réfléchit. La contemplation
des dessins d'une tapisserie, répétés à l'infini, est
un précieux stimulant de la réflexion, à moins
qu'elle ne soit une excitation au vagabondage de
l'esprit. Il n'eut pas le temps de s'absorber, ni de
laisser s'égarer son esprit. Son regard venait d'être
frappé par une série de boutons numérotés, dont
le premier était légèrement enfoncé dans le mur.
Il s'étonna de n'avoir point encore remarqué ce
mécanisme, et pressa le second bouton. Aussitôt
lui parvint, de son cabinet de toilette, le chant de
la baignoire qui s'emplit.

— Si je presse le troisième bouton, pensa-t-il,
je vais me trouver transporté dans ma baignoire,

tandis que, dans le trajet, des mécanismes m'auront débarrassé de ma chemise et de ma flanelle.

Il s'amusa un instant de cette idée, d'ailleurs bouffonne, car il savait très bien que le troisième bouton servait à bercer de musique ses trop fréquentes insomnies ; de même qu'il n'ignorait pas l'usage du quatrième, signal d'alarme relié au poste du médecin de nuit, ressource suprême des gens surpris par un mal foudroyant et incapables de se traîner jusqu'au téléphone. Le cinquième, le bouton des paresseux, le fit sourire. Fi donc ! se faire apporter du chocolat au lit, quand on a passé une bonne et pleine nuit de vrai sommeil et qu'il y aura tant de délices à gagner de l'appétit par une promenade sous le jeune soleil de six heures !

Car il était six heures. Le cartel élégant qui décorait un des panneaux de la chambre le lui dit en une argentine gamme chromatique toute en demi-tons, coupés à la tierce d'une exquise et bizarre dissonnance d'un quart de ton. Fastidieusement, le cartel indiquait aussi le jour de la semaine, le quantième du mois, l'année, l'état du ciel et la température. En sorte que, s'il l'eût oublié, Pierre n'avait qu'à regarder le mur pour se rappeler qu'on était au matin du mercredi 2 juin 1999, que le baromètre était au beau fixe et que le thermomètre marquait seize degrés. Le chant de la baignoire ayant cessé, il courut se plonger dans l'eau tiède.

Soudain, une inquiétude lui vint : il était depuis la veille au soir sans nouvelles du monde extérieur. Le soleil était bien toujours à sa place, la maison et la baignoire aussi. Pierre également, puisque c'était l'heure de son bain. Mais il y a autre chose dans l'univers que le soleil, une maison sous ce soleil, une baignoire dans cette maison et un homme dans cette baignoire, cet homme se considérât-il comme le plus intéressant objet de l'univers. Pierre désira savoir ce que cette autre chose était devenue.

Le téléphonographe, sollicité, ne se fit pas prier, et le baigneur apprit que la soirée du personnel de l'assainissement avait été fort brillante. De jeunes égoutiers, la boutonnière ornée de la fleur à la mode, en avaient fait les honneurs avec une bonne grâce charmante ; un ordre parfait avait régné grâce à eux dans cette fête, à laquelle avaient pris part plus de vingt mille personnes. Les artistes de l'Opéra et de la Comédie-Française s'étaient surpassés. — Il apprit encore que Cécile de Crève-cœur, une descendante des ducs de ce nom, ouvrière en modes, renonçait à son union avec Arsène Canuche, professeur de mécanique céleste à l'observatoire libre de Montmartre. — Que l'Administration publique mettait en adjudication les gisements de cuivre récemment découverts dans le Haut-Oubanghi. — Qu'au cours de la représentation, un incendie avait anéanti le matériel du cinématophonographe de Grenelle, et

2

qu'heureusement il n'y avait eu nul accident de personne. — Que la dernière journée des fêtes du deuxième centenaire de Balzac avait été célébrée à Calcutta avec un éclat tout particulier. — Que la directrice du bureau des Relations extérieures était accouchée d'un petit diplomate bien constitué.

Pierre interrompit le mécanisme et téléphona.

— Rien qui me concerne personnellement ?

— Si fait, répondit-on. A trois heures, réunion de la septième section du Syndicat de l'enseignement.

— Merci de me l'avoir rappelé. Est-ce tout ?

— Non, attendez... Ah ! voici : La *Gazette de Pékin* publie une analyse de votre ouvrage sur la *Moralité des fourmis*. Deux colonnes de texte serré. Recevrez par le courrier de sept heures une traduction certifiée.

— Mille grâces, mademoiselle. Je baise vos jolies mains.

— Article 27 du règlement : « Les abonnés sont priés de ne pas converser avec le personnel du téléphone sur des sujets étrangers au service. »

Un frais éclat de rire vibra aux oreilles de Pierre, puis, crrch... crrch... l'appareil se tut. Pierre sortit du bain et s'habilla avec des soins, une coquetterie qu'il ne se connaissait pas. Hésitant entre plusieurs cravates, il regarda alternativement le ciel et ses vêtements, et finalement se décida pour une nuance assortie. Il allait prendre son chapeau et sa canne, quand une sonnerie l'avertit d'une visite.

— La ménagère ! prononça un cornet acoustique, ouvragé en masque de théâtre.

— Bon ! elle peut entrer, répondit-il en soufflant sous le nez du mascaron.

La ménagère entra, suivie d'une autre jeune fille. Pierre les salua courtoisement, puis s'étonna.

— La citoyenne ?... fit-il en regardant la seconde venue.

— Louise Ducharme, dit la ménagère. Si vous l'agréez, elle me remplacera à partir de demain.

— J'accueillerais avec plus de plaisir encore une aussi gracieuse personne, si je n'avais le chagrin de vous perdre.

— Ma chère Louise, dit la ménagère à son amie, le citoyen Davant est le type du vieux Français galant.

— Puis-je savoir pourquoi vous me quittez? dit Pierre à la ménagère.

— Et pourquoi je quitte le métier ? Oui. Il y avait une place vacante à l'Institut gastronomique, et je l'ai obtenue après un examen assez rude.

— Mes compliments, citoyenne.

— Peuh ! fit-elle en secouant la descente de lit par la fenêtre, tandis que sa compagne époussetait les meubles. Ça me revenait bien. J'ai passé deux années à l'École de Chimie.

— Et quel était votre morceau de concours ?

— Le *Rêve de Berthelot*. Une pastille grosse

comme un pois, fondante comme du chocolat et
qui nourrit pour vingt-quatre heures.

— Bah ! Et vous n'avez pas pris de brevet ?

— Non, répondit Louise. Avec cette pastille,
on peut rester vingt-quatre heures sans nourriture,
mais non s'alimenter d'une manière continue.

— Bon, l'invention n'est pas encore au point.

— Elle le sera un jour, affirma la ménagère.

— Pauvres nous ! s'écria Pierre. Quoi ! renoncer à la bonne odeur des plats, qui éveille et surex-
cite l'appétit !

— Rassurez-vous, dit-elle. Je ne travaille pas
à vous priver d'une telle joie. C'est aux malades que je songe, à ceux qui ont perdu l'appétit,
et qu'il faut sustenter... Tenez, ceux à qui on a
dû faire l'ablation de l'estomac... eh bien, actuellement, on les conserve six mois, un an au plus...
Avec mes pastilles, on pourra peut-être les mener
jusqu'à la plus extrême vieillesse.

— Peut-être ? fit Pierre. Vous avez la vraie modestie du savant.

— Hisse ! cria la ménagère en enlevant le
matelas au moyen d'une poulie suspendue au
plafond et en le battant avec force. Puis elle le
laissa retomber sur le lit et alla prendre les draps
sur l'appui de la fenêtre.

— Vous êtes ménagère depuis longtemps, citoyenne ? demanda Pierre à Louise, qu'il voyait
manier le balai assez gauchement.

— Vous remarquez ma maladresse, répliquat-elle. Bah ! je m'y ferai vite, et vous n'aurez pas trop à en souffrir. Le métier s'apprend aux dépens du travail.

— Ce n'est pas moi qui me plaindrai, protesta Pierre.

— J'ai pris cet état parce qu'il n'occupe que la matinée.

— Vous achevez des études ?

— Oui, citoyen... Jugez plutôt.

Et, sautant au piano, elle régala Pierre d'une sonate, puis reprit son balai.

— Mais c'est fort bien, dit-il très sincèrement.

Louise fit une petite moue :

— Oui, je ne suis pas une mauvaise exécutante. Mais je suis encore très faible en composition.

Elle soupira :

— Il faudra peut-être que je me remette aux mathématiques.

La ménagère poussa un cri de frayeur. Pierre et Louise se tournèrent vers elle et la virent immobile, suivant du regard une petite araignée qui trottait vers la fenêtre de toute la vitesse de ses six pattes. Elle eut un peu honte de sa sottise.

— C'est plus fort que moi, dit-elle avec un rire contraint. Je me tiens fort bien devant une table de dissection ; j'ai aidé, sans broncher, comme infirmière, des chirurgiens dans des opérations dont le récit, seul, donnerait la chair de poule ; et... je ne puis supporter la vue d'une araignée.

— Ma chère ! cria Louise, très émue.

Déjà revenue à elle, la ménagère s'aperçut du trouble de sa compagne, plus grand que le sien. Elle se précipita vers elle, et s'arrêta interdite en la voyant fondre en larmes.

— Il m'arrivera un chagrin aujourd'hui, gémit Louise.

— Il est tout arrivé, dit Pierre, puisque vous pleurez.

— Non, vous dis-je, il arrivera... Oh ! ça ne m'a jamais trompée.

Pierre observa que, si la cause des larmes de sa nouvelle ménagère était infiniment absurde, une telle douleur n'en méritait pas moins compassion. Louise, d'ailleurs, savait pleurer très sincèrement, sans faire grimacer son joli visage. Cessant de plaisanter, il entreprit de raisonner. Il se heurta à un cerveau rebelle, absolument clos, et s'en étonna.

— C'est ainsi, dit-elle... Il y a des choses sur lesquelles ma raison cède au sentiment.

Puis, un peu remise, elle ajouta :

— C'est le coin des ancêtres... Nous l'avons tous dans un repli de notre cerveau.

— Salutaire leçon de modestie ! conclut la ménagère, qui prit congé de Pierre, le travail étant terminé, et emmena sa compagne faire l'appartement du vieux célibataire dont le *home* était adossé à celui de notre ami.

Resté seul, celui-ci tourna un instant dans la

chambre, et se décida enfin à sortir. En fermant la
porte, il murmura :

— J'aurais aimé que la part de mystère qui
émeut cette jeune âme d'artiste fût de qualité
moins triviale.

Et donnant l'essor à la légère automobile qui
l'emportait vers Paris, il songea :

— Artiste et ménagère... Son rêve ne peut revê-
tir que des formes inférieures. Si elle produit son
œuvre, cette œuvre fera revivre l'âme simple des
ancêtres. Ce sera bien ainsi. Cela marquera une
halte dans notre course furieuse vers la complexité... Pour cette raison, et pour d'autres plus
personnelles, je lui montrerai de la bienveillance.

III

Après une promenade dans le bois de Pantin, où, depuis une quarantaine d'années, les massifs et les taillis avaient remplacés la forêt fumeuse des cheminées d'usines qui naguère infectaient Paris, Davant s'arrêta au pavillon rustique des Quatre-Chemins, remisa son automobile, et, tout en déjeunant d'œufs frais et de lait, il consulta son carnet.

« A dix heures, jury ». Pas de chance. Une corvée judiciaire, c'est-à-dire attristante, pour commencer une si belle journée. Pierre souhaita que l'inculpé eût le bon esprit de le récuser. Mais une telle chance n'était pas à espérer, le coupable et son juge ne se connaissant certainement pas. Les œufs parurent moins frais et le lait moins doux au jeune homme. L'idée de se pencher sur le malheur de son semblable le faisait souffrir, comme d'une indiscrétion qu'on le forçait de commettre, et une sorte de pudeur le prenait. Et, aussi, un scrupule : « En quoi suis-je meilleur que cet homme ? Mis à sa place par les circonstances, me fussé-je gardé de commettre le méfait qu'on lui reproche ? » Il eut besoin de se rappeler l'équité des principes juridiques modernes, et la liberté qu'ils laissent au juge dans le sens de l'humanité, pour calmer un peu les inquiétudes de sa conscience. Il se remémora les temps d'horreur où les jurés, contraints de se défendre contre les juges et de ruser avec la loi, étaient réduits à rendre des verdicts mensongers pour éviter l'iniquité.

Une voix bien connue frappa soudain son oreille. C'était la voix de Lagaline.

— Non, non, et non ! clamait-elle. La liberté ne consiste pas dans les mouvements réglés par la loi. Si je ne puis suivre mon caprice et ma fantaisie jusqu'à leurs plus extrêmes limites, je ne suis pas libre.

Une autre voix, également bien connue, celle de Frizet, répondait, douce et posée :

— Soit, pour un instant. Mais j'aimerais à connaître ces limites.

— Pour m'y enfermer ! De par la loi !...

— Non. Pour savoir si elles n'empiètent pas sur mon domaine.

Pierre demeura un instant effaré. Il se rendait compte de l'état de songe où l'avait plongé le docteur, et il se demandait s'il n'allait pas se réveiller et se retrouver sous la charmille de son jardin, tiraillé entre l'anarchie de Lagaline, le collectivisme de Frizet et son propre doute. En cette seconde d'anxiété, il eut un regret pour Louise. Mais, s'étant penché, il aperçut, derrière une colonne de bois non équarrie, les éternels disputeurs acharnés à leur sujet favori, et il se rassura un peu, sans savoir pourquoi. Sans doute, l'effet de la colonne de bois non équarrie. Il voulut plus de certitude, pourtant, et il les appela par leur nom. Ils répondirent par un joyeux cri de surprise, et, deux secondes après, ils étaient attablés devant lui.

Pierre sentit qu'il ne serait pas convenable de leur parler des disputes du siècle passé — ou de l'heure précédente, il ne savait au juste, —.et il se demanda ensuite comment il l'eût pu faire, puisqu'à présent il ne se rappelait plus rien. Et il trouva très curieuse cette amnésie subite ; il trouva encore plus curieux qu'il pût s'en rendre compte. Dans sa distraction ahurie, cette affectueuse niaiserie lui monta aux lèvres :

— Ces chers amis !

Ils pressèrent les mains qu'il leur tendait, et parurent étonnés de son étonnement. Ils se regardèrent comme pour se communiquer leur impression, tandis que Pierre cherchait une phrase qui pût les intéresser, et surtout leur prouver qu'il était aussi éveillé qu'eux, aussi réel qu'eux. Il ne trouva qu'une plaisanterie, qu'il jugea stupide, mais qu'il lança tout de même, pour entendre sa voix, pour entendre la leur, pour faire cesser sa gêne, pour faire cesser leur étonnement :

— Ainsi, depuis que vous les heurtez l'un contre l'autre, vous n'avez pas encore fêlé vos crânes et transvasé mutuellement ce qu'il y a dedans?

— Que faire avec un vieux réac comme Frizet, dit Lagaline en riant. Les imprimeurs ont toujours été ainsi; oui, dans tous les temps : pour eux le monde, les faits et les idées, ça n'a jamais existé que sur le papier.

Pierre fut satisfait d'apprendre, sans l'avoir demandé, que Frizet était toujours correcteur d'imprimerie. Celui-ci souriait, de son air doux. Il leva un doigt, ouvrit la bouche, se recueillit un instant dans cette attitude, puis :

— Vos fantaisies et vos caprices, eux non plus, n'ont jamais existé que sur le papier, dit-il. Je vous ai toujours mis en demeure, mais vainement, de m'en indiquer un qu'il vous fût loisible de satisfaire...

— ... Sans gêner la liberté de mon voisin, interrompit Lagaline. Je connais la ritournelle.

— Et vous ne m'avez jamais indiqué que des absurdités inutiles, ou dangereuses pour les autres et pour vous.

Pierre coupa la réplique que Lagaline s'apprêtait à faire.

— Déjeunez-vous avec moi? demanda-t-il aux deux amis.

Comme d'habitude, ils parurent hésiter, réfléchir, craindre d'être indiscrets. Puis, comme d'habitude, ils acceptèrent. Comme d'habitude, Pierre se dit que l'espérance d'un bon repas n'était pour rien dans leur acceptation, car Frizet était d'une sobriété et d'une frugalité remarquables, et Lagaline, vigoureuse fourchette, n'avait pas de plus grand plaisir que de traiter ses amis avec une magnificence qui dépassait ses modestes ressources. Il se réjouit de constater que rien d'essentiel n'était modifié en eux.

— Si nous passions la journée ensemble? ajouta-t-il. Nous irions d'abord au Palais-de-Justice. Je suis du jury.

— Moi aussi, dit Frizet en consultant sa montre, qu'il caressa un instant du regard.

— Oui, mais, moi, je n'en suis pas, fit Lagaline. Et comme je n'entre jamais dans cette jugerie sans me mettre en colère, j'aime mieux vous fausser compagnie, aller à mes occupations et vous retrouver à midi.

— L'affaire d'aujourd'hui est pourtant bien intéressante, dit Frizet.

— Ce sont les plus intéressantes qui m'exaspèrent le plus, répliqua Lagaline.

— Oh! vous, tout vous exaspère.

— Et vous, tout vous satisfait.

Pierre intervint.

— Qui juge-t-on? demanda-t-il. Et pour quel crime?

Frizet répondit :

— Comment, vous ignorez!... Mais on ne parle

3

que de cela partout... Tourlac, mon cher ami! On juge Tourlac... Vous l'avez connu.

— Le trésorier du syndicat des Petits Moteurs ?

— Juste. Vous ne vous rappelez pas l'affaire ?

— Oui, oui, vaguement, fit Pierre. Il a détourné les fonds du syndicat pour faire la noce, n'est-ce pas ?

— C'est cela... Lagaline va sans doute nous prouver que Tourlac a bien fait de prendre cette... liberté avec la caisse des camarades.

— Ne me faites pas dire des bêtises, grogna Lagaline. Si le syndicat, pourtant, n'avait pas eu de caisse...

— ...Tourlac n'aurait pas été caissier, évidemment, dit Pierre en riant.

— Et Tourlac n'eût pas mis la main dedans, reprit l'anarchiste imperturbable.

— Oui, mais Tourlac n'eût pas eu les moyens de satisfaire sa passion pour la belle Pomponnette, compléta Frizet.

Lagaline se récria.

— Pardon, fit-il. Quand il n'y aura plus ni caissiers, ni caisses, ni argent, les Pomponnettes seront bien forcées d'exercer leurs talents pour l'amour de l'art.

— D'accord, répliqua Frizet, mais si les Tourlacs ne plaisent pas aux Pomponnettes, les Tourlacs se brosseront.

— Bah ! il y aura toujours des Pomponnettes pour les Tourlacs.

— Et des Tourlacs pour des Pomponnettes, ajouta Pierre. En route!... l'audience est pour dix heures.

Il fit monter ses amis dans sa voiture, où ils continuèrent leur dispute. Si bien que, lorsqu'on fut devant la grille du Palais-de-Justice, Lagaline n'entendit pas Pierre qui lui disait :

— Puisque vous ne voulez pas assister à la « jugerie », comme vous dites, je vous laisse la voiture; vous viendrez nous reprendre à midi précis.

Accroché à la manche de Frizet, Lagaline le harcelait d'arguments pressants. Pierre, alors, enraya l'automobile et rejoignit nos disputeurs sur le grand escalier au moment où Lagaline s'écriait avec exaspération :

— Ainsi, voilà un homme qui vit depuis plusieurs semaines dans l'ombre d'un cachot, soumis à l'inquisition d'un magistrat. Et, brusquement, vous le lâchez affaibli, démoralisé, ahuri, au grand jour de l'audience publique!

— Mais pas du tout! se récria Frizet. D'où venez-vous donc, et de quel pays barbare nous parlez-vous? N'oubliez donc pas, mon cher, que l'on ne critique bien que ce que l'on connaît bien. Relisez la Constitution: sauf le cas de danger avéré pour l'ordre public ou pour le prévenu, la détention préventive est abolie.

— On voit d'ailleurs certains criminels la demander pour échapper aux fureurs de la foule, ajouta Pierre. Et même aussi certains délinquants, afin de pouvoir se recueillir et préparer à loisir leur défense.

Comme nos amis entraient dans la salle d'audience, le président procédait à l'appel des jurés par voie de tirage au sort. Pierre Davant et Frizet furent désignés et allèrent prendre leur place.

Trois petites tables garnissaient le prétoire. A celle du milieu était assis le juge, faisant fonction de président. A celle de droite se tenait l'avocat de la République, et à celle de gauche l'avocat du prévenu. Dans une stalle contiguë à la tribune des journalistes, faisant face à la tribune du jury, se tenait l'avocat de la partie civile, la Caisse nationale des assurances étant intervenue au procès pour faire valoir ses droits.

Pierre songea que l'avocat de la République eût pu se charger des intérêts de la Caisse nationale, et il se promit de proposer dans un journal que dorénavant les services et les intérêts de l'Etat ne fussent plus représentés dans les tribunaux que par l'organe unique du ministère public.

La parole fut donnée à l'avocat de la République pour formuler l'accusation. Tourlac, assis devant la table où se tenait son avocat, écoutait, très ému, cette lecture que faisait jadis un greffier. L'accusé était un gros garçon sanguin, aux yeux brillants. Aux passages saillants de l'accusation, ses joues rouges se marbraient, et ses yeux se voilaient de larmes. Sa lecture terminée, l'avocat de la République dit simplement :

— Je me réserve, selon mon droit, d'intervenir au cours de la discussion, si les faits que j'ai allégués sont contestés, ou pour poser aux témoins telles questions que je croirai utiles à la manifestation de la vérité.

Interrogé par le président, l'accusé reconnut l'exactitude des faits qui lui étaient imputés. Le ton calme et mesuré des débats, où sombrait l'honorabilité d'un malheureux, était plus poignant que les plus dramatiques effets d'audience dont Pierre avait lu les ridicules comptes rendus dans la collection deux fois séculaire de la *Gazette des Tribunaux*.

Le premier témoin entendu fut l'administrateur du syndicat lésé. Il raconta de quelle manière avaient été découverts les vols commis par le trésorier. Il voulut s'apitoyer sur lui-même et insister sur la confiance amicale qu'il n'avait cessé de témoigner à l'accusé ; le président l'arrêta net et lui fit observer que la confiance aveugle qui s'excuse par l'amitié est presque une forme de la complicité.

— Ne parlez pas de votre amitié pour l'accusé, lui dit-il, puisqu'elle a été si peu vigilante.

Le témoin allait se retirer, assez penaud, lorsque l'avocat de Tourlac lui posa cette question :

— A quelle époque remontent les premiers détournements?

— A un peu plus de trois ans.

3.

L'avocat remercia et prit note de la réponse.

Le second et dernier témoin fut l'expert-comptable commis par le parquet à l'examen des livres et de la caisse du syndicat. L'avocat lui posa la même question et reçut la même réponse.

Alors, l'avocat de la République intervint.

— Constatez, citoyens jurés, dit-il, que vous n'avez point affaire à une victime d'un entraînement passager. Pendant trois ans et demi, Tourlac, abusant de la confiance qu'on avait en lui, a puisé dans la caisse syndicale. Vous êtes donc en présence d'un cas d'endurcissement dans la récidive qui appelle vos plus extrêmes sévérités...

A ces mots, le juge l'interrompit :

— Le ministère public n'a pas le droit de parler sur la pénalité qui peut frapper l'accusé, dit-il d'un ton ferme ; il doit se borner à constater les faits qui établissent l'accusation et fixent le degré de culpabilité.

Un murmure de satisfaction courut dans l'auditoire, et Lagaline lui-même fut forcé de convenir que ce gros juge-là présidait bien, c'est-à-dire avec impartialité.

L'avocat de Tourlac se leva et dit :

— Je n'entends pas seulement soustraire l'accusé aux conséquences pénales de ses actes, mais encore le décharger des obligations civiles, c'est-à-dire des réparations du dommage causé, et qui semblent lui incomber. Douze mille francs ont disparu de la caisse dont il avait la gestion, dont

par conséquent il avait la responsabilité. Dès lors,
il semble que la revendication formée contre lui
par la Caisse nationale des assurances soit fondée
et légitime. Mon client n'a donc qu'à s'engager à
lui rembourser cette somme sur ses gains futurs,
car le syndicat s'est assuré à elle contre le vol, il
a payé régulièrement ses primes, et, de son côté,
la Caisse nationale n'entend point renoncer à ses
droits, affirmés ici par sa qualité de partie civile.
Mais, et c'est à elle que je m'adresse à présent, il
a été constaté par le témoignage, ou plutôt par
l'aveu de l'administrateur du syndicat, confirmé
par le dire de l'expert, que les détournements
s'espacent sur une durée de plus de trois années,
c'est-à-dire sur quatre exercices. Or, trois de ces
exercices n'ont pu être clos qu'après vérification.

A ce moment, l'avocat de la Caisse dit simplement, sans se lever :

— Le défenseur a raison. Nous abandonnons
la poursuite civile contre Tourlac en ce qui concerne les exercices clos.

L'administrateur du syndicat voulut protester.
L'avocat de la Caisse haussa les épaules.

— Soit, fit-il. Assignez la Caisse. Mais tant
qu'on n'aura pas établi l'assurance contre l'incu-
rie administrative, nous ne paierons pas.

L'avocat de Tourlac reprit :

— Cet incident a éclairé le jury, je crois, et
nous voici d'accord, en principe et en fait, sur la
réparation qui peut être exigée de mon client par

ceux qu'il a lésés. Il nous reste à fixer le caractère social, c'est-à-dire humain, de cette affaire. Je
me bornerai pour cela au véritable argument, à
l'argument capital. Regardez-moi ce gros gaillard
au sang chaud, à l'œil émerillonné, et demandez-
vous s'il a une mine de caissier. En l'attachant à
une caisse, le syndicat a commis une grave impru-
dence, j'allais dire une véritable provocation.
Autant valait attacher un chien à un gigot. Chacun
à sa place, citoyens jurés, et les choses iront bien.
Remettez-moi ce vigoureux mécanicien à l'étau,
faites-lui dépenser son excédent de vigueur aux
rudes besognes manuelles, au lieu de les replier
dans de fades occupations de bureau, et, placé
dans son milieu, il sera un être normal. Certes, je
le blâme autant que vous de n'avoir pas su résister aux tentations. Mais cela prouve qu'il n'é-
tait pas apte à la fonction qu'on lui avait assi-
gnée. L'eût-il volontairement choisie, cette
fonction, on ne devait pas la lui confier. En la lui
confiant, on n'a même pas rempli les conditions
de responsabilité qu'on assumait: on ne l'a pas
contrôlé. Et c'est cette absence de contrôle, c'est
cette confiance imprudente qu'on allègue contre
lui! Songez qu'il n'a pas été seulement encouragé
par une impunité de plusieurs années, mais encore
et surtout par l'insouciance qui lui assurait cette
impunité. Je demande l'acquittement de Tourlac.

— Il a raison en principe, grommela Lagaline.
Mais c'est tout de même un peu raide.

Le juge se leva :

— Voici, dit-il, les questions sur lesquelles je demande au jury de se prononcer : 1° Tourlac remboursera-t-il intégralement les sommes qu'il a soustraites au syndicat des Petits Moteurs ? 2° Les remboursera-t-il à la Caisse d'assurances ou au syndicat ? 3° Sera-t-il tenu de ne rembourser que les sommes soustraites au cours de la présente année ? 4° Est-il passible des pénalités qui frappent l'abus de confiance ?

Un juré se leva après avoir demandé d'un signe la parole.

— Pardon, citoyen président, fit-il, il me semble que ces quatre questions, fort bien posées, à mon sens, devraient être précédées de cette question essentielle et primordiale : « Tourlac est-il convaincu d'avoir commis le délit d'abus de confiance ? »

Le juge répondit :

— C'est, en effet, la question qu'il eût fallu d'abord poser, si l'accusé avait nié les faits qui lui sont imputés ; de même que, s'il avait discuté le montant des sommes soustraites, il eût fallu poser une question spéciale sur ce chef.

— Cependant, objecta le juré, cette question préalable que vous ne posez pas est une garantie pour l'accusé, et aussi pour la conscience du juge.

— Autrefois, même dans le cas où l'accusé reconnaissait la matérialité des faits, cette ques-

tion était pour lui une garantie, parce que, à cette .
époque, les questions qui suivaient inévitablement
celle-là eussent mis les juges dans l'obligation de
rendre un verdict dont les conséquences pénales
étaient sévères jusqu'à l'injustice. La réponse
négative sur le point de la culpabilité les dispen-
sait alors de répondre aux questions suivantes, et
l'équité s'obtenait aux dépens de la justice, par la
négation du fait matériel, avéré et patent, c'est-à-
dire par ce que j'appellerais une chinoiserie, si je
ne me rappelais à temps les admirables*progrès
accomplis dans tous les sens par un peuple dont
notre fausse science de jadis avait sottement prononcé la condamnation. Nous n'avons, heureusement, plus besoin aujourd'hui de recourir à de
tels mensonges pieux pour accorder ensemble la
justice et l'humanité.

Satisfait de son speach, le juge fit un court
silence et reprit :

— Un juré demande-t-il encore la parole?

Le banc du jury resta muet. Le président, alors,
tira sa montre et commença l'appel pour le prononcé du verdict. Au premier nom, le juré désigné se leva, se dirigea vers la porte du fond et
disparut. Au bout de cinq minutes, le président
appela un deuxième nom, et un deuxième juré
sortit. Et ainsi de suite, de cinq minutes en cinq
minutes, jusqu'au douzième juré.

— Ils passent tour à tour dans le cabinet de
réflexion, dit à Lagaline son voisin. Il faut qu'en

cinq minutes le juré, laissé en délibération avec
sa conscience, ait rédigé son bulletin. Oui ou non
sur chaque question, rien de plus.

— Huissier, fit le président quand cinq minutes se furent écoulées après la sortie du douzième
juré, allez chercher l'urne et priez le jury de reprendre place à l'audience.

Cet ordre exécuté, le plus âgé et le plus
jeune des jurés allèrent s'asseoir aux côtés du
président et l'aidèrent à dépouiller et à enregis-
trer le verdict, puis ils regagnèrent leur place.
Le plus âgé y demeura debout et lut à haute et
intelligible voix :

— « Voici le verdict rendu au nom du Peuple
français par le jury de la Seine régulièrement
convoqué et dont les membres siégeant ont été
désignés par le sort :

« Tourlac remboursera à la Caisse nationale
d'assurances la somme de trois mille cinq cents
francs, montant des détournements commis par
lui, dans la présente année, au préjudice de la
Société des Petits Moteurs ;

« Tourlac est déclaré passible des pénalités qui
frappent l'abus de confiance ; il bénéficie de la
minorité de faveur, le tiers du jury s'étant prononcé pour la négative. »

Le juge consulta le Code et prononça son jugement, que la sténographie recueillit. Tourlac,
par ce jugement, dont les considérants étaient on
ne peut plus sévères pour l'administration du

syndicat, était condamné au remboursement prescrit par le jury, à la privation de ses droits civiques pendant cinq années et à l'affichage du jugement dans le département de la Seine.

Le malheureux, ainsi frappé publiquement de déchéance, s'arracha aux consolations de son défenseur et s'en alla éperdu, poursuivi par sa honte plus que par son remords.

IV

UN PAPE SOUS UNE AUTOMOBILE

L'automobile montait à une bonne vitesse l'avenue Auguste-Comte, que quelques bonnes vieilles gens s'entêtaient encore à appeler le boulevard Saint-Michel ; en quoi ces attardés avaient grandement tort, attendu que, sur cette voie de sapience parcourue par tant de générations d'écoliers, si l'on ne contemple plus l'archange terrassant le démon, on y peut voir une voiture mécanique renverser un pape dans la poussière.

Voici comment la chose était advenue : Nos amis pressés par la faim, avaient accéléré l'allure, sans pourtant dépasser le maximum fixé par les règlements, et, grâce à l'habileté de Pierre, ils étaient arrivés sans encombre au carrefour Cluny. Le chemin étant libre, Pierre ne crut point devoir ralentir. Mais à ce moment passait sur la chaussée un petit vieillard au pas hésitant, à l'allure dépaysée. Pierre songeait à l'éviter par un léger virage. Mais on eût dit que le vieillard cherchait son destin. Changeant de route, il alla se jeter sur l'automobile, ou plutôt dessous. Les

4

passants qui avaient vu l'accident poussèrent un
cri. Pierre aussi avait vu. Il arrêta net la machine, tandis que Lagaline et Frizet sautaient à
bas de la voiture. Le bonhomme gisait à côté dés
roues. Ils le relevèrent, le tâtèrent, le frottèrent.
Il les laissait faire sans paraître comprendre,
les yeux effarés.

— Je n'ai aucun mal, dit-il, quand il fut revenu de sa stupeur.

Puis il se baissa en gémissant:

— Mon chapeau! fit-il.

Lagaline se glissa sous les roues de la voiture
et en tira une galette informe, qui apitoya les
passant attroupés.

Naturellement ceux qui n'avaient rien vu criaient
le plus fort et, très affirmatifs, juraient que l'automobile allait d'un train désordonné. Pierre,
très calme, rangeait la machine contre le trottoir,
tandis que ses deux amis faisaient asseoir le
vieillard sur un banc.

— Mon chapeau! gémit-il encore.

— Vous ne l'aviez pas assuré? demanda Pierre
en venant à lui.

— Je ne connais rien à ces choses, répondit-il
doucement.

— Qu'à cela ne tienne. Je suis assuré contre
les accidents que peut causer ma voiture. Cela
reviendra au même pour vous.

Apercevant un urbain qui s'était avancé dès
qu'il avait vu l'attroupement, Pierre lui dit:

— Citoyen, voulez-vous verbaliser?

— Volontiers, fit l'urbain en portant légèrement les doigts à sa casquette d'uniforme, insigne de sa fonction. Les témoins?

Deux citoyens, sans sortir du cercle formé par l'attroupement, vinrent déclarer que les voyageurs n'étaient pas en faute et qu'on se trouvait en présence d'un accident involontaire.

— Évidemment, fit l'urbain. Je ne crois pas que le vieux citoyen ait voulu se suicider. Seulement il n'est pas familiarisé avec les rues de Paris.

Et s'adressant au vieillard :

— Vous auriez dû m'appeler. Je vous eusse aidé à traverser la chaussée. C'est mon devoir.

Tout au désastre de son chapeau, l'interpellé ne répondit pas. L'attroupement se dissipait. L'incident, en voie d'arrangement, n'intéressait plus personne, et chacun retournait à ses affaires. Les témoins signèrent la déclaration, après avoir établi leur indentité. L'agent urbain parapha et timbra le papier, qu'il remit au vieillard.

— Avec ceci, lui dit-il, le magasin municipal vous remplacera votre chapeau.

Le vieux prit machinalement le papier, tout en continuant de serrer sur sa maigre poitrine les débris de son couvre-chef. Il ne paraissait point avoir compris. Pierre s'en aperçut et lui dit :

— Citoyen, nous devons partager le souci que vous cause ce petit accident. Voulez-vous me permettre de vous conduire au magasin où l'on vous

.remettra un chapeau neuf en échange de celui-
ci?

· En quelques instants, la voiture les transporta
aux magasins de la rive gauche, dans un immense hall absolument semblable aux halls d'attente des chemins de fer. Des voitures, des voi-
turettes, des tricycles de toutes formes évoluaient,
les uns pour accoster, les autres pour démar-
rer, parmi les appels entrecroisés des hommes de
service criant des noms ou des numéros. Sur le
trottoir, très large, qui encadrait la piste, dans
les quatre galeries de fer qui s'étageaient au-
dessus du trottoir, un peuple affairé, où dominaient les notes brillantes des costumes féminins,
se mouvait en tous sens dans un chatoiement de
couleurs et dans un murmure de voix adoucies
par la distance. Des flâneurs, accoudés aux
balcons ouvragés avec art, contemplaient le
grouillement des véhicules. Dans un va-et-vient
incessant, des ascenseurs, vastes comme des
paliers, transportaient des foules aux divers
étages de l'édifice. Les murs des galeries étaient
tendus d'étoffes de toute nature et de tous
les tons, aux balustrades étaient suspendus
des tapis de toute espèce et de toute provenance.
De larges baies s'ouvraient sur les galeries, laissant apercevoir d'immenses salles ornées plutôt
que pourvues de marchandises d'une richesse et
d'une diversité merveilleuses. Aux piliers des
ascenseurs, élégantes colonnettes de métal histo-

torié, s'encastraient à hauteur de l'œil des pancartes donnant à l'acheteur toutes les indications nécessaires pour trouver rapidement son chemin dans ce formidable tumulte ordonné et faire chóix des objets dont il avait besoin.

— C'est plus grand que Saint-Pierre de Rome, murmura le pape en levant les yeux vers le dôme quadrangulaire hardiment projeté vers le ciel.

— J'avoue que c'est aussi moins beau, répondit poliment Frizet.

— Et, quoique plus vaste, moins grandiose, ajouta Lagaline.

Pierre avait consulté la pancarte. Il poussa ses compagnons vers l'ascenseur, et, en quelques secondes, ils se trouvèrent transportés au quatrième étage.

— Les chapeaux sont au sommet de la maison, dit-il en riant.

— Comme ils sont au sommet de l'individu, fit le pape. C'est pourquoi je porte à mon chapeau l'unique signe extérieur que j'aie conservé de la puissance pontificale.

Et, montrant les débris de son couvre-chef, il ajouta:

— Ce triple liseré jaune, voilà tout ce qui reste de la resplendissante tiare des Grégoire VII et des Innocent X.

Ils étaient arrivés au rayon des chapeaux. Autour d'une masse d'acheteurs et de visiteurs, tourbillonnait un essaim d'employés des deux

sexes dans une salle spacieuse et de forme
élégante où étaient réunies toutes les variétés de
coiffures masculines imaginables. Pierre happa
un jeune homme qui semblait quêter de l'occupation et, celui-ci s'étant retourné, notre ami
poussa un cri de joie.

— Comment, c'est vous, Darly !
— Pierre Davant ! s'écria l'interpellé.
— Vous avez quitté la médecine ?
— Oui. Je n'ai pu résister aux fatigues de
cette profession, répondit Darly. Et, surtout, je
vivais dans une angoisse continuelle. Le malade
dont je venais de quitter le chevet me suivait au
chevet du malade suivant, et mon diagnostic sur
celui-ci était troublé par le scrupule du diagnostic incomplet ou erroné sur celui-là. Au
bout de ma journée, j'avais collectionné ainsi tant
de scrupules, et mes clients me hantaient à un tel
point que, ne pouvant trouver repos ni sommeil, je
courais toute la nuit et refaisais mes visites de la
journée. Finalement, je serais devenu plus malade
qu'eux tous. Ici, dans cette activité purement
mécanique, sans autre souci que celui du moment, je me refais des muscles et je calme mes
nerfs. Mais ceci est provisoire, et mes longues
études médicales ne m'auront pas été inutiles. Je
sais combien de maladies sont engendrées par
une coiffure défectueuse. J'attends mes vacances
sans impatience. En réalité, comme j'aurai pris
ici le repos qui m'était nécessaire, je pourrai les

employer utilement. La direction du magasin m'autorisera, je l'espère, à passer quelques semaines dans une de ses manufactures de chapeaux. Dès que je serai au fait de la fabrication, j'essaierai d'y introduire des modifications et de donner au public des chapeaux un peu plus hygiéniques que ceux qu'il porte aujourd'hui.

Avisant le pape, qui lui tendait son chapeau après en avoir soigneusement enlevé la ganse à triple liseré jaune, Darly ajouta:

— Savez-vous, citoyen, qu'en dépit du pseudo-ventilateur qui est adapté à votre chapeau, vous emmagasinez sur votre crâne une chaleur qui varie de trente à quarante-cinq degrés centigrades?

Le pape ne parut pas ému de cette constatation. Le jeune homme, voyant qu'il perdrait son temps à lui donner le souci de l'hygiène, se hissa au sommet d'une échelle à roulettes qui le transporta aussitôt au bout d'une galerie, d'où il revint un instant après les bras chargés de tromblons blancs absolument semblables de forme et de nuance à celui du vieillard. Celui-ci en eut vite trouvé un à sa mesure et à sa convenance.

— Pourriez-vous en ôter la ganse et la remplacer par celle-ci? demanda-t-il au jeune homme.

— Rien de plus facile, répondit Darly.

Il allait s'élancer, muni de la ganse à triple liseré, quand il s'arrêta.

— Avez-vous déjeuné? demanda-t-il à Pierre.

Non? Eh bien, faites-moi le plaisir, vous et vos amis... Je parie que ni vous ni ces citoyens ne connaissez notre réfectoire... Vous savez, c'est l'orgueil de la maison... C'est dit, vous acceptez.

Et, sans attendre la réponse, il disparut.

Le pape semblait en proie à une vive préoccupation. Il contemplait cet amoncellement de chapeaux avec une curiosité qui se peignait sur sa physionomie, d'ordinaire muette ou plutôt méditative.

A ce moment, une petite vieille qui trottinait dans la foule s'arrêta devant lui, fit une révérence de cour.

— Saint-Père, dit-elle d'une voix implorante, bénissez-moi !

Le pape sursauta, abaissa ses regards et aperçut la vieille femme qui se tenait devant lui dans une attitude de prosternement.

— Saint-Père, répéta-t-elle, bénissez-moi !

Le pape étendit sur cette tête inclinée sa main tremblante, qu'il abaissa ensuite. La vieille dame baisa respectueusement le doigt qui tenait l'anneau du pêcheur, se releva, s'inclina encore, et se perdit dans la foule.

— Une des fidèles de la véritable Église, dit le vieillard.

— Vous la connaissez? interrogea Pierre.

— Oui, c'est la duchesse de Luxembourg. Elle est ma voisine de chambre à Sainte-Périne.

— Sainte-Périne, vous entendez ! murmura

Lagaline à l'oreille de Frizet. Le voilà, le beau régime social que vous admirez tant. Jadis, les pauvres peuplaient les hospices ; aujourd'hui, ce sont les duchesses et les papes.

— Il faut pourtant bien que les célibataires âgés ou infirmes reçoivent quelque part les soins qui leur sont nécessaires.

— D'accord. Mais pourquoi tolérer que certains de ces hospices aient gardé l'enseigne religieuse et conservé l'organisation cléricale des temps disparus.

— Comment ! s'écria Frizet, c'est vous, un partisan de la liberté absolue, qui parlez ainsi ! Ignorez-vous que les vestiges de foi religieuse qui subsistent encore ont droit au même respect de notre part que les recherches inquiètes de la science et de la philosophie ? Nous laissons mourir en paix ce qui fut, tout comme nous protégeons le berceau de ce qui sera. Pouvait-on refuser aux fidèles des antiques croyances tombés à la charge du public d'utiliser le dévouement de leurs religieuses ? Juifs, protestants, catholiques des divers schismes ont ainsi leurs hospices où ils achèvent de vivre dans la foi où ils naquirent. Allez-vous contraindre des vieillards, des femmes d'esprit faible, à renoncer aux rêves que nous jugeons absurdes, mais qui leur donnent des joies dont il serait cruel de les priver ?

Le pape avait relevé la tête vers les chapeaux. Cet amas incalculable d'échantillons le stupéfiait.

Il y avait là toutes les formes, toutes les substances et toutes les couleurs imaginables.

Pierre devina sa préoccupation.

— Vous devez accuser le syndicat des chapeliers de gaspillage?

— C'était, en effet, ma pensée, avoua le pape. Pourquoi entasser une aussi incroyable quantité de chapeaux si divers? Les caprices des peuples sont si changeants, soupira-t-il. Aujourd'hui, c'est telle religion qui est à la mode, et aussi tel chapeau. Demain, une autre religion et un autre chapeau les auront démodés. Ce que je vois ici ressemble plutôt à un musée de la coiffure qu'à un magasin de chapellerie.

Darly, qui rapportait le chapeau neuf, orné de la ganse papale à triple liseré jaune, eut un mouvement de surprise, comme s'il se fût trouvé en présence d'un animal de la période quaternaire.

— Ignorez-vous donc, citoyen, fit-il en souriant, que la mode et ses caprices, désespoir des fabricants et des marchands de jadis, ont absolument disparu, au sens où on les entendait alors. La mode était-elle aux chapeaux-cloches. Tous, grands et petits, gras et maigres, absaloniens et chauves, crépus et frise-à-plat, portaient des chapeaux-cloches, avec une servilité dont s'affolaient les fabricants et les marchands de chapeaux-melons. Pour les modes féminines, c'était bien pis : Une femme au long col décharné était-elle en situation, reine ou actrice, de donner le ton? On voyait les courtaudes, dont les seins fraternisent avec le menton, s'entourer le bourrelet de graisse qui leur servait de cou d'une haute fraise de dentelles, dans le fouillis desquelles on distinguait leurs yeux à grand'peine. Et ainsi du reste. Aujourd'hui, chacun a sa mode propre, s'habille et se coiffe à son gré, selon son esthétique ou ses aises comprises à sa manière. En matière de vêtement, l'individualité, abolie naguère par la mode, a surgi dans sa plénitude. Et voilà pourquoi nos magasins sont des musées. Mais, voici l'heure ; allons déjeuner.

V

FESTONS ET ASTRAGALES

En conduisant ses invités vers la salle à manger, Darly, tout à son idée, poursuivit :

— Quelle personnalité avaient les hommes du siècle passé, je vous le demande? Une fête, une cérémonie les rassemblait-elle : ils arrivaient uniformément accoutrés de noir et de blanc, tels d'énormes geais, et la forme de leur costume ajoutait à la ressemblance. La coupe des cheveux elle-même suivait l'ordonnance commune ; seuls les chauves avaient le peu envié privilège de s'y soustraire. Pour être vêtues et parées plus brillamment, les femmes se distinguaient-elles davantage les unes des autres? Que non pas. Il y avait non seulement des formes, mais encore des nuances à la mode; l'indépendance, l'excentricité, comme on disait alors en appliquant surtout ce terme à l'originalité du costume, suffisait à faire naître les plus outrageants soupçons. Le croiriez-vous! La révolution du vêtement, l'affranchissement des tyrannies de la mode, a suivi d'une génération au moins la révolution économique et l'affranchissement des tyrannies capitalistes. Vous avez connu, ainsi que moi, des vieillards qui ont participé à l'agitation dite des casquettes plates.

— Oui, fit Pierre. Ce fut une guerre bien amusante. Les casquettiers tinrent des meetings, fondèrent des journaux, pour prouver l'excellence de leur coiffure. Les femmes s'en mêlèrent, des associations de cyclistes prirent parti dans la querelle, des pétitions furent adressées au Parlement. Des distributions gratuites de casquettes acquises par souscription furent faites par des comités à la porte des établissements publics. Des hygiénistes et des artistes, des philosophes et des fous vinrent compliquer l'affaire. On dut faire des ordonnances de police sur les rassemblements, la religion s'en étant mêlée à son tour; car, c'est, vous le savez, sur les choses dont ils sont le moins certains que les hommes se passionnent le plus. Mais qui songe aujourd'hui à ces niaiseries!

— Sous cette agitation puérile, dit Lugaline, se cachaient des motifs très sérieux, des intérêts très avisés. Le syndicat des casquettiers avait un stock d'une certaine étoffe à carreaux qu'il voulait épuiser. Voilà le fin mot, que j'ai déniché dans une brochure de l'époque.

— Il dut y avoir d'autres motifs, d'ordre plus élevé, déclara le pape. La question de costume n'est point indifférente. Un vêtement ne sert pas seulement à couvrir l'homme ou à le parer, mais

encore à exprimer un caractère ou une fonction
aux yeux de tous. Pouvez-vous imaginer un prêtre catholique qui ne soit point vêtu d'une redingote noire à plis droits et d'un pantalon de
même couleur ?

— Mais oui, répondit Frizet. Au siècle dernier,
les prêtres catholiques portaient une sorte de
robe qu'on appelait soutane.

— Et au siècle d'avant, appuya Lagaline, un
vêtement qu'on appelait l'habit à la française.

— Soit, dit le pape. Qu'importe la forme; l'essentiel est qu'elle soit communément adoptée par
tous ceux qui suivent une règle commune, afin
qu'ils soient désignés ainsi comme étant ce qu'ils
sont. La redingote est aujourd'hui l'uniforme des
ministres du vrai Dieu; ce sera peut-être demain un autre vêtement, mais, en tout cas, un
vêtement que tous les prêtres, obligés par la
discipline ecclésiastique, devront uniformément
adopter.

— Bah ! s'écria Lagaline avec un sourire sceptique. Vous céderez sur ce point comme vous
avez cédé sur tant d'autres.

Le pape se courrouça :

— L'Église est immuable comme la volonté de
Dieu, formula-t-il. L'Esprit Saint a pu nous dicter
de nouveaux dogmes, il n'a pas décrété l'aboli-
tion d'une seule de ces vérités éternelles. Je vous
prie de ne pas confondre les questions de dogme
et les questions de discipline. La tiare pontificale

peut être un chapeau haut-de-forme en poils
de lapin, après avoir été le pétase de Pierre, le
pêcheur d'hommes ; ce gibus peut devenir une
casquette russe : question de discipline pure, de
forme extérieure. Mais pour ce qui est de la Tri-
nité, de l'Immaculée Conception, des douze Sa-
crements...

— Ah! s'exclama Pierre surpris ; il y en a
douze, à présent?

— Cinq nouvelles révélations du Saint-Esprit sont venues se joindre aux sept révélations
qu'il avait faites à l'Église. Dénierez-vous au
Tout-Puissant le droit d'ajouter aux lumières les
lumières, et oserez-vous lui reprocher de tels
bienfaits? Une fois qu'elles ont brillé à nos yeux,
c'est pour les temps infinis qu'elles éclairent nos
âmes. L'Église ne change pas; elle ne varie pas :
elle se développe. Et, ainsi, la cité de Dieu s'édi-
fie en nous.

— Amen! fit Lagaline en pouffant de rire.

— Nous voici arrivés au restaurant, dit Pierre
pour faire diversion, car il voyait l'indignation et
la douleur peintes sur la figure du vieillard.

La salle à manger où Darly avait conduit ses
invités était tellement somptueuse, la peinture
et la sculpture concouraient si harmonieusement
à la décorer de splendeur, la table recouverte
de linge fin était ornée d'une telle quantité de
cristaux, d'argenterie et de fleurs exquisement
disposés, que Pierre se récria :

— Mes compliments, cher ami. Vous êtes monté
en grade, à ce que je vois. C'est sûrement ici la
salle à manger des grands chefs.

— Que me parlez-vous de salle à manger des
grands chefs ! répondit vivement Darly. N'est-ce
pas le moins que nous soyons égaux à table?
Il y a ici des repas à tous les prix, selon l'appétit ou les goûts de chacun, mais le local et le
service sont les mêmes pour tous. Quiconque est
de la maison a le droit de s'asseoir ici et d'y
faire asseoir ses invités. Mais je songe que nous
ne serons pas à notre aise dans cette salle. Il y
en a d'autres où sont de petites tables, autour
desquelles on peut se réunir par groupes sympathiques.

Et précédant ses invités, émerveillés d'un tel
luxe, il les conduisit dans une salle non moins
ornée, où étaient dressées une trentaine de petites tables de deux, quatre, six et huit couverts.
Les premières étaient déjà occupées par plusieurs
couples.

— Des fleurettes qui s'ébauchent, fit Darly en
les désignant avec un sourire. Nous avons conquis
cette liberté, non sans peine, dans notre dernière
assemblée générale. Le croiriez-vous! les jeunes
gens furent les plus ardents à protester.

— Cela ne m'étonne pas, dit Frizet. La présence
des femmes doit les obliger à plus de retenue
dans leurs propos.

— Et aussi à faire provision d'esprit, appuya

5.

Lagaline, qui cette fois était d'accord avec son perpétuel contradicteur.

— Aussi la plupart d'entre eux boudent, reprit Darly. Ils ont adopté la grande table, dite des cent couverts, où ils sont plus libres de se livrer à leurs turbulentes niaiseries, tout en se vantant très haut de leur supériorité dans leurs sports favoris.

Darly allait faire asseoir ses convives à une table de six couverts, quand il remarqua que Pierre saluait deux jeunes filles arrêtées à l'entrée de la salle. Il les salua également et demanda à son ami :

— Vous connaissez Rose Mallot, ma camarade du rayon de ganterie fine ?

— Non. Mais je connais un peu sa compagne depuis ce matin. Elle est musicienne et femme de ménage, superstitieuse et charmante.

— Si vous le désirez, reprit le commis, voici une occasion de faire plus ample connaissance. Rose et moi, nous sommes très amis.

— Volontiers, fit Pierre.

Les deux jeunes gens s'avancèrent vers les jeunes filles, qui leur épargnèrent la moitié du chemin. Elles acceptèrent sans déplaisir de déjeuner avec Darly et ses hôtes, et une petite bonne, très proprement mise et très alerte, ajouta un couvert à la table qu'ils avaient choisie et où s'étaient déjà installés le papa et les deux disputeurs.

— Je vous croyais professeur, dit Louise à Pierre. Vous êtes donc employé ici?

— Professeur, je le suis toujours, et je me trouve ici à titre d'invité.

— Comme moi. J'étais venu voir Rose, mon amie d'enfance.

— Je suis heureux de vous rencontrer.

— Encore une galanterie?

— Si vous voulez. Mais c'est aussi à autre chose que je pensais... une chose qui vous fera peut-être plaisir, à vous qui conservez si jalousement dans un repli de votre cerveau le coin des ancêtres.

Louise fit une moue qui rendit encore plus gracieux son mutin visage.

— Quoi! fit-elle, vous n'avez pas oublié cette sottise! Voilà qui ne va pas à votre galanterie. Et quelle est cette chose qui me fera peut-être plaisir?

— Savez-vous qui est ce vieux citoyen assis à votre gauche?

Louise regarda le vieillard à la dérobée, et, d'un jeu de physionomie, exprima qu'elle ne le connaissait point.

— Eh bien, reprit Pierre après un silence et comme pour s'apprêter à jouir de la stupéfaction de sa voisine, c'est le pape.

— Quel pape? fit-elle sans témoigner la surprise à laquelle Pierre s'attendait. Cela court les rues, les papes, aujourd'hui que les Églises catholiques n'ont presque plus de fidèles.

Ce dialogue, naturellement, avait été échangé
à voix basse, tandis que Lagaline et Frizet se
harcelaient sur la question de savoir si les poètes
et les artistes avaient le droit d'être entretenus
par la communauté, leur œuvre fût-elle inférieure. Lagaline était pour l'affirmative, Frizet
contestait, approuvé par Darly. Le pape n'écoutait pas, marmottant des prières avec des gestes
qui bénissaient les mets, ce qui avait fait prendre
une attitude componctueuse à la jeune Rose.

Pour répondre à l'interrogation de Louise,
Pierre s'adressa au pape :

— N'êtes-vous pas le souverain pontife de
l'Église catholique, apostolique et romaine ? fit-
il.

— Oui, répondit le vieillard en interrompant
net sa prière au beau milieu d'un mot latin. Cette
qualité m'a été donnée par le conclave de 1988.

Lagaline intervint :

— Des journalistes prétendent que ce conclave
ne fut pas valable.

— Pourquoi ? se récria le pape. Jésus-Christ
n'a-t-il pas dit aux apôtres : « Partout où vous serez
réunis en mon nom, je serai avec vous. » Les
membres du sacré-collège qui m'ont élu, après
avoir invoqué les lumières du Saint-Esprit, sont
les successeurs directs et réguliers des apôtres.
Est-ce parce que ces cardinaux de la Sainte Église
romaine ont été réduits par le malheur des
temps à se réunir au cinquième étage d'une

maison de la rue du Petit-Musc que leur vote ne vaudrait rien!

— Il est de .ait, dit Lagaline, que le Saint-Esprit avait moins de chemin à faire pour descendre sur leur tête.

Et, pour pallier un peu son irrévérence, il ajouta aussitôt :

— Aux temps primitifs, le culte ne s'exerçait que sur les lieux élevés.

Il citait Abraham et le mont Nebo, Moïse et le Sinaï, Jésus et le mont des Oliviers, lorsque Frizet l'interrompit :

— Les cultes mâles, oui; mais les cultes femelles s'exerçaient dans les vallées.

La querelle allait s'engager entre nos disputants sur les dieux mâles et femelles. Pierre y coupa court en disant au pape :

— Est-il vrai que, lorsque vous fûtes élu, les cardinaux n'étaient que cinq, vous compris?

Le pape se redressa.

— N'étaient-ils pas à eux cinq le sacré-collège? fit-il. Au moment où l'apôtre Pierre prononçait son troisième reniement, le Christ était seul. En fut-il moins, à ce moment, le fils de Dieu?... Le prétendu pape de Baltimore a beau avoir été élu par quarante clergymen travestis en cardinaux, il n'a pas plus le pouvoir de lier et de délier que le faux pape de Varsovie ou que l'antipape de Rome.

— Il y en a donc encore un à Rome? demanda Darly.

— Oui, un vieux juif converti, qui a acheté
la tiare des successeurs de Pierre chez un brocanteur et se l'est fait poser sur la tête par quelques faquins issus de vieilles familles romaines,
et dont il a payé les dettes.

— On compte actuellement seize papes, dit
Pierre, répartis un peu partout.

— Ces schismes, répliqua le pape, prouvent la
vigueur de l'esprit religieux. L'Église du Christ
traverse en ce moment la plus grande épreuve
qu'elle ait connue depuis les persécutions romaines. Aussi, les temps sont proches où elle
reverra les splendeurs d'autrefois.

— Mais vous n'êtes point persécutés! s'écria
Darly. Vous n'avez à vous défendre que contre
l'indifférence.

— L'indifférence est une forme de la persé-
cution, répondit le vieillard.

— Il n'est pas amusant, votre pape, fit Louise
à l'oreille de Pierre.

Tel n'était pas l'avis de Rose, qui contemplait
dévotement le pontife et oubliait de manger.

— Je ne vous savais pas si bonne catholique,
lui dit Darly.

— Moi? répondit-elle. Je ne suis pas catholique. Mais, malgré moi, les choses, les mots et
les idées du passé me font impression. En souvenir du rêve dont elles ont bercé les douleurs
de nos aïeux, j'oublie que les religions furent
cruelles, ou plutôt qu'on le fut en leur nom,

comme je ferme à présent les yeux sur les ridicules survivances par où elles se manifestent encore.

Darly dut conter à la jeune fille l'aventure de la tiare écrasée par l'automobile. Elle sourit doucement, puis s'attendrit quand il lui apprit que le père des derniers fidèles était hospitalisé à Sainte-Périne. Elle se promit de lui porter des oranges et des biscuits, comme à un vieux parent malade.

Lagaline, qui mangeait avec son appétit ordinaire, souffla un instant, puis s'adressant à Darly :

— Vous vous mettez bien, dit-il. Comment vous y êtes-vous pris pour obtenir de telles générosités d'une Municipalité qui ne passe pas pour jeter l'argent par les fenêtres de l'Hôtel de Ville ?

— Le magasin est à la Ville, répondit Darly, et aussi les annexes indispensables. Mais le restaurant est à nous ; la Municipalité ne nous a donné que le local, en nous laissant le soin de l'aménager à notre goût. Songez que nous sommes dix mille employés, libres de faire de notre gain ce qu'il nous plaît. Nous sommes tombés d'accord pour monter le plus magnifique réfectoire qu'on pût imaginer. Cela nous a coûté entre six et sept millions. Nous ne les regrettons pas. Sur la rive droite, nos collègues ont préféré organiser un cercle, avec salles de jeu, bibliothèque, théâtre, que sais-je ! Chez eux, le réfectoire est sacrifié :

mais tout de même la nourriture y est aussi
saine et aussi abondante que chez nous.

— Fort bien, reprit Lagaline. Mais s'il en était
parmi vous qui préférassent l'organisation de la
rive droite, son cercle et son théâtre, à votre
luxe gastronomique?

— Eh bien, ils permuteraient avec des camarades de la rive droite qui apprécient davantage
notre genre de satisfactions. D'ailleurs, nous
donnons des dîners à ceux-ci, qui, en retour, nous
invitent à leurs fêtes. Moyennant une cotisation,
nous pouvons faire partie de leur cercle, en attendant que nous ayons assez de fonds pour demander à la Ville d'ajouter une aile ou un étage
à notre maison afin d'y en installer un à notre
gré. C'est sa part contributive à ces sortes d'em-
bellissements, et elle ne la refuse jamais.

— Je le crois bien ! Elle réalise, grâce à vous,
d'assez beaux bénéfices.

— Pas un sou, mon bon ami, dit Frizet. Les
deux grands magasins municipaux et leurs succursales des quartiers ne sont, vous l'oubliez, que
des dépôts de vente administrés par des repré-
sentants des syndicats de production et du syndicat des employés. Les marchandises paient seulement à la Ville un droit de magasinage peu
élevé, et qui ne suffit pas toujours aux frais d'entretien de l'édifice.

— Vous n'êtes pas payés par la Ville ? demanda
Pierre.

— Non, répondit Rose. Le syndicat des employés, section de la vente, nous paie et nous répartit nos bénéfices, nos gueltes, comme on disait au bon vieux temps, sur le pourcentage que lui consentent les syndicats de production, qui, ainsi que vous le dit le citoyen Darly, participent avec lui à la direction des magasins.

— Mais, dit Frizet, qu'ont à faire dans la vente les syndicats de production?

— Ceci, tout simplement, répondit Rose : Ils étudient le goût de la clientèle, et ainsi peuvent-ils devancer ses désirs au lieu de lui imposer leurs idées.

— J'ai vu tout à l'heure des choses fort belles, dit Pierre ; notamment dans les salles de l'ameublement. Des sièges de toutes formes, et des plus élégantes et des plus neuves ; des lits d'un luxe fabuleux, dont là beauté faisait pardonner la richesse. Vous avez donc à votre service les maîtres de la sculpture moderne?

— Eh! oui, dit Rose en riant. Et nous en sommes fiers. Nous ne vendons pas seulement à la grosse les marchandises, manufacturées à bon marché par la plus extrême division du travail, pour les gens qui attachent peu de prix aux objets familiers dont ils se servent, meubles ou vêtements. Nous fabriquons aussi ; ou plutôt nous prenons les commandes des délicats qui ont horreur de la confection, et qui font leur joie d'avoir

6

chez eux des meubles ou des bronzes inédits,
dont le modèle leur appartient en propre.

— C'est parfait, déclara Frizet.

— Vous trouvez? ricana Lagaline.

— Il faudrait être bien difficile pour ne pas se
déclarer satisfait d'une organisation où chacun
peut, moyennant paiement, satisfaire son goût
dominant.

— Et si, moi, j'ai tous les goûts et en faveur
des plus belles choses?

— Payez-les-vous, mon bon ami, si vos ressources vous en procurent les moyens.

— Et si mes ressources ne m'en procurent pas
les moyens?

— Eh bien, travaillez à augmenter vos ressources. Voudriez-vous, par hasard, recevoir de la
société plus que vous ne lui auriez donné? Est-ce
à cela que tend votre individualisme? Je ne vois
pas en quoi, dans ce cas, il diffère de l'individualisme capitaliste aboli par nos pères.

— Pourtant, fit Rose, on ne peut pas dire que
la société est parfaite. Certes, tout être, en naissant, est assuré de recevoir ce qui est nécessaire
à sa subsistance et d'être pourvu d'une profession qui lui permettra de conquérir un superflu
devenu notre plus impérieux besoin. Mais, inégaux en forces et en intelligence, nous recevons
un salaire inégal. Je ne parle pas même des
injustices, des passe-droits, des hasards heureux
ou malheureux, car je reconnais qu'on fait ce

qu'on peut, sous le contrôle vigilant de l'opinion et par d'incessantes améliorations de détail, pour faire disparaître ces défauts d'un régime qui, n'en eût-il plus un seul, serait loin d'être l'idéal entrevu par nos ancêtres.

— Vous avez raison, citoyenne, s'écria Lagaline. Je suis un produit social, n'est-ce pas! Eh bien, puisque l'hérédité et le milieu ont mis en moi des appétits multiples, une aptitude à goûter toutes les joies, la société me doit satisfaction complète. Si elle m'en refuse une seule, de ces joies je suis lésé dans l'expansion de ma personnalité, et je proclame mon droit à la révolte.

— Même, s'il vous est démontré qu'en vous donnant toutes les satisfactions que l'expansion de votre personnalité réclame, vous priverez de satisfactions plus modestes vos concitoyens? interrogea Frizet.

— Que ceux-là fassent comme moi! Qu'ils se révoltent! cria furieusement Lagaline.

— Je veux dire, ajouta-t-il d'un ton radouci, qu'ils protestent avec moi; et, quand ils seront devenus assez nombreux, il faudra bien qu'on les entende. Ils voudront des lits de rêve et des bronzes d'art, des tentures d'Orient et du confort anglais, des repas délicieux et des boissons rares...

— Je vous arrête, fit Frizet en riant. Si elles sont rares, comment y en aura-t-il pour tout le monde?

— Augmentons notre puissance sur les choses,

dit Pierre en se levant, et nous multiplierons les
œuvres de notre cerveau et de nos mains. Alors,
ce qui est rare aujourd'hui sera tellement abondant que nul ne songera seulement à y attacher
la moindre idée de valeur.

— Je n'ai pas voulu dire autre chose, déclara
Lagaline en se versant une dernière rasade de
Château-Margaux.

— J'ai le temps de vous offrir le café, dit Darly
en consultant sa montre. Voulez-vous que nous
le prenions dans le fumoir?

Les jeunes filles se déclarèrent enchantées de
la proposition, et la compagnie se dirigea vers le
fumoir.

VI

IDYLLE GRAVE

Les deux heures accordées par l'administration pour le déjeuner étaient écoulées. Pierre s'en aperçut le premier, le fit remarquer à ses compagnons, qui se levèrent. La rotonde, assez semblable à une salle de café monumentale et où se délassaient à divers jeux une nuée de commis, était entourée de logettes dans lesquelles pouvaient s'isoler les groupes sympathiques. C'est d'une de ces logettes que Pierre, ses amis, le pape et Louise sortirent après avoir remercié Darly et Rose de leur fastueuse hospitalité. Quand ils furent arrivés sous le hall où les attendait l'automobile de Pierre, le pape, qui ne s'était pas assez méfié du bordeaux, se sentit la tête très lourde et la langue aussi. Il prit donc rapidement congé de ses compagnons, après s'être fait indiquer la plus proche station du Métropolitain. Louise tendit à Pierre une main que celui-ci retint dans la sienne.

— Vous nous quittez? fit-il d'un ton de regret. Laissez-moi au moins la joie de vous conduire où vous devez aller...

6.

— ... Si je ne suis pas indiscret, ajouta-t-il après un court silence.

— Je ne vais pas ailleurs que chez moi, répondit-elle en souriant, et j'accepte votre offre avec plaisir, si toutefois cela ne vous éloigne pas trop de l'endroit où vous avez affaire.

— J'ai affaire à la salle de conférences de l'enseignement, au Trocadéro, où se réunit ma section en séance publique, à trois heures. J'ai donc une heure, c'est-à-dire le temps de vous conduire à l'autre extrémité de Paris. A moins qu'il ne vous plaise d'assister à cette séance.

— Est-ce plus intéressant que la conversation de ce pauvre vieux pape? demanda-t-elle malicieusement.

— Peut-être moins, pour une partie, répondit Pierre. Je veux parler de celle où je tiendrai le dé.

— Ah! s'écria-t-elle. Voilà qui me décide.

Et, sans aide, elle monta sur l'automobile, qu'un employé du garage venait d'amener. Pierre dut appeler Frizet et Lagaline, qui, dans la bousculade des gens affairés, avaient repris leur éternel débat sur la liberté absolue de l'individu. Ils prirent place sur la seconde banquette, et Pierre mit la machine en marche. Quand on fut sorti du dédale, Pierre dit à ses compagnons :

— Le Trocadéro est à dix minutes d'ici, et nous avons une heure devant nous. Je propose une promenade au bois de Boulogne.

— Accepté, fit Louise.

Lagaline et Frizet, tout à leur querelle, n'avaient pas entendu. La légère voiture gagna rapidement les quais, qu'elle longea jusqu'à Passy, sous l'ombrage continu des ormes séculaires qui ne sont pas un des moindres agréments de cette promenade. Animé par la triple griserie de la course au grand air, du déjeuner fin qu'il venait de faire en gaie compagnie, et surtout de la présence de Louise à côté de lui, Pierre se sentait l'esprit et le corps en allégresse. L'avenue par laquelle on s'engagea dans le bois était déserte; Pierre y lança la voiture à une vitesse vertigineuse, avec des envies folles de hurler sa joie en hourras retentissants. Louise ne put retenir un petit cri de frayeur, qui lui fit immédiatement modérer l'allure. Les deux enragés disputeurs n'avaient pas bronché, ne s'étant aperçus de rien, tant leur éternel sujet les passionnait et les absorbait.

Louise n'eut pas honte d'avouer son ignorance.

— Je ne comprends rien à leur discussion, dit-elle.

— Eux se comprennent très bien, répondit Pierre. Pensez donc : voilà plus de cent ans qu'ils ressassent ce sujet, sans y ajouter un argument.

— Plus de cent ans ! s'écria la jeune fille.

Pierre se demanda pourquoi il avait assigné une date si reculée à l'origine de la querelle entre ses deux amis. Ne pouvant se donner une réponse

satisfaisante, quoiqu'il sentît fort bien qu'il
n'avait pas dit cela sans raison, il répondit simplement :

— C'est une façon de parler. Je les ai toujours
connus ainsi : Frizet défendant les droits de la
collectivité, et Lagaline ceux de l'individu. Celui
qui les mettrait d'accord leur rendrait un bien
mauvais service. Ce serait comme si on enlevait
à deux vieux partenaires leur boîte à jacquet ou
leur jeu de cartes.

— Du moment que cela les amuse, dit-elle.

Et passant à un autre sujet, car elle aussi, et
pour les mêmes raisons, partageait l'allégresse
de Pierre, elle s'écria :

— Quelle belle journée !

Pierre répondit :

— La journée où j'ai eu deux fois la joie de
vous voir est deux fois belle pour moi.

— Est-ce encore une galanterie !

— C'est l'expression même de mon sentiment.

— Comment vous croirais-je ? Ce matin, vous
ne me connaissiez pas... Que penseriez-vous de
moi si je vous répondais sur l'air de votre chan-
son ? Que je suis une sotte de vous écouter, ou
une dévergondée de faire semblant de vous
croire.

— Je ne vous demande pas de me répondre,
mais de m'entendre. Je vous promets de vous
laisser tout le temps nécessaire pour vous assurer
de la force et de la sincérité de mon sentiment

envers vous, et, je vous l'avoue, je mettrai ce temps à profit pour me rendre compte de ce que je dois faire : étouffer ce sentiment ou lui laisser suivre son cours, selon que le premier jugement que prononce mon inclination naturelle pour vous se trouvera revisé ou confirmé.

— Pour parler comme un vieil homme de loi, vous n'en tenez pas moins le langage de la raison, dit la jeune fille. Soit, apprenons à nous connaître mutuellement. Je ne vous cacherai pas que mon inclination naturelle me porte vers vous. Mais puisque vous savez, ainsi que moi, combien le véritable et durable amour est plus exigeant, nous voici d'accord, en confiance et en sécurité réciproques.

Ils étaient arrivés à une délicieuse allée d'ombre épaisse au bout de laquelle se devinait, plutôt qu'il ne se voyait, le scintillement d'un étang.

— Marchons un peu, voulez-vous ? fit Pierre assez haut pour que sa proposition parût s'adresser à tous ses hôtes.

Sans répondre, Louise sauta à bas de la voiture, qui allait à ce moment avec lenteur. Pierre arrêta la machine et la rejoignit. Lagaline et Frizet ne s'aperçurent pas même qu'ils cessaient d'avancer et qu'ils se trouvaient seuls, tant était acharnée leur dispute. Louise prit le bras que lui offrait Pierre, et ils se dirigèrent à petits pas vers l'étang.

— Parlons avec sincérité et laissons dans nos

actes nos caractères se manifester tels qu'ils sont,
dit Pierre. Vous me croyez incapable de jouer la
comédie de qualités que je n'aurais pas. Je vous
crois également incapable d'une telle dissimulation.

— Je vous remercie de me juger sincère,
répondit Louise. Toutefois, prenons nos précautions. Dans le désir que nous avons de nous plaire
mutuellement, il se pourra que nous fassions
violence à nos défauts naturels. Si vous aperce-
vez en moi de tels mouvements, y verrez-vous
une marque d'hypocrisie ?

— Pas plus que vous n'y en verrez une en moi,
j'en suis persuadé. Pour ma part, je vous remer-
cierai d'efforts accomplis, non pour me tromper
mais pour compléter et multiplier les belles qualités que je pressens en vous.

— Nulle question d'intérêt ou de rivalité professionnelle ne peut nous séparer. Vous êtes professeur, et moi musicienne. Vous aimez l'art,
je vénère les sciences. Donc, point de conflits à
redouter de ce côté... Parlons un peu de nos familles. Je commence : Je n'ai plus ma mère ; si
vous l'aviez connue, vous la regretteriez comme
je la regrette. C'est d'elle que je tiens ma sensibilité, peut-être un peu trop vive et qui s'exprime
en un violent amour de la musique. Pas plus que
mon père, ma mère n'était une savante. Il n'y en
a pas dans la famille, d'ailleurs. Mon père et un de
mes frères sont employés de chemin de fer, et

mon autre frère, un gamin de dix-huit ans, va bientôt sortir de l'école Diderot, où, comme vous savez, on apprend les métiers du fer. Je crains bien que le pauvre enfant n'exagère tous les défauts de la famille et n'en laisse sommeiller les qualités. Il a la gaieté turbulente de notre père et la mobilité d'impressions de notre mère. Et nous craignons qu'il n'aime pas beaucoup le travail. Ses maîtres sont très mécontents de lui. Mais, comme il est foncièrement bon, ses défauts ferontplus de tort à lui-même qu'aux autres. A vous, maintenant.

— Mes parents sont morts à l'époque où je terminais mes études, dit Pierre. Mon père était le descendant d'une famille de grands industriels, et ses aptitudes héréditaires lui avaient fait conquérir de bonne heure un emploi important dans la direction des usines métallurgiques du centre. L'excès de travail, joint aux soucis de sa responsabilité, l'a tué. Ma mère, qui l'adorait, ne lui a survécu que quelques mois, et je suis entré dans ma vie d'homme par la porte de la douleur. Mon père était l'action, et ma mère le rêve. Il avait la beauté de la force, comme elle avait celle de la grâce. C'est seulement aujourd'hui que je puis les regretter pleinement, car alors je ne les connaissais pas. Ma mémoire, à présent, reconstitue leurs physionomies et leurs gestes, que ma songerie pieuse coordonne; et ainsi je les vois enfin dans toute leur beauté, que mes yeux d'enfant ne pouvaient apercevoir. Pour moi, j'ai longtemps été débile de corps, et d'une volonté incertaine. Mais, bien conseillé et sûrement dirigé par mon père et par des maîtres qui me furent amis, j'ai fait mon éducation physique et morale. Pourtant, c'est aux choses de la pensée, plutôt qu'à celles de l'action, que j'ai voué mes forces reconquises, non seulement par goût, mais par désir de les mieux utiliser.

— Cessons à présent de nous raconter l'un à l'autre, fit Louise, et vivons notre vie à découvert : elle nous apprendra mieux à nous connaître que nos récits, où nous mettons forcément plus de notre pensée que de nos actes et plus de nos désirs que de nos réalités, si sincères que nous soyons d'ailleurs.

Pierre reconnut la sagesse du raisonnement de sa nouvelle amie.

— Il est pourtant encore un point qu'il nous faut établir, dit-elle. J'ai vingt ans et vous devez en avoir trente.

— Trente et un, précisa Pierre. Je vous comprends. Vous désirez savoir si je suis arrivé à mon âge sans avoir aimé, et vous voulez, de votre côté, aller au-devant de mes questions sur ce point. Nous nous devons cette confession mutuelle, et je vous fais bien volontiers la mienne. Si vous m'appartenez un jour, comme je le souhaite de tout mon cœur, vous serez mon premier amour, mais vous ne serez pas, hélas ! la première femme que j'aurai connue : ...

— Vous avez raison d'exprimer ce regret, dit Louise avec gravité. L'amour purement sensuel est une offense à l'amour. Mais de quel droit vous ferais-je un reproche? N'ai-je pas moi-même commis une faute, sinon contre l'amour, du moins contre moi-même!

— Vous avez aimé? Vous avez été trompée, abandonnée? s'écria Pierre.

— Oui, j'ai aimé, mais je n'ai pas été trompée par celui que j'aimais. C'est moi-même qui me suis trompée en l'aimant. Aussi n'est-ce pas lui qui m'a quittée, mais moi qui me suis séparée de lui dès que j'ai reconnu mon erreur. Il se refusait à cette séparation, ne pouvait comprendre que mon cœur se reprît après s'être donné. Il m'accusait de légèreté, alors que j'en avais montré seulement en me donnant à lui sans le connaître assez. Mais je tins bon, et je partis en pleurant avec lui sur le mal que je lui avais fait, et qu'il m'était impossible de réparer, puisque je ne l'aimais plus.

Elle ajouta, après un silence pénible:

— J'aurais peut-être dû supporter seule les conséquences de mon erreur, et laisser à ce malheureux l'illusion que je l'aimais toujours, plutôt que de lui causer un tel déchirement. Mais je ne me suis pas senti le courage d'accomplir ce pieux mensonge jusqu'au bout de notre vie.

— Mieux vaut la vérité, même meurtrière, prononça le jeune homme, que le mensonge qui fait vivre d'une vie précaire et factice. Si j'avais été votre amant, je n'aurais pas tenté de vous retenir; et, plus je vous aurais aimée, moins je l'eusse tenté.

— Ne me dites-vous pas cela pour diminuer mes regrets de n'avoir point accompli le sacrifice?

— Non, je me garderais bien de déguiser ma pensée en de semblables matières. Réfléchissez un instant, et vous vous rendrez compte que votre sincérité n'a point été aussi cruelle que votre mensonge eût pu l'être un jour. Et ce jour serait venu. Votre cœur désaffectionné, quelle que fût votre volonté de le hausser au sacrifice définitif, pouvait s'éprendre à votre insu d'un autre objet. Alors, au lieu d'avoir dit à votre amant : — « Je te quitte parce que je ne t'aime plus », il vous eût fallu lui dire : — « Je te quitte pour un autre qui me plaît davantage. »

— Peut-être, fit Louise songeuse. Le sort de ceux qui ne sont plus aimés et à qui l'on en préfère un autre doit être des plus misérables; il n'a d'égal que le sort de ceux qui voient s'interposer l'image de l'objet aimé entre eux et celui qu'ils feignent d'aimer.... Oui, sûrement, j'ai bien fait de quitter un amant qui, sachant que je ne l'aimais plus, eût accepté de jouer avec moi cette sinistre et périlleuse comédie.

— Mes fautes ont été plus grandes que la vôtre, dit Pierre. Après ce que vous m'avez dit, je puis avoir pleine confiance en vous, tandis que vous avez sujet de craindre que je ne préfère la débauche à l'amour.

— Oui, fit la jeune fille. Qu'arriverait-il, en effet, si, après avoir cru m'aimer et même en continuant de m'aimer, vous vous laissiez reprendre à l'appât des plaisirs faciles? Je vous avoue que je ne pourrais avoir aucune indulgence pour cette sorte d'infidélité, encore qu'elle ne m'ôtât rien de votre cœur.

— Je ne vous en demanderais moi-même aucune. Mais n'est-ce point prévoir les choses de trop loin? A tout examiner, qui donc oserait jamais se décider à rien, même à sortir de chez soi? Croyez d'ailleurs que la raison parle haut en moi. Et ne pouvez-vous espérer que mon amour lui vienne en aide d'une manière décisive?

Comme Louise gardait le silence, Pierre reprit:

— Ce que je vous dis ne vous semble-t-il pas raisonnable?

Elle murmura, d'une voix altérée:

— Je me rappelle avec effroi ces vers du vieux poète des amants :

Ah! malheur à celui qui laisse la débauche
Planter le premier clou dans sa mamelle gauche.

— Je vois que vous ne m'avez pas compris. Je vous dois donc une confession plus complète. Absorbé par mes travaux et par mes études, je ne me suis jamais livré à l'amour. Mais je ne me suis pas davantage abandonné à la débauche. Les amantes d'un jour ou d'une semaine que j'ai eues me donnaient du plaisir, certes, mais aussi un peu de tendresse, que je leur rendais avec usure, sans pourtant que nous nous fissions illusion sur la durée de nos sentiments ni sur leur profondeur. Je trompais ainsi ma faim d'amour réel et complet. Amourettes avant l'amour, oui, mais débauches, non pas. La débauche est une passion comme le jeu ou l'alcool. Si j'avais été dominé par une telle passion, fussé-je parvenu, si jeune, à la situation morale que j'occupe aujourd'hui?

— Je vous demande pardon de mes craintes, murmura Louise. Mais n'en accusez que mon ignorance de ces choses, ignorance bien excusable, vous en conviendrez.

— Votre ignorance est aussi compréhensible que vos craintes, et je ne puis vous les reprocher. J'aime au contraire vous voir ces scrupules qui prouvent votre sincère désir d'un amour durable, dans lequel les amants-époux, fortifiés, bravent les tourmentes de la vie, et dont les témoignages vivants...

— Ah! s'écria-t-elle joyeuse. Vous aimez les enfants!

— Quel monstre serais-je donc, si je ne les aimais pas ? A l'heure où l'âge nous avertit de notre fin prochaine, quelque tâche nous ayons accomplie, quelque réputation qu'elle nous ait acquise, quelque certitude que nous ayons de voir notre œuvre nous survivre, une grande tristesse doit nous prendre et nous devons avoir le sentiment de l'abandon définitif, si nous ne sentons près de nous des êtres nés de notre chair et nourris de notre âme. Notre œuvre peut dire aux générations futures que nous fûmes grands ; qui donc leur dira que nous aimâmes et que nous fûmes aimés, si la dernière goutte de notre sang s'évapore sur le bûcher au jour de nos funérailles ?

Mais l'heure s'avançait. Sans rien dire, tant leurs pensées se pressaient en tumulte dans leur cerveau, Louise et Pierre revinrent vers la voiture. Pierre remarqua que Louise s'appuyait plus fort sur son bras qu'au commencement de leur promenade, et il répondit à cet abandon par une douce pression. Ils allaient en pleine nature, en pleine sincérité, jeunes, beaux et forts, vers l'avenir.

VII

QUERELLES DE PÉDAGOGUES

Chemin faisant, Frizet s'interrompit un instant de discuter avec Lagaline pour demander à Pierre des renseignements sur la réunion vers laquelle ils se dirigeaient.

— Ces réunions sont mensuelles, répondit celui-ci, pour les sept sections de l'Enseignement. Appartenant à la septième, je suis tenu d'assister à sa réunion.

— Quoi! une contrainte! s'écria Lagaline. Il y en a donc partout!

— Oh! purement morale, expliqua Pierre. J'en serais quitte, si je manquais, pour lire demain le Bulletin de l'Enseignement, afin de connaître les décisions prises en mon absence et les communications intéressantes qui ont pu être faites à mes collègues.

— Je comprends, reprit Lagaline. Il y a dans cette séance une partie administrative et une partie théorique.

— C'est cela même.

— Fort bien, mais qu'entendez-vous par sections de l'Enseignement? De mon temps, on connaissait l'enseignement primaire, secondaire, moderne ou classique, et supérieur. Y aurait-il donc quatre degrés de plus dans votre satanée hiérarchie de pédagogues ? Je vous avoue que cela ne m'étonnerait pas.

— Au contraire, mon bon ami. Nous avons supprimé ces catégories par lesquelles a passé votre jeunesse d'écolier. Nos sept sections répondent aux sept classifications générales de la connaissance, tant théorique que pratique. Dans la première, celle des mathématiques, se sont incorporés tous les professeurs qui enseignent l'arithmétique, cette grammaire des nombres, la géométrie, les mathématiques, la mécanique, l'astronomie, la musique, le dessin, l'architecture, etc. De ces professeurs, il y en a pour les enfants de sept ans et pour les élèves barbus qui poursuivent les plus abstruses recherches du calcul infinitésimal, pour les apprentis ajusteurs et pour les élèves ingénieurs. Il en est ainsi pour la deuxième section, où sont classés les professeurs de physique et de toutes les sciences et de tous les arts et métiers qui ont la physique pour base ou pour moyen. Dans la troisième section, la chimie : ses recherches théoriques et ses applications industrielles sont enseignées par des maîtres spécialisés à l'infini, mais tenus au courant des découvertes générales de leur science maîtresse. Les professeurs de la quatrième section sont voués à la biologie : c'est à eux que nous devons les meilleures solutions des problèmes d'hygiène et de démographie qui déjà passionnaient les gens cultivés du siècle dernier ; c'est eux qui ont formé ces praticiens qui portent si haut et si loin le renom de la médecine [et de la chirurgie françaises. La cinquième et la sixième section, qui comprennent l'anthropologie et l'ethnographie, voisinent si étroitement, leurs matières d'étude et d'enseignement s'enchevêtrent parfois d'une manière tellement inextricable, que nombre de professeurs ne s'en tirent qu'en se faisant inscrire aux deux sections. Ne croyez pas que ces sciences d'aspect inaccessible aux simples n'aient pour adeptes que de vieux professeurs chenus : Souvenez-vous que la géographie et les langues vivantes appartiennent à l'ethnographie, et qu'à ce titre elles sont enseignées à des bambins. Donc, même dans ces catégories, il y a des professeurs pour tous les âges. La septième enfin, à laquelle j'appartiens après avoir passé par les six précédentes, est la section de sociologie. Elle aussi doit batailler pour défendre son domaine contre les empiètements de l'ethnographie. Celle-ci, par exemple, peut prétendre que le domaine de l'histoire lui appartient, et aussi celui de la la morale. Nous nous défendons en poussant le plus loin possible nos recherches dans cet ordre de connaissances et en évitant de nous laisser distancer et même approcher par nos confrères de l'ethnographie. Ces rivalités, en somme, pro-

fitent à l'enseignement public. Il nous est bi i
égal de passer pour constituer une aristocratie de
l'enseignement, et de laisser aux ethnologues la
direction morale des jeunes enfants. S'ils sont
insuffisants à cette tâche, nous leur trouverons
des méthodes meilleures et, grâce à nous, ils per-
fectionneront cette partie de leur enseignement.
S'ils s'y refusent, il se trouvera parmi nous des
jeunes gens qui reprendront avec joie la mission
abandonnée, laquelle, ainsi, ne pourra jamais
chômer.

— Mais, dit Frizet en descendant de voiture,
car nos amis étaient arrivés, dans cette distribution des matières d'enseignement je ne vois pas
la rhétorique, les littératures anciennes et étrangères.

— En effet, dit Pierre en enrayant l'automobile.
Pas plus que vous n'y voyez les multiples formes
de la gymnastique, le chant et les autres arts
d'agrément. Chacun de nous les enseigne, sauf la
musique, la peinture et la sculpture, en se jouant
et sans qu'il s'en aperçoive davantage que ses
élèves. On n'apprend pas plus à admirer Eschyle
qu'à savourer une bonne soupe. Ceci est affaire
d'éducation, et non matière d'enseignement proprement dit.

Ils entrèrent dans la salle de réunion, où les
professeurs étaient déjà fort nombreux. La galerie circulaire était bondée d'assistants, et Pierre
se demanda un instant comment il s'y prendrait

pour installer commodément ses amis, car les
meilleures places semblaient occupées. Il finit
cependant par trouver un coin libre ; il les y conduisit, et revint se mêler à la foule de ses collègues des deux sexes, au moment même où, le
conseil de la section ayant pris place au bureau,
le président agitait la cloche pour annoncer l'ou-
verture de la séance.

Bien qu'on fût à l'heure torride de ce beau jour
d'été, l'aménagement de la salle était combiné de
telle sorte que nul n'était incommodé par la chaleur.

Le procès-verbal des travaux du conseil fut lu
par le secrétaire et approuvé par l'assemblée,
après quelques observations et demandes d'éclair-
cissements, formulées de leur place par des
membres de la section. Puis, le président annonça
qu'un certain nombre de professeurs avaient demandé la parole pour traiter de la question des
émoluments supplémentaires. La question étant
à l'ordre du jour, elle leur fut accordée et ce fut
au milieu d'un profond silence qu'on vit monter
à la tribune un jeune homme pâle, à la face
mince et dure, aux yeux ardents.

Sans s'embarrasser d'un préambule oratoire,
le jeune professeur, en phrases sèches et précises,
alla droit au but : En dehors du traitement fixe
accordé par l'État à tous les membres de l'Enseignement attachés aux écoles publiques, certains
professeurs spéciaux étaient favorisés d'une in-

demnité supplémentaire, allouée par des associations industrielles, artistiques et scientifiques. Ces associations, maîtresses de donner ou de retirer leurs subventions, prenaient ainsi une influence décisive sur la direction de certaines études. Elles allaient jusqu'à exiger, pour les établissements où ces subventions leur donnaient la haute main, tels professeurs à la place de ceux qu'avait désignés le conseil de la section. Il y avait là une source d'inégalité qu'il fallait tarir. Les associations les plus généreuses, étant les plus intéressées, étaient les associations industrielles. Or, elles étaient naturellement portées à favoriser les études pratiques au détriment des études théoriques et des hautes spéculations. Il s'ensuivait que les professeurs voués aux recherches de science pure ne participaient pas à ces indemnités, et qu'en somme les mérites les plus élevés étaient les moins récompensés.

Un léger murmure agita l'assistance, jusque-là silencieuse et calme. L'orateur étendit le bras, comme pour apaiser ce mouvement. Et, de fait, l'assemblée redevint attentive, et il reprit son discours en s'étonnant qu'on eût pu se méprendre sur sa pensée. Il n'entendait point apitoyer le public sur le triste sort de ceux d'entre ses collègues qui s'étaient consacrés à la recherche désintéressée des vérités d'ordre spéculatif. Selon lui, ils avaient choisi délibérément leur part, en estimant qu'elle était la meilleure. D'ailleurs,

vivant d'une existence presque absolument céré-
brale, ils étaient moins sensibles aux douceurs
du bien-être que leurs collègues davantage mêlés à la vie de relation; à la condition que les
bibliothèques et les laboratoires fussent abon-
damment pourvus de livres et d'instruments, le
reste leur importait fort peu. En parlant ainsi, il
était certain d'exprimer leur pensée à tous, sans
exception.

Pierre hocha énergiquement la tête en signe
d'adhésion, et donna le signal des applaudissements.

— Ce n'est donc pas la situation qui leur est
faite par ce régime qui motive ma protestation,
poursuivit le jeune homme. Mais n'est-il pas à
craindre que ces primes, données à l'enseignement pratique et aux recherches utilitaires, ne
deviennent funestes à l'enseignement et aux études théoriques? Le jour où l'on cesserait d'aimer
la science pour elle-même serait celui de la rétro-
gradation de toutes les sciences. Qu'on y songe :
c'est en poursuivant des recherches absolument
désintéressées que des savants ont trouvé fortui-
tement sur leur chemin les moyens d'améliorer
l'industrie humaine. Dès qu'on se proposera des
buts limités et immédiats, ces trouvailles précieuses pour le bien général se feront plus rares.

Estimant sans doute que son discours n'avait
pas besoin d'autre péroraison, le professeur quitta
la tribune, accompagné par les applaudissements

d'une partie de l'assemblée. Quelques membres
y parurent après lui, chacun apportant des faits
à l'appui de la thèse qu'il avait développée, puis
le président donna la parole à Pierre Davant. Un
mouvement de vive curiosité se manifesta parmi
les auditeurs. Louise, sentant son cœur battre
plus fort, se gourmanda et, rejetant le buste en
arrière, sembla prendre le parti de se montrer
indifférente.

— Les précédents orateurs ne lui ont pas laissé
grand'chose à dire, souffla Lagaline.

— Evidemment, répondit tout bas Frizet, s'il
soutient la même manière de voir.

— Et laquelle voudriez-vous donc qu'il sou-
tînt?

— Faites un peu de silence, nous allons le
savoir.

Louise sentait qu'en dépit d'elle-même, et quoi
qu'il dût dire, elle serait de l'avis de Pierre.

Celui-ci commença par manifester sa surprise
qu'une telle question eût été soulevée dans la
septième section où les générosités des associations n'allaient pas aussi volontiers qu'aux sections des mathématiques, de physique et de chimie. C'était sans doute pour imiter ces sections,
où de semblables débats avaient été institués,
qu'on venait en occuper la section de sociologie.
Donc, si le danger signalé par les orateurs précédents existait, ceux qu'il menaçait avaient seuls
qualité pour s'en préserver. Pourtant, à raison de l'é-

troite solidarité qui reliait entre eux les divers ordres de l'Enseignement; il pouvait importer à la sociologie que les autres sciences générales ne tombassent pas en décadence, et à ce titre la section de sociologie devait examiner la question. Comment les sections plus directement intéressées l'avaient-elles tranchée? En reconnaissant aux associations le droit d'accorder des primes à certains professeurs techniques et aux auteurs heureux de certaines recherches. La section de sociologie, qui ne manifestait son action sociale immédiate que par les juristes et les statisticiens dont elle dirigeait les études, pouvait-elle se montrer plus sévère? Oui, dans l'examen de la question; non, dans la solution à y apporter.

Tandis que la salle applaudissait à l'unisson des battements du cœur de Louise, Lagaline gronda:

— Le démagogue, il flatte l'esprit de corps.

— Mais non, riposta Frizet. Il affirme la hiérarchie des sciences, au sommet de laquelle se trouve la sociologie.

— Peuh! il y a là-dedans des sociologues qui ne sauraient pas faire une règle de trois ou une analyse chimique.

— Il y a bien des ingénieurs qui ne sauraient pas tenir une pioche.

La dispute allait continuer, mais le public imposa silence aux deux amis, et l'on entendit Pierre continuer en ces termes:

— J'affirme hautement que les avantages matériels accordés à ceux d'entre nous qui donnent un but pratique à leur enseignement, ne peuvent avoir aucune mauvaise influence sur les études désintéressées. C'est grâce aux perfectionnements matériels, aux inventions et aux découvertes, à l'accroissement du bien-être général, à l'extension de la vie humaine, en un mot, que la science pure enrichit son domaine et élargit le champ de sa recherche. On parle toujours de l'action qu'elle exerce sur le développement matériel, et sur les progrès industriels de l'humanité. Il serait temps de parler un peu de l'influence que ces progrès et ce développement ont eue sur l'avancement des sciences pures. Nos astronomes, livrés à leurs seuls calculs et privés des puissants instruments de l'optique moderne, n'eussent pas fait beaucoup de progrès sur Tycho-Brahé. Songez que, d'Aristote à la fin du dix-huitième siècle, la philosophie générale a tourné sur elle-même comme un cheval de manège, et que ses développements ultérieurs ont coïncidé avec le développement industriel du siècle dernier et de ce siècle-ci. Donc, ne craignons point. Plus nous lancerons de physiciens, d'ingénieurs, d'hygiénistes sur le monde, et plus nous lui créerons le loisir salutaire qui engendre les hautes pensées et les nobles désirs désintéressés. Prenons garde, d'autre part, de donner à l'humanité un trop vaste cerveau sur un corps trop débile. Faisons en sorte que nos études soient l'ornement de la vie des meilleurs, et non la chicane à laquelle prennent part le plus vivement ceux qui sont le moins aptes à la soutenir. Ne les séparons donc pas trop absolument des arts techniques, si nous ne voulons pas qu'elles s'éloignent de la vie et se perdent dans le rêve stérile. Moralistes, ingénions-nous à trouver pour la jeunesse des jeux qui l'aident à passer sans péril les troublantes heures de l'éveil de puberté. Juristes, contribuons à l'éducation civique de ceux qui seront un jour des citoyens. Statisticiens, donnons une vie réelle aux sèches opérations d'arithmétique, et glorifions-nous si nos preuves ont décidé les cultivateurs à donner un légume nouveau à la table du dernier d'entre nous, tout en augmentant leur propre bien-être. Historiens, utilisons les travaux des psychologues de la section d'anthropologie, afin d'établir la psychologie des peuples et de découvrir dans le nôtre de nouveaux ressorts pour l'action vers le mieux. Faisons que les plus illustres d'entre nous ne soient point déplacés dans une école de village, et c'est encore à eux, au cher objet de leurs études, que nous aurons rendu service.

Parmi les auditeurs, deux camps se formaient. Dans l'un, celui qui applaudissait Pierre, les hommes étaient en majorité. Dans le second, où se remarquait une réserve hostile, les femmes dominaient. L'une de celles-ci demanda et obtint la parole.

8.

Elle fut dans cette réunion le verbe de l'égalité·idéale, absolue et comme mystique. Avec une énergie outrancière, elle nia le mérite individuel et les sanctions auxquels il prétend sous forme de récompenses. Son geste furieux renversait les barrières où prétendaient se cantonner les catégories pédagogiques. Volontiers elle eût comparé l'enseignement à un immense monastère. Nonne farouche, elle renonçait aux joies de la vie, même à celles de la famille, afin d'être plus entièrement à son œuvre d'éducation, et pour un rien elle eût sommé ses frères et ses sœurs en enseignement de l'imiter.

Pourtant une solution pratique se dégagea de son discours et lui conquit la majorité. La plus forte part des primes versées par les sociétés serait retenue par les sections pour leur permettre d'enrichir leurs collections, leurs bibliothèques et leurs laboratoires.

L'assemblée décida qu'une proposition en ce sens serait soumise à l'étude des sections, et le président leva la séance.

Pierre alla rejoindre ses amis, et ils sortirent ensemble.

— Que de lacunes dans notre système d'instruction publique! gémit doucement Frizet.

— Bah! s'écria le professeur. Et lesquelles donc, cher ami?

— Une, entre autres, que vous avez signalée comme si elle était comblée.

— Voyons?

— Que faites-vous de la science, des sciences?
L'admirable nourricière de l'esprit humain, qui
reçut le culte de Platon, de Spinoza et de Kant,
dans quelle section la logez-vous? Qui l'enseigne
parmi vous? Où sont les maîtres qui la conduisent vers de nouveaux sommets?

— Vous voulez parler de la philosophie? répliqua Pierre d'un ton dégagé. Eh! mon cher, ce
n'est pas matière d'enseignement à classer. Elle
est dans tout. La psycho-physiologie lui a enlevé
ses explications sur l'homme. Quant à ses explications sur l'univers, les astronomes et les géo-
logues en donnent qui ne sont pas à mépriser,
encore que nous n'en soyons pas au fin mot, qui
pourrait bien ne pas exister. La morale? Elle a
sa place dans notre enseignement. La conduite
des hommes en société? C'est la sociologie. Pour
ce qui est des hypothèses métaphysiques où se
complut si longtemps notre pensée enfantine,
elles sont expliquées, comme les religions, par
les professeurs de la section d'ethnographie...

La femme qui avait pris la parole après Pierre
l'interrompit en lui touchant le bras.

— Vous ne m'en voulez pas? dit-elle.

— Au contraire, répondit-il. Vous aimez la
science pour ce qu'elle peut donner de bonheur à
la société. Tant de gens l'aiment pour elle-même,
et si exclusivement qu'ils tueraient leur mère
pour faire de sa souffrance un objet d'étude. Cela

corrige ceci. Finalement vous avez fait une proposition que tout le monde était forcé d'accepter.

— Eh bien, reprit-elle, je vous attache pour aujourd'hui à mon char de triomphe. Venez voir mon école. Dix fois déjà vous m'avez promis... Je vous tiens, je ne vous lâche pas.

— Vos amis seront les bienvenus, ajouta-t-elle en saluant légèrement Louise et les deux disputeurs. Nous avons justement, de six à sept heures, des exercices qui les intéresseront peut-être.

— Qui est-ce? demanda Louise à Pierre avec un léger tremblement dans la voix, car l'inviteuse était d'une beauté sculpturale.

— Comment! vous n'avez pas entendu parler de Thérèse Florentin ?

— La célèbre réformatrice de l'enseignement !

— Elle-même.

Louise se rappela que Thérèse Florentin devait avoir au moins quarante-cinq ans, et elle s'assit gaiement à côté d'elle sur la banquette du car scolaire qui emmenait vers l'école la pédagogue, ses collaborateurs des deux sexes et ses invités.

VIII

UNE REPRÉSENTATION D'HISTOIRE

— Vous êtes la fiancée de Pierre Davant ? demanda Thérèse à sa voisine.

— Nous ne savons pas encore, répondit Louise en riant. Nous nous observons avec sympathie.

— Je vous souhaite sincèrement de le conquérir. C'est un homme de valeur. Avez-vous un idéal ?

— Oui, la musique.

— Pour l'enseigner ?

— Pour en faire, pour me la chanter à moi-même, pour exhaler par elle toutes mes joies et toutes mes douleurs, pour chanter par elle les joies et pour pleurer par elle les douleurs des êtres.

— Artiste ! murmura la pédagogue.

— Inutile, donc ? interrogea la jeune fille.

— Non pas ! se récria Thérèse. Et je comprends que vous ayez été attirés l'un vers l'autre. Votre union fera de vous deux un individu parfait.

— Si elle s'accomplit... Sinon, nous resterons imparfaits l'un et l'autre ?

Thérèse sentit vivement la pointe d'amour-propre qui perçait dans les paroles de Louise.

— Je me suis bien résignée, moi, à demeurer imparfaite, soupira-t-elle.

— Par orgueil, sans doute, fit la jeune fille. Quel homme n'eût été fier d'associer sa vie à la vôtre !

— Non, pas par orgueil. Je vous en prie, ne croyez pas cela, encore que ce soit un de mes graves défauts. J'ai eu peur de la vie, voilà la vérité. Je me suis fait une si haute idée de l'amour, que je ne m'en suis pas crue capable. J'ai reculé devant la responsabilité d'assumer le bonheur d'un homme. Cela m'a paru une chose si respectable et si fragile, que mes mains ont tremblé, et n'ont point osé le saisir... Ils ont peut-être raison ceux qui, tout en guidant leur existence vers leur idéal, savent s'accommoder des à peu-près de la réalité. Mais pourquoi vous dire de ces choses? Je remarque en vous une suffisante aptitude à vivre la vie complète, avec toutes ses joies ; mon passé n'a pas, heureusement, à être la leçon de votre avenir.

— Je ne veux voir dans votre confidence qu'une marque de sympathie, et vous ne sauriez croire combien j'en suis heureuse, dit Louise avec émotion.

— Pour que vous le soyez tout à fait, sachez que je n'ai aucun regret d'avoir dirigé ainsi ma vie. Des enfants, j'en ai plus que vous n'en pourrez jamais avoir, et je les aime autant que vous aimerez les vôtres. Notre cœur peut s'attacher aux œuvres de notre cerveau avec la même ardeur et la même sollicitude qu'aux œuvres de notre chair. Quand je vois les mères de mes élèves chéris, il me semble que je suis une grande dame du temps jadis, une grande dame Gigogne, entourée des nourrices de ses innombrables enfants.

Assis en face des deux nouvelles amies, Lagaline s'enquérait de l'école qu'on allait visiter. Sa voisine le renseignait complaisamment, fière de faire connaître les méthodes d'éducation qu'elle contribuait à mettre en œuvre. Frizet écoutait la bouche ouverte, guettant les observations de son ami pour y chercher matière à une de ces interminables discussions où ils se complaisaient tous deux.

— Nous avons emprunté à Fourier une de ses plus belles inventions, disait l'institutrice. Grâce à nos enfants, nous n'avons pas besoin de personnel pour le service. Comme dans les écoles de village du vilain vieux temps, ils balaient les salles à tour de rôle, et c'est une joie pour eux de manier les appareils de propreté et d'hygiène. Ils appellent cela la corvée, mais sans attacher à ce mot le sens communément accepté. On en voit qui achètent leur tour à leurs petits camarades, moyennant billes, images ou toupies. C'est également à eux qu'est confié le réglage des calorifères l'hiver et des ventilateurs l'été. Ils se familiarisent ainsi avec le thermomètre et les divers appareils mécaniques. Nous avons des petits bonshommes de douze ans qui sont déjà de véritables électriciens.

— Ne craignez-vous pas les accidents? interrompit Frizet, qui se rappelait de quels soins absurdes et paralysants son enfance avait été l'objet.

— Il n'en peut pas arriver de bien graves, répondit la jeune femme. Vous savez que tous les appareils domestiques ou industriels sont pourvus d'avertisseurs; et, d'ailleurs, il est impossible que les enfants, et même les grandes personnes, soient mis en contact avec les courants d'énergie. On peut très bien exiger d'un enfant du sérieux et de l'attention.

— Croyez-vous! fit Lagaline.

— Mais l'expérience est faite, répliqua vivement l'institutrice. L'enfant est heureux qu'on lui confie une tâche, qu'on lui reconnaisse une responsabilité. Il se sent homme à ce signe, et il n'a pas tort. Nous faisons naturellement tout ce que nous pouvons pour fortifier en lui ce sentiment précieux. Nous nous gardons bien, d'autre part, de surmener son attention et d'en exiger plus qu'elle ne peut donner. Ces tâches que nous leur confions, sont toujours très précises, très simples et de courte durée. Il n'y a d'exception à cette règle que pour la cuisine, qui passionne non seulement les fillettes, mais encore un certain nombre de garçons. Nous avons un marmot de dix ans qui sera certainement un des maîtres pâtissiers de son époque; à moins qu'en grandissant il ne change de vocation.

— Voyez-vous des vocations se dessiner parmi des enfants aussi jeunes? demanda Frizet.

— Oui, mais seulement chez nos plus grands élèves : ceux de treize à quinze ans. Les plus petits, quand on les interroge, déclarent vouloir faire comme maman ou comme papa.

— Parmi les grands, voyez-vous se produire ce phénomène, que signalait un auteur du siècle dernier, en vertu duquel les enfants tendent à exercer une profession plus relevée que leurs parents? interrogea Frizet.

Lagaline haussa dédaigneusement les épaules, tandis que l'institutrice disait d'un ton de surprise :

— Je ne comprends pas bien. Qu'appelez-vous professions relevées et professions abaissées? Ces termes, vous le savez bien, n'ont plus aucun sens aujourd'hui, ne correspondent plus à aucune réalité. Est-ce une profession relevée que celle de secrétaire d'Etat à l'Enseignement? Est-ce une profession abaissée que de moucher des marmots dans une école maternelle? Je ne sais. Je connais depuis l'enfance l'excellente femme qui occupe le fauteuil des anciens grands-maîtres de l'Université. Depuis qu'elle est notre déléguée à l'Administration publique, je la vois maigrir et dépérir

9

à vue d'œil. Elle est en proie aux sollicitations et en butte aux récriminations. Je n'ose aller la voir de peur de lui voler son temps et de la contraindre à le regagner sur un sommeil déjà écourté. Voilà une profession qui, si elle est relevée, pour parler votre langage d'autrefois, le langage du temps où les mandataires étaient des maîtres, ne relève guère la physiologie de ma pauvre amie, je vous l'assure.

— Personne ne la contraint, murmura Lagaline.

— Évidemment. Personne ne contraint non plus le médecin à demeurer au chevet empoisonné d'un mourant et y contracter le virus qui doit le tuer à son tour.

— Bien répondu, dit Frizet.

— La jeune personne qui vous accompagne, poursuivit l'institutrice, n'exerce pas, à votre estime, une profession relevée.

— Pardon ! fit-il. Elle est musicienne.

— Pas du tout. La musique n'est pas encore son moyen d'existence. En attendant qu'elle ait achevé ses études musicales, elle exerce la profession de ménagère. Autrefois, c'était un des états les plus humbles. Pourtant, alors qu'en France on en était encore à le classer dans les bas emplois de la domesticité, aux États-Unis on le considérait, sans honte et sans forfanterie, comme un moyen d'existence provisoire, qui permettait aux jeunes gens de se préparer à faire leur vie à leur guise. C'est ainsi que, dès le siècle dernier, on voyait des jeunes gens se faire garçons d'hôtel pour pouvoir suivre sans mourir de faim les cours de l'université de Harvard.

— C'est précisément une des caractéristiques de ce temps-ci, fit Lagaline. Au siècle dernier, les professions qui ne nécessitent aucun apprentissage ni aucune aptitude particulière étaient exercées par des malheureux qui formaient comme une plèbe dans le prolétariat d'alors. C'est eux que les Anglais appelaient des *unskilled*. A présent, ces professions d'exercice facile sont recherchées par ceux qui, arrivés à l'âge où l'on doit se suffire par son travail propre, n'ont pu achever les études nécessaires à l'exercice d'une profession intellectuelle. C'est ainsi que la citoyenne Ducharme, qui sera peut-être dans dix ans une grande musicienne, est présentement la femme de ménage du citoyen Davant.

— C'est fort bien ainsi, approuva Frizet.

— C'est une indignité. Si les parents de cette jeune fille avaient une situation plus lucrative, elle pourrait faire des gammes toute la matinée, au lieu de balayer des chambres et de faire des lits.

— A votre compte, dit Frizet, qui tenait sa querelle, il suffirait de se prétendre doué, de vouloir faire l'apprentissage d'un art long et difficile, pour être entretenu à grand frais par la communauté.

Lagaline allait riposter, mais le car était arrivé dans la cour de l'école ; ses arguments eussent été perdus dans la bousculade de cette vingtaine de voyageurs se hâtant de descendre. Il se promit de reprendre la partie à la plus prochaine occasion.

— Tous vos collègues, demanda-t-il à sa voisine après l'avoir aidée à descendre, appartiennent donc à la septième section ?

— Non, répondit-elle. Nous étions allés en spectateurs à cette réunion. Seule, la citoyenne Florentin appartient à la « sociologique ». Moi, je suis de la « physique ».

Thérèse conduisit ses invités dans un vaste jardin où s'ébattaient avec des cris cinq à six cents enfants de sept à quinze ans. Le son d'une cloche les avertit que des visiteurs survenaient. Ils cessèrent leur jeux et, tout essoufflés, ils se groupèrent sur les indications de quelques instituteurs des deux sexes. Inutile de dire que, comme dans toutes les écoles, garçons et filles participaient aux mêmes jeux et aux mêmes travaux.

— Je voudrais vous montrer comment nous enseignons l'histoire à nos enfants, dit Thérèse à Pierre. Quelle classe voulez-vous que je prenne pour notre expérience ?

Pierre désigna un des groupes qui s'étaient formés au son de la cloche.

— Le groupe des « Treize ans », soit. Eh bien ces soixante élèves vont se distribuer les rôles du

thème que vous voudrez bien leur donner, fit-elle
après s'être approchée avec Pierre du groupe des
Treize ans. Ce fut un éclat de joie dans le groupe
à cette annonce.

Thérèse tira son carnet de sa poche et l'ouvrant
à la page où se trouvait la liste alphabétique des
élèves du groupe désigné, elle appela un enfant
du groupe des Sept ans, qui s'était approché curieusement. Elle tira une épingle de sa chevelure
et la tendit au bambin.

— A présent, dit-elle à Pierre, le thème?

— Où en est cette classe? demanda-t-il.

— Vous savez comment nous enseignons l'histoire. Plus de règnes ni de chronologie. De grands
faits saillants, dont l'action a été décisive sur la
marche du monde. Et à reculons, selon la mé-
thode inventée par les Anglais. Ne leur parlez
pas de la Charte de Louis VI, ni de Berthe aux
grands pieds. Nous n'en sommes encore qu'à
l'époque où Mazarin s'enfuyait avec le jeune
Louis XIV devant les Parisiens révoltés.

— Eh bien, dit Pierre en se décidant, est-ce
trop demander à ces chers enfants que de nous
faire revivre par leurs propos alternés la fameuse
scène où Mirabeau mit si justement à sa place le
marquis de Dreux-Brézé, et les incidents divers
qui, à la cour, dans l'assemblée et dans le peuple, la précédèrent?

Il vit des fronts se relever fièrement et des yeux
briller. Une acclamation accueillit sa proposition.

— Bien, fit la directrice.

Et s'adressant à l'enfant qui tenait l'épingle :

— Ferme les yeux, lui dit-elle.

Elle approcha son carnet de l'épingle :

— Pique, petit.

L'enfant allongea la main. Thérèse regarda le carnet et appela :

— Henriette Demours.

L'appelée sauta de joie.

— Quel rôle veux-tu ?

— Celui de Marie-Antoinette.

Ainsi furent désignés par le sort aveugle les rôles de Louis XVI, de Mirabeau, du marquis de Dreux-Brézé, de Robespierre, et des autres personnages de l'époque qu'il s'agissait de représenter. Ceux qui n'avaient pas encore été appelés ne cachaient pas plus leur désappointement que les élus ne cachaient leur joie. Thérèse s'en aperçut et dit :

— Il y a des rôles pour tous. Cherchez bien.

Emporté par son désir, un garçon s'écria en s'avançant :

— Moi, je prends Voltaire !

Un rire s'éleva.

— Bêta ! lui dit un de ses camarades. En 1789, Voltaire était mort.

Tout penaud, l'enfant rentra au plus épais du groupe.

— Citoyenne, fit une gamine fûtée qui n'avait pas de rôle, il n'y a pas grand'chose pour les filles dans ce thème. Le citoyen ne permettra-t-il pas un petit saut de quelques mois pour que nous ne restions pas dans le chœur?

— Lequel? demanda Pierre en souriant.

— Eh bien, voilà. Nous pourrions être les Parisiennes qui viennent à Versailles avec un canon pour ramener aux Tuileries le boulanger, la boulangère et le petit mitron.

— Moi, je ferai le petit mitron, cria l'enfant à l'épingle.

— Toi, ferme les yeux, lui dit Thérèse avec une feinte sévérité, qui ne le trompa point.

— Permettez-vous? demanda Pierre à Thérèse.

— Soit. Cette scène formera l'épilogue.

— Cela nous est bien égal, crièrent les filles, ravies d'être de la partie.

Les classes s'étagèrent sur la partie de la pelouse qui était en pente, de manière que chacun ne perdît rien du spectacle; et le jeu de paume découvert figura la scène sans autre ornement que les arbres qui le délimitaient, d'ailleurs assez espacés pour que les spectateurs n'en fussent pas gênés. Des enfants avaient apportés des sièges. Thérèse et ses invités se placèrent sur un des côtés de la prétendue scène, ce qui fit dire à un garçonnet:

— C'est comme sous Molière. Les « grands » sont assis sur le théâtre.

— Autrefois, observa Lagaline, on eût dit: « sous Louis XIV ».

— Ces sottes manières de parler sont heureusement corrigées, dit Pierre.

Mais le jeu commençait. Après s'être concerté un instant avec ses camarades, un enfant s'avança seul sur le théâtre, salua, et annonça que la représentation historique se composait de cinq scènes, y compris l'épilogue que la citoyenne directrice avait bien voulu permettre. Dans la première, les électeurs de Paris feraient leurs recommandations à leurs députés aux États-Généraux. Camille Desmoulins et Danton parleraient au nom des électeurs, Bailly répondrait au nom des députés. Dans la seconde scène, on verrait Louis XVI approuver les projets de réformes de Necker, puis, cédant aux conseils pernicieux de la reine, de Mme de Lamballe et des gens de la cour, annoncer sa résolution d'empêcher l'Assemblée nationale de se constituer autour du Tiers-État. La troisième scène représenterait la fameuse séance royale : Louis XVI y prononcerait les paroles que lui avait dictées la cour et se retirerait dans le silence hostile de l'Assemblée. Puis Bailly rappellerait le serment prêté au Jeu de paume. Alors interviendrait le marquis de Dreux-Brézé enjoignant à l'Assemblée de se dissoudre. Et la scène finirait sur l'apostrophe fameuse de Mirabeau. La première scène de l'épilogue, ou, pour mieux dire, du second épisode, représenterait Marie-Antoinette encourageant les gardes du corps et la noblesse réunis autour d'elle à résister à l'insurrection, et buvant avec eux à la restauration des droits monarchiques et féodaux. La

seconde scène montrerait l'irruption des Parisiennes affamées conduites par Maillard, et
se terminerait par un cortège. L'enfant salua
et se retira.

— Voilà un gaillard admirablement doué pour
le barreau, fit Pierre qui avait admiré le débit
aisé et facile du petit bonhomme, le choix heureux des expressions qu'il employait et la manière
dont il avait su indiquer que la seconde partie
du spectacle était un autre épisode du grand
drame, et non un épilogue.

— Lui ! répondit Thérèse. Il quitte l'école demain pour entrer à Boulle. Son rêve est de faire
de l'ébénisterie.

La représentation se déroula dans l'ordre an-
noncé par le jeune régisseur. Pierre et ses amis
étaient émerveillés, non pas tant de la facilité
d'improvisation dont presque tous les récitants
faisaient preuve, que de l'intelligence montrée
par chacun d'eux dans la reconstitution de son
personnage. A chaque instant, dans le dialogue,
une réplique montrait une connaissance exacte
des mœurs et des aspirations de l'époque. L'élève
qui jouait Marie-Antoinette était entre tous remarquable par le soin avec lequel, par de menus
détails, elle montrait la femme frivole et aimable
sous la reine stylée par des courtisans à employer
les grands mots de raison d'État, de pouvoir
royal, de prérogatives de la couronne, d'intérêt
véritable des sujets de Sa Majesté. Les spectateurs

n'étaient pas moins intéressants que les acteurs. Ils suivaient le drame avec une attention passionnée, applaudissant avec ensemble aux endroits réussis, murmurant quand un récitant de second plan, voulant grossir son rôle, occupait trop longtemps la scène par des détails oiseux ou puérils. La petite fille qui avait suggéré l'épisode complémentaire fut tellement émouvante, quand elle exposa à la reine la mission du peuple de Paris, que des sanglots éclatèrent dans l'auditoire et que Pierre lui-même se sentit profondément remué.

—Quelle admirable actrice elle fera! murmura-t-il.

— Incorrigible! répliqua Thérèse, C'est notre meilleure couturière, et elle se promet une belle carrière dans cette profession.

Le retour du boulanger, de la boulangère et du petit mitron, portés à bras en cortège par toute la classe, souleva un délire parmi les assistants. D'instinct, la *Marseillaise* éclata, si furieuse, si pathétique, que nul parmi les professeurs, émus aux larmes, n'eut l'idée de protester contre cet anachronisme.

IX

Comme Pierre et ses amis sortaient de l'école, le spectacle d'une rixe attira leurs regards. Louise poussa un cri de douleur et de détresse. Le jeune homme se jeta sur les combattants et, d'une poigne vigoureuse, les sépara. Ils allaient se ruer de nouveau et faire sans doute pleuvoir les coups sur l'intervenant, mais Lagaline et Frizet s'étaient emparés de l'un d'eux et s'efforçaient de le maintenir, tandis que Louise, enlaçant étroitement l'autre, tentait de le calmer avec de douces paroles entrecoupées de sanglots.

— Lâchez-moi, dit l'homme que tenaient Lagaline et Frizet. Je ne lui ferai rien. C'est une affaire finie. Il m'a donné un soufflet, je lui ai allongé un coup de poing. Après tout, nous sommes quittes.

Mais son adversaire, tout en essayant de se débattre contre l'étreinte de Louise, ne l'entendait pas ainsi. Il oubliait la gifle donnée et ne pensait qu'au coup de poing reçu.

— Laisse-moi, petite sœur ! hurlait-il, je veux lui manger le nez.

L'autre, alors, se campa dans une posture de
défi, ce qui redoubla la fureur de son antagoniste.
Pierre dut se joindre à Louise pour contenir celui-ci, tandis que Frizet et Lagaline, parlant ensemble, arraisonnaient l'autre, lui affirmaient
qu'on ne lui mangerait pas le nez, ce dont il con-
vint sans peine, attendu, disait-il, avec des jurons
furieux, qu'il saurait bien empêcher ce blanc-bec
d'y toucher seulement du bout du doigt.

Cette scène menaçait de durer : Pierre et Louise
avaient déjà presque calmé leur captif. L'épi-
thète de blanc-bec fit rebondir sa fureur. Être
traité ainsi devant sa sœur lui semblait intolé-
rable.

— Je veux lui faire voir que je suis un homme !
cria-t-il.

— Vous le lui feriez bien mieux voir en ne
trépignant pas comme un méchant gamin, dit
sévèrement Pierre.

Quoique d'une forme rude, cet appel à sa raison
fit impression sur le frère de Louise. Il accepta de
discuter.

— Oui, conclut-il, je l'ai frappé le premier.
Mais il m'avait insulté.

— Voyez-vous, monsieur susceptible ! gouailla
l'autre.

Mais sa gouaillerie n'avait plus rien d'hostile.
Du moment qu'on s'expliquait, il ne demandait
pas mieux que de prendre loyalement sa part de
torts, à la condition que le jeune Ducharme vou-

lût bien en faire autant de son côté. Il offrit de
raconter la cause de la querelle. D'un cligne-
ment d'œil inquiet, Ducharme lui montra Louise,
et, très rouge, il dit précipitamment :

— A quoi bon ! Nous avons chacun nos torts,
nous les reconnaissons. Tu ne m'en veux plus, je
ne t'en veux plus. N'embêtons pas plus longtemps
le monde avec nos affaires.

— Encore quelque vilaine histoire, soupira
Louise, à qui n'avait pas échappé le jeu muet de
son frère.

— Mais, non, petite sœur, je t'assure, balbutia
le galopin.

Il ne pouvait pas décemment avouer à Louise
que la querelle était venue de ce que son antagoniste, son copain, l'avait déclaré incapable de
boire deux litres de vin d'affilée sans être saoûl.
Ce n'était pas de ces prouesses qu'il aimait à se
vanter devant les siens.

— Puisque te voici, lui dit Louise, tu vas m'accompagner à la maison, n'est-ce pas, mon petit
Georges ?

La proposition parut médiocrement sourire au
« petit Georges », qui avait sans doute organisé sa
soirée autrement. Il regarda sa sœur, puis son camarade, puis Pierre, et reporta ses regards à
terre, très embarrassé.

— Je vais te dire, fit-il. Pigenoix, mon ami
Pigenoix, un ancien de Diderot, qui est venu me
voir tantôt...

Pigenoix salua en faisant des grâces à sa manière. Georges poursuivit:

— Eh bien, ce vieil ami Pigenoix m'a invité à
dîner, et alors, tu comprends...

Ni Louise ni ses compagnons ne parurent comprendre que le gracieux Pigenoix eût invité à dîner le jeune Georges. Pigenoix, n'avait pas, en
effet, la mise et la tournure d'un amphitryon. Ses
vêtements étaient des haillons sans forme et sans
couleur, et la sueur du travail n'eût certainement
pas sali à ce point le peu de linge qu'ils laissaient
paraître, sauf au fond de la culotte, où il en paraissait beaucoup, ce qui n'était à la mode que
chez les tout jeunes enfants. Or, il eût difficile-
ment passé pour celui d'un poupard, ce visage
hâlé, raviné, mangé aux trois quarts d'une barbe
inculte, éclairé, non par les yeux, rapetissés et
ternes, mais par un grand nez rubicond, que son
flamboiement malsain semblait rendre plus proé-
minent encore.

Frizet soupira:

— Comment peut-il encore exister de tels êtres
dans une société d'hommes émancipés!

Pigenoix sentit l'impression qu'il produisait et
tenta de pallier l'invraisemblance du dire de Georges.

— Oh! une invitation sans cérémonie, dit-il.
Au restaurant municipal, tout simplement. C'est
la princesse qui paie, et c'est moi qui régale.

Pierre se reprocha de n'avoir pas encore visité

ces réfectoires, mis par la Municipalité à la disposition des malheureux rebelles à toute occupation suivie et impatients de toute discipline. Il était arrivé jusqu'à sa trentième année sans avoir accompli au moins une fois ce devoir et satisfait une curiosité légitime qui pouvait être utile à quelque gars, non encore irrémédiablement enlisé dans l'ataraxie animale. Sa résolution fut vite prise.

— Citoyen Pigenoix, dit-il, voulez-vous que nous soyons vos convives ce soir?

Louise aquiesça du geste. De la sorte, elle ne quitterait pas son frère; elle espérait le ramener à la maison sans qu'il commît quelque nouvelle incartade.

— Très honoré, citoyenne et citoyens, de vous avoir dans ma compagnie...

Il s'interrompit pour regarder Pierre avec une vague défiance, parut hésiter à dire quelque chose qui le tracassait, puis se décida tout en marchant:

— Je sais pourquoi vous voulez nous accompagner, citoyen, fit-il. Rien à faire avec moi. Merci tout de même de la bonne intention. Voyez, j'ai à peine vingt-cinq ans, et j'en parais plus de quarante. Je ne serais plus capable, si j'en avais la volonté, de me tenir devant un étau et de limer droit. Regardez comme j'ai la tremblote aux pattes.

Écartant les doigts, il exhiba à son interlocuteur le tremblement des alcooliques invétérés.

— N'avez-vous pas essayé de vous guérir? Vous savez pourtant que c'est une maladie? Il vous suffirait de vous soumettre à un traitement.

— Oui, mais je veux et je ne veux pas. Ah! si quelqu'un pouvait vouloir à ma place, cela pourrait peut-être s'arranger. Seulement, ce quelqu'un-là, je suis sûr que je deviendrais son ennemi; je lui échapperais ou je le tuerais, pour retourner à mon poison, à mon bonheur.

— On devrait contraindre par la force ceux qui ne savent pas exercer leur volonté, dit Frizet à Lagaline.

Lagaline sursauta:

— C'est par l'exemple, et non par la contrainte, que doit se faire l'éducation de la liberté, fit-il.

— Vous plaidez pour moi, lui répondit Pigenoix, et pourtant vous plaidez contre. Tous les morts pèsent sur moi du poids de leur hérédité : mon père, mon grand-père, mon arrière-grand-père étaient des ivrognes. Que voulez-vous que je fasse, seul, contre tous ces morts que je porte en moi, si les vivants ne m'aident pas?

— Quoi! s'écria Lagaline. Vous accepteriez qu'on vous contraignît à vivre autrement.

— Certes, je n'irais pas me jeter dans la gueule du loup, répondit le vagabond. Je n'aurais pas assez de raison pour demander de moi-même la guérison de mon mal et ma rentrée dans l'existence normale. Mais j'en aurais assez, si l'on me

prenait par la force, pour comprendre et apprécier
l'humanité d'une semblable mesure. Les morts
me tiennent, mais je voudrais bien, moi aussi,
vivre avec les| vivants. Il me semble que je suis,
avec mes morts, dans un gouffre à l'orifice duquel
les vivants viennent me contempler. Je m'y com-
plais, dans ce gouffre, et je m'y dégoûte. Si l'on
me tendait une corde pour remonter au jour de
la vraie vie, je m'en écarterais. Pourtant, si l'on des-
cendait près de moi et qu'on me ligotât de cette
corde afin de me hisser vers les vivants, on me
sauverait peut-être... Mais nous voici arrivés au
restaurant. Permettez-moi de vous faire les honneurs de la maison.

Dans le vestibule, spacieux, de style sobre,
plusieurs personnes causaient en se promenant.
En apercevant Pigenoix et ses compagnons, un
vieillard, d'allure vive et de mine gaie, se détacha
d'un groupe et s'écria:

— Ce brave Pigenoix ! Le voilà donc revenu à
Paris !

— Mais, oui, citoyen gérant, répondit Pigenoix.
Et, vous le voyez, je vous amène des invités.

— Qu'ils soient les bienvenus, dit le gérant
avec un salut souriant aux compagnons de son
client.

Il semblait vraiment que ce fonctionnaire fût
un restaurateur, et qu'il se réjouît de voir arriver
dans son établissement des gens qui feraient bonne
chère et grosse dépense.

10.

— L'enseigne de la maison est trop agréable, murmura Frizet. Cela doit donner envie aux malheureux de s'y acagnarder.

—Rêveriez-vous donc le retour aux workhouses et aux asiles de nuit du temps jadis! grogna Lagaline.

—Non, mais il y a un juste milieu entre les géhennes que vous évoquez et la riante gargote où l'on reçoit si bien les gens qui veulent manger et non travailler.

— Vous permettez? fit le gérant en s'excusant du geste.

Et, prenant Pigenoix à part, il lui dit, mais point si bas que Pierre ne pût l'entendre:

— Mon pauvre garçon, comme vous voilà fait!... Je ne veux pas vous laisser vous mettre à table avec des gens comme il faut dans l'état où vous êtes. Je suis sûr que vous venez encore de passer plusieurs nuits dehors.

— Oui, répondit Pigenoix. J'arrive à pied de Nevers, où je m'ennuyais décidément trop.

— Pourquoi n'avoir pas pris le chemin de fer?

— Je vais vous dire... Le soir, où, dégoûté du travail, je me suis mis en route, j'avais une telle cuite que je n'aurais pas osé me présenter à la gare... Ma foi, j'ai godaillé, jusqu'à la fermeture du dernier cabaret avec la monnaie qui me restait. Puis, je ne sais comment, je me suis échoué dans les champs, contre une meule de foin. Il paraît que, la nuit, une averse formidable est tombée. Je n'ai rien senti ; mais, en me réveillant, au grand jour, j'étais trempé comme une soupe. Alors, je me suis mis en route pour Paris, en flânant comme un trimardeur du bon vieux temps, comme un antique compagnon du Tour de France, comme un ouvrier d'aujourd'hui en vacances... Pas très hospitalières, vous savez, les Municipalités rurales... Quels pacants !... Sauf dans deux ou trois endroits, où ma blague les a amusés, et où, pour me tourner en dérision, ils ont joué à me faire boire jusqu'à plus soif, j'ai préféré coucher dehors et manger au hasard que de recourir aux hôtelleries banales.

Il allait continuer, mais le gérant l'emmena vers une porte au-dessus de laquelle était inscrit le mot : Vestiaire.

— Venez faire un brin de toilette, lui dit-il.

Et il entra avec lui dans le vestiaire, tandis que Lagaline et Frizet continuaient leur discussion sur l'hospitalité municipale.

— En traitant ainsi les tristes déchets sociaux, disait Lagaline, la société ne fait son devoir que tout juste. Ils n'ont pas demandé à en être, de cette société. Elle les appelle à la signature du contrat lorsqu'il leur est humainement impossible de s'y soustraire. C'est donc à elle de faire en sorte qu'ils ne pâtissent point d'arrangements auxquels ils n'ont point souscrit.

— Soit ! et je ne veux pas plus que vous les

faire pâtir. Mais il ne faudrait point non plus les traiter si bien qu'ils en vinssent à être un objet d'envie et un sujet de démoralisation pour ceux qui se donnent la peine de travailler.

— La peine de travailler ! s'écria Louise. Oh ! le vilain mot. Mais le travail est un plaisir.

— Même quand vous tenez le balai au lieu de feuilleter une partition? lui répliqua Frizet.

— Même alors, affirma-t-elle. J'ai la joie de devoir mon plaisir à mon effort, et cela suffit à transformer mon effort lui-même en plaisir.

Pierre lui serra la main avec émotion. Lagaline, qui inspectait le vestibule, alla donner un coup d'œil dans la salle à manger. Il revint en disant :

— Ma foi, mon pauvre Frizet, si bien traités que vous le prétendiez, les hospitalisés n'abondent pas. Ils sont à peine une douzaine, et l'heure du dîner va sonner.

Il ajouta :

— Vous le voyez, ils préfèrent leur indépendance, ses hasards et ses détresses, à la bienveillance administrative. Ils ont assez de dignité pour souffrir de la faim dans leur coin, plutôt que de venir nous exhiber leur misère à la table publique.

— Qui vous dit qu'ils ne sont pas plus nombreux ici, parce qu'ils ne sont pas plus nombreux dans Paris? répliqua Pierre. Ces ambulants sont saisonniers, comme nous autres, mon cher ami.

Paris n'est une ville d'été que pour les provinciaux et les étrangers.

— Expliquez, alors, que les vagabonds étrangers ne viennent point prendre villégiature ici, riposta Lagaline.

— Tout simplement parce que le vagabond, inapte au travail et aux complications sociales, est un individu qui tend à retourner au type ancestral. Comme ses aïeux errants et paresseux, il n'habite pas les cités. Son milieu, c'est la nature, le plein air, les champs et les bois. Quand il vient dans les villes, c'est pour s'y réfugier, et seulement dans la saison rigoureuse.

— Il y a des exceptions, dit Frizet.

— Oui, fit Pierre. Quand le vagabond se double d'un ivrogne. Il court alors les centres de travail, s'y embauche pour un coup de main, s'en va dès qu'il a gagné de quoi satisfaire sa passion, et recommence. Les hôtelleries et restaurants municipaux voient chaque jour diminuer leur clientèle, heureusement. Nous pouvons prévoir le moment où ils disparaîtront, faute d'utilité. Car, vous le savez, c'est seulement à ceux qui sont censés pouvoir travailler et ne le vouloir que ces établissements sont destinés. Ceux qui ne le peuvent réellement, et dont l'infirmité permanente est établie, reçoivent l'hospitalité dans les maisons nationales s'ils n'ont pas de famille, ou une subvention égale au salaire moyen d'un travailleur de leur localité s ils vivent dans leur famille ou dans une famille amie.

Pigenoix, accompagné du gérant, sortit du vestiaire. Complètement vêtu de neuf, l'ami du jeune Ducharme semblait un autre homme. Ses cheveux et sa barbe étaient peignés, son visage propre faisait paraître son nez moins rouge.

— Ne seriez-vous pas content d'être toujours ainsi? lui dit le gérant avec un rire amical.

Georges considérait son ami et semblait moins content de sa transformation. Décrassé du pittoresque de ses haillons, le malheureux lui semblait montrer davantage sa dégradation. La vie indépendante et joyeuse de l'errant ne se soutenait donc que par la charité publique! Il n'était donc pas réellement indépendant, et il lui fallait subir l'humiliation intime de porter des vêtements que son travail n'avait pas payés! C'est donc ainsi qu'il serait, au sortir de son apprentissage, lui Georges Ducharme, si fier de porter des vêtements seyants, s'il continuait de se laisser aller à ses impulsions animales!

Pierre devina les sentiments qui bouleversaient l'esprit de Georges. Il lui dit affectueusement, à voix basse:

— Tu contemples ton ilote, petit. Courage. Laisse agir toute seule la leçon.

— A table, citoyens! cria le gérant en pressant un bouton qui fit retentir un carillon d'appel dans toute la maison.

Le repas était simple, mais abondant. Des douze tables à vingt-quatre places qui occupaient le réfectoire, une seule était à peu près au complet. Le gérant s'assit avec ses pensionnaires habituels et improvisés, à côté de Pierre, tout en donnant au service le coup d'œil du maître.

Au dessert, car il y avait des fruits de saison, il annonça qu'il avait une communication à faire dont ceux qui le voudraient pourraient prendre connaissance dans la salle d'hiver. Tout le monde l'y suivit, et quand chacun se fut assis commodément, il annonça qu'on demandait des contre-maîtres de travaux et de cultures dans l'Etat libre du Congo et dans la province française du lac Tchad.

— C'est trop loin, murmura Pigenoix. Et puis, des pays à fièvres où l'on claque comme des mouches.

Le gérant avait entendu.

— Vous, mon vieux Pigenoix, dit-il, ce n'est pas votre affaire des pays comme ceux-là. Quand on boit, sous les tropiques, on est vite ratissé. Mais les gens sobres y vivent fort bien, à condition d'aller passer six ou huit semaines par an sur les hauts plateaux, dans les sanatoria de vacances qui y sont installés.

Un homme dit, d'une voix lente :

— Moi, j'irais bien, s'il n'y avait pas beaucoup de travail.

Le gérant s'esclaffa.

— A la bonne heure ! s'écria-t-il. Vous, au moins, mon camarade, vous êtes franc. Eh bien ! je veux l'être aussi avec vous. Ce n'est pas le travail qui tue l'homme là-bas. D'ailleurs, il ne pourrait se livrer aux besognes manuelles sous ce climat. Surveiller le personnel, tenir le magasin d'approvisionnement, faire les comptes, voilà le travail courant. Il est à peu près insignifiant en temps ordinaire. .

— Bon, fit l'homme. Cela, on pourrait s'en tirer.

— Mais il y a les imprévus, les coups de collier. Un orage, par exemple, a détruit une route, un torrent a emporté le pont du chemin de fer, une tribu fanatisée par ses sorciers ou ses marabouts s'agite et menace les populations paisibles que nous accoutumons au travail ; il faut partir, sous le soleil de midi ou sous la pluie diluvienne, dans les ténèbres de la nuit ou dans les horreurs de la forêt, diriger les charpentiers, les terrassiers, les scaphandriers, les transformer au besoin en chasseurs contre les bêtes fauves ou en soldats contre les ennemis.

— Ça me va ! cria l'homme enthousiasmé. Voilà une existence où l'on ne doit pas s'embêter.

Il revenait aux instincts mal endormis par de longues générations mal civilisées. Ce rêve de vie en pleine nature, en plein péril, réveillait en lui les ancêtres qui avaient chassé l'auroch dans les forêts de la Germanie.

— Inscrivez-moi, dit-il au gérant. Je suis votre homme.

— Attendez, fit le vieillard. Il faut aussi, dans ces petits postes avancés de la civilisation, se livrer à des travaux pacifiques qui, peut-être, vous plairont moins. Ce n'est pas tout de se défendre contre la nature et contre les hommes qui subissent encore ses impulsions sans les raisonner et sans pouvoir les utiliser. Il faut amener à la vie normale, et par des moyens gradués, ces grands enfants noirs dont nous avons accepté d'être les tuteurs. Il faut, certes, nous faire un peu enfants pour les comprendre et être compris d'eux ; mais il faut aussi rester les civilisés que nous sommes. Il faut gagner leur affection par des bienfaits, et en même temps leur inspirer le respect par notre équité. Ceux qui vont à eux doivent donc être les juges de paix qui accordent leurs différends, les maîtres d'école qui éveillent leur intelligence, les médecins qui soignent leurs maux... Croyez-vous toujours que je puisse vous inscrire ?

— Oui, dit l'homme résolument. Si peu que je sache, j'en sais toujours plus que ces pauvres noirauds. Je serai comme qui dirait leur papa. Un papa Robinson, un roi sauvage qui civilise son peuple en douceur. Inscrivez-moi, vous dis-je.

— Inscrivez-moi aussi, dit Georges.

Louise se jeta en pleurant au cou de son frère. Mais elle ne combattit pas sa résolution. Elle

sentit que là était le salut pour cet enfant en qui
s'exagéraient les défauts héréditaires des Ducharme, ces défauts qui seraient sûrement des
qualités sous un autre climat et dans un autre
milieu.

X

GUÉRIS DE LA LITTÉRATURE

— Que faites-vous de votre temps ce soir ? demanda Pierre à ses deux amis, lorsque Louise se fut éloignée avec son frère et Pigenoix, invité par elle à passer la soirée chez les Ducharme.

— Je me proposais de rentrer chez moi, répondit Frizet, et de tenter d'éclaircir un point, encore controversé aujourd'hui, de la théorie de la valeur dans Karl Marx.

— Bon ! s'écria Lagaline. Voilà de bonne moutarde après dîner.

— Alors, fit Pierre, c'est un plaisir qui peut se remettre. Et vous, Lagaline ?

— Moi, j'ai l'habitude de faire, chaque mois, une... démarche que d'aucuns déclarent sentimentale et que je considère simplement comme hygiénique.

— Pouvez-vous remettre ?

— Oh ! très facilement.

— Je le crois bien, à votre âge ! ricana Frizet.

— Vous êtes stupide, mon cher, repartit Laga-

line. Je ne place pas mon amour-propre dans ces
niaiseries.

— Vous êtes un homme de la vieille école uti-
litaire, fit Pierre... Sous ce rapport, au moins,
rectifia-t-il aussitôt.

— Oh ! sous tous les rapports, je crois. Tout ce
que j'ai de capacité sentimentale s'est fixé au cerveau, et, pour moi, les hommes et les faits sont
des objets de raisonnement. Ce n'est pas eux qui
m'émeuvent, mais les idées qu'ils me suggèrent.

— Et voilà pourquoi vous êtes resté célibataire, dit le jeune homme en riant.

— Oh ! oh ! mon jeune ami, le tour que vous
donnez à la conversation trahit votre préoccupation, et je suis sûr que vous ne serez pas longtemps sans prendre femme, enfants et tout ce qui
s'ensuit.

— Vous pourriez bien ne pas [vous tromper,
répondit Pierre.

— Bon ! dit Frizet, nous irons à la noce. Et il
se mit à rire.

Pierre lui demanda la cause de son hilarité.

— Je songe à la tête que feraient ceux qui, dans
les siècles passés, projetèrent leur esprit dans
l'avenir et tentèrent d'en surprendre les secrets.
Ils avaient prédit la suppression de la famille
comme conséquence de l'émancipation politique
et sociale de la femme. Et, à présent qu'elle n'est
plus une unité juridique, ni politique, ni économique, mais purement morale, c'est-à-dire un

groupement affectif, voici la famille plus forte
que jamais. Vous savez que le nombre des di-
vorces diminue d'année en année, et que celui
des mariages et des naissances augmente sans
cesse.

— Oui, déclara Lagaline. La France devient un
pays ignoblement vertueux. Il faut aller à Lon-
dres si l'on veut se donner seulement le spectacle
d'une comédie ou d'un ballet un peu décolleté.

— Et c'est de Genève, à présent, que viennent
les gaudrioles dont les « vieille France » comme
moi font encore leur régal littéraire, ajouta
Frizet.

— Bah! fit Pierre. Ne vous y fiez pas trop, à
la vertu française. Il s'y donne encore de joyeux
coups en robbe, comme disait Rabelais. Et le plus
grand nombre n'en est pas encore à concevoir les
joies graves et profondes de l'amour complet.

— Ça y est! s'écria Lagaline. Vous êtes pris.
Je comprends cela, d'ailleurs. La citoyenne Ducharme porte à merveille son gracieux nom.

— Oh! vous allez plus vite que moi, répondit
le jeune homme. Je ne sais encore moi-même si,
comme vous dites, je suis pris; mais je suis bien
certain, en tout cas, de ne pas mourir dans la
peau d'un vieux garçon.

— Vous aurez raison, dit Frizet. C'est véritablement un état misérable.

— Pourquoi ne vous être pas marié, puisque
vous pensez ainsi? dit Lagaline.

— C'est la faute aux livres, répondit ingénument Frizet. C'est dans leurs pages que j'ai commis la folie de lire la vie. Et quand j'ai voulu vivre la mienne, il était trop tard. L'heure des amours était passée. Il aurait fallu qu'à l'heure de ma jeunesse, une femme vînt me prendre par la main et me dire : Vous allez m'épouser. J'eusse obéi. Il ne s'en est pas présenté de semblable pour m'arracher à mes livres, et ils sont demeurés mes seules amours. Tenez, ces bouquins érotiques à gravures d'art que Genève nous envoie, ils me font passer de bons moments de gaîté ; mais ils ne m'ont jamais échauffé le sang, même quand j'avais trente ans. Je vous dis que j'ai vécu par reflet. Filtrées par le livre, ces choses ont impressionné mon cerveau seulement, et je puis bien avouer que je suis absolument dans l'état physique et moral de ces vieilles filles du temps jadis, qui n'aimaient rien tant que de dire ou entendre des polissonneries, et dont jamais personne ne toucha le bout du doigt.

Ils devisaient ainsi, en se promenant dans la magnifique avenue percée sur l'emplacement du vieux faubourg Saint-Antoine et prolongée avec ses pelouses et ses massifs jusqu'au bois de Vincennes. L'éclairage électrique, tamisé par le feuillage, donnait une douce lumière de rêve. Pierre songea que le lieu était pour quelque chose dans le tour qu'avait pris la conversation.

— Mais, fit Lagaline, si vous nous avez demandé l'emploi de notre temps ce soir, c'est que vous aviez un projet?

— Oui, répondit le jeune homme. Je voulais vous inviter à passer la soirée à mon cercle.

— Ma foi, déclara Frizet, il fait si beau dehors...

— Mais il y a un jardin, il y en a même plusieurs, se récria Pierre.

— Alors, c'est différent.

— Qu'est-ce qu'il y a, comme monde, dans votre cercle? interrogea Lagaline. Des professeurs?

— Il y en a, mais fort peu... D'ailleurs, vous le connaissez, du moins de nom. Le Cercle des Arts a sa petite réputation.

— Je croyais qu'on n'y admettait que des artistes, observa Frizet.

— Mais non, il y a des artistes et des amateurs.

— Est-ce loin? demanda Lagaline.

— Assez loin pour que nous n'y allions pas à pied. Mais l'école où j'ai laissé l'automobile est à deux pas d'ici. Nous allons aller l'y prendre, et en quelques minutes de bonne vitesse nous serons à Montmartre.

Le trajet fut vite accompli, en effet, par ce large boulevard extérieur; car c'est ainsi que les Parisiens, après plus d'un siècle, s'obstinaient encore à le nommer, bien que la population qu'il encerclait fût moins nombreuse que celle dont il était

entouré. Dans toute sa partie extérieure, la
chaussée, supprimée, avait fait place à une succession de jardins derrière lesquels on apercevait de coquettes maisons. La chaussée intérieure, un peu élargie, suffisait amplement aux
besoins de la circulation. Ainsi arrangée, cette
avenue avait un aspect riant qu'on se plaisait à
comparer aux gravures et aux photographies
anciennes, qui justifiaient si bien la sinistre réputation attachée naguère à ce lieu de désolation
et de misère effrontée.

— La voiture était arrivée au pied de la Butte,
à la hauteur du jardinet où se voient encore les
statues de Diderot et de Sedaine. En face du jardinet, auquel certains attardés conservaient son
vieux nom de square d'Anvers, bien qu'il n'eût
rien d'un square, une grille monumentale donnait accès sur un parc immense dans les futaies duquel on apercevait divers édifices brillamment
éclairés. Au sommet de la colline, une massive
construction byzantine érigeait son dôme poly-
chrome en pleine lumière électrique.

— C'est là haut que nous allons? demanda
Frizet en voyant Pierre diriger la machine vers
la grille.

Pierre éclata de rire.

— Vous n'auriez pas voulu que les amis de
l'art allassent se loger dans cette hideuse bâtisse
du Sacré-Cœur. C'est bien bon pour des astronomes, ajouta-t-il en manière de plaisanterie.

Il reprit :

— Nous nous arrêterons à mi-côte. C'est là que se trouve le Cercle des Arts. S'il nous avait fallu monter sur le plateau, nous eussions passé par le tunnel; et l'ascenseur nous eût hissés, nous et notre véhicule. Comment, vous n'êtes jamais allés par là? Vous ne connaissez pas ce tunnel, coupé au milieu par un ascenseur, qui permet, au gré du voyageur, de traverser la butte ou de l'escalader sans la moindre fatigue! C'est un des plus curieux travaux du commencement de ce siècle.

L'automobile montait lentement la colline, car les voitures étaient nombreuses dans cette grande allée du parc, qui aboutissait en spirale au sommet. Pierre stoppa devant un édifice de bonne apparence, se fit reconnaître du gardien, auquel il confia sa voiture, et, suivi de ses amis, il entra, échangeant des saluts et des poignées de main avec d'autres survenants.

— Dans quel jardin irons-nous? interrogea-t-il. Il y a le jardin-conversation, le jardin-promenade, le jardin-concert. Choisissez, mon cher Frizet. Si vous aviez consenti à vous enfermer dans une salle, nous aurions eu le choix entre les salles de jeux, de billard, de conversation, de concert et de conférence, de spectacle, la galerie de tableaux, que sais-je!... On s'y perd.

— Pour ma part, déclara Lagaline, le jardin-concert ne me déplairait pas, surtout si l'on pouvait y prendre un rafraîchissement.

— Certes, dit Pierre. Boire un verre de bière en écoutant la marche de *Tannhaüser*, ou une coupe glacée d'Asti spumante en se régalant des mélodies furieuses de Verdi, me paraît tout indiqué.

— Allons, dit Frizet. Seulement si nous assortissons nos dégustations aux morceaux qu'on exécutera, nous serons jolis à la fin du concert.

Il y avait peu de monde dans le jardin-concert, bien que le programme fût des plus attrayants et l'orchestre irréprochable comme nombre et comme qualité. On n'y voyait guère que des couples jeunes, venus sans doute pour bercer d'harmonie leur rêve à deux. Pierre parut étonné et, pour être fixé sur ce point qui l'intriguait, il questionna le garçon qui apportait de la bière.

— Comment! on ne vous a pas informé! s'exclama le garçon. Mais non, c'est inadmissible. Vous aurez sans doute oublié qu'il y a ce soir, dans la salle de spectacle, une représentation des comédiens ordinaires du roi de Siam.

Pierre se rappela, en effet. Il interrogea ses amis du regard.

— Merci, dit Lagaline. Les traductions que j'ai lues me suffisent.

— Les costumes et les décors sont de toute beauté, insista le garçon, et de la plus grande exactitude.

— Nous sommes bien ici, prononça Frizet. Restons-y.

L'indifférence des trois amis parut choquer le garçon. Il dit :

— Vous auriez du mal à vous caser dans la salle, d'ailleurs. Tous les membres du cercle ont amené des invités. Le comité a même dû céder sa loge et se réfugier dans les coulisses. Ah ! c'est un spectacle qu'on ne voit pas souvent.

— Ouiche ! fit Lagaline. Vos Siamois sont annoncés au programme de tous les cercles et de tous les théâtres. C'est une tournée parisienne qu'ils commencent aujourd'hui. On aura bien le temps de les voir.

— Oui ! répliqua le garçon. Mais c'est ce soir la première.

Et il s'éloigna vers d'autres consommateurs qui l'appelaient, tandis que Frizet se répandait en considérations infinies sur l'attrait qu'ont de tout temps exercé aux yeux des Parisiens les premières représentations.

— Vous pourriez en dire autant du théâtre lui-même, dit Pierre. Nous sommes demeurés le peuple théâtrophile par excellence, et tout Français a dans le cœur un comédien qui sommeille. Aussi, dès qu'on apprit que les acteurs siamois s'apprêtaient à faire une tournée en Europe, les comités des cercles et la Municipalité se réunirent pour les attirer et les garder le plus longtemps possible à Paris. Ils sont engagés pour une soirée dans chaque cercle, et la Municipalité les a retenus pour ses dix théâtres, à la grande fureur des syn-

dicats et des sociétés dramatiques, qu'un tel en-
gouement va faire délaisser pendant un mois au
moins.

— Nous sommes en été, observa Lagaline.

— Oui, mais le théâtre ne chôme plus l'été, à
présent qu'on a diminué le nombre des salles de
spectacle et que les troupes n'y sont plus à demeure fixe comme autrefois.

— A propos, dit Frizet, que devient la pétition
des artistes et des auteurs dramatiques à la Municipalité?

— Celle où ils demandent que leurs compagnies et leurs troupes soient considérées comme
faisant partie des services publics? interrogea
Pierre.

— Oui. Grâce à ce système, le spectacle serait
gratuit, comme dans les quatre théâtres nationaux.

— Eh bien, fit Pierre, on dit la Municipalité
fort hésitante, aussi divisée sur ce sujet que les
auteurs et les comédiens eux-mêmes. Déjà, en
échange des salles qu'elle met à leur disposition,
la Municipalité retient la moitié des places, qui
sont mises ainsi par elle gratuitement à la disposition du public. Les uns prétendent que seuls
les auteurs incompris et les acteurs sifflés demandent la gratuité des spectacles, dont tous les
frais seraient assumés par la Ville. Les autres
jurent que c'est le moyen unique de faire se produire les talents originaux, auxquels leur caractère novateur n'attire pas dès l'abord les faveurs

du public. Il y a du vrai dans les deux thèses.
Mais, si aux premiers on peut objecter la thèse
des seconds, on peut aussi répondre à ces derniers
que les théâtres nationaux, auxquels on voudrait
assimiler les théâtres municipaux, ne sont pas
précisément favorable aux nouveautés. Et, alors,
il faudrait admettre que la Municipalité dût
avoir plus de hardiesse et plus de libéralisme littéraires que l'État. Pour ma part, je ne le puis,
connaissant bien nos citoyens de l'édilité. Le
mieux, donc, serait de laisser les choses telles
quelles, et de s'en remettre à quelques cercles
d'élite, comme celui où nous sommes, du soin de
découvrir les talents ignorés et de faire accepter
les audaces méconnues.

— Vous avez peut-être raison, dit Frizet. N'est-
ce pas aux cercles, à ces associations spontanées,
que nous avons dû toute une révolution dans le
système d'édition des œuvres littéraires ! Je n'ai
pas à vous apprendre qu'au siècle dernier, à
l'aurore de la révolution sociale, la France était
malade de littérature. Quiconque ne pouvait être
cabotin se faisait littérateur, et inversement. Il
semblait vraiment que les autres professions
n'existassent plus. Sauf, pourtant, la peinture;
et encore elle s'était faite littéraire pour ne pas
mourir sous le mépris public.

— On avait déjà vu cela au siècle précédent,
interrompit le jeune homme. Les révolutionnaires de 1789 mêlaient leur littérature grecque

12

et latine de collège, qu'ils prenaient pour de l'histoire, aux idées de justice lancées sur le monde par les encyclopédistes. Cette défroque gréco-romaine de théâtre ne fut pas seulement l'habit de la Révolution. Elle eut, vraie tunique de Nessus, une influence néfaste sur ceux qui s'en couvrirent.

— Oui, et nos grands-pères ont couru le même danger au temps de la révolution sociale. Toute une littérature surgie des barricades de Saint-Merry, de Juin et de la Commune enfiévrait, non seulement les impatients, mais surtout les esprits moutonniers, qui voulaient bien consentir à l'originalité d'une révolution, pourvu qu'elle s'accomplît dans les formes traditionnelles, avec les postures héroïques, et les mots pour l'histoire proférés par ceux qui allaient mourir. Et vous savez combien de mal on eut à leur persuader qu'il ne s'agissait pas de mourir avec héroïsme dans le bruit de la fusillade, mais de vivre avec obstination pour achever l'œuvre de transformation humaine et sociale. Quand il s'agit d'organiser le nouveau régime victorieux, incalculable fut le nombre de littérateurs en action ou en rêve, auteurs ou lecteurs, qui se présentèrent. Eliminés par une administration publique qui n'eût su que faire de leurs talents purement descriptifs, rendus furieux par la crise de la librairie, ils se jetèrent dans tous les mouvements contre-révolutionnaires, et ainsi ne contribuèrent point pour

peu à les faire échouer. Ceux d'entre eux qui méritaient d'être sauvés et qui intéressaient, ins-
truisaient ou charmaient véritablement leurs
contemporains, trouvèrent leur salut dans ces
grandes associations spontanées et volontaires,
auxquelles on doit d'avoir pu faire la révolution
et l'organiser. Les cercles devinrent le refuge
non seulement des littérateurs, mais des artistes,
de tous les artistes. Dans les fréquentes soirées
qui s'y donnaient, un écrivain lisait un fragment
de poème ou de roman, un musicien faisait exécuter une symphonie ou un acte de drame mu-
sical, un peintre faisait valoir ses toiles et trouvait
des acheteurs individuels ou collectifs. L'auteur, le musicien applaudi, trouvait des souscrip-
teurs pour la publication ou l'exécution de son
œuvre. Il y eut évidemment, il y en a encore, des
coteries et des camaraderies pour surfaire les talents et forcer l'attention du public; mais le mal
est infiniment moindre qu'autrefois, et l'on peut
s'en fier au goût public, qui s'épure et s'éclaire
chaque jour davantage, pour en prédire la prochaine et totale disparition.

— Que le diable emporte votre discussion!
grogna Lagaline.

Les deux amis le regardèrent stupéfaits. Quoi!
Lagaline refusait de disputer avec Frizet. Il avait
donc renoncé à son passe-temps favori! Ils ne recon-
naissaient plus leur Lagaline. Ils lui marquèrent
leur étonnement.

— Par votre faute, leur dit-il, j'ai perdu la
moitié au moins de l'exquise valse lente que
l'orchestre vient de jouer.

— Vous êtes donc mélomane? lui demanda
Pierre, surpris.

— Il y a des musiques que j'aime, répondit
Lagaline.

— Vous deviez nous avertir, dit Frizet.

— A quoi bon!... D'ailleurs, je vous ai écoutés
tout de même, alternant, comme le chœur
antique, l'éloge du temps présent et le débi-
nage du temps passé. Et cela m'a fait rire, moi
qui connais un poète de génie, oui, de génie,
qui a vainement récité ses vers dans tous les
cercles de Paris sans recueillir le nombre de
souscriptions nécessaire à la publication de son
œuvre.

— Diantre! fit Pierre. Mais alors, nous devons
l'avoir entendu, ce génie, puisqu'il a couru toutes les réunions d'amateurs. Son nom?

— Jacques Machelu, parbleu! De qui voulez-
vous que je parle!

— Lui! se récria Pierre. Mais il est célèbre. On
ne parle que de lui. Il veut que ses vers soient à
la fois musicaux et picturaux, architectoniques
et mathématiques. En les récitant, il les des-
sine au tableau noir, et les commente par de
savantes opérations d'algèbre. Qui ne connaît
son axiome fondamental : « Le vers parfait doit être
vide de pensée. » Chaque génération littéraire a

eu de tels fous, et s'est bien gardée de les envoyer à la postérité.

— Donc, vous admettez qu'on puisse proscrire
une forme d'art? fit Lagaline, évitant de discuter
le génie de Machelu.

— Pas du tout. Mais je ne veux pas que, sous
prétexte d'art, un toqué prétende s'imposer à
l'attention publique. Qu'il trouve une collection de fous semblables à lui, je ne le lui défends
pas. Que ces fous se cotisent pour faire un sort à
son œuvre et à sa personne, je n'ai rien à y re-
dire. Mais qu'on oblige les rotatives de la République à gâcher en l'honneur des Machelus un
papier que, seuls, les Machelus liront, ah! non,
par exemple. J'aspire, comme vous, à la plus
parfaite communauté des biens, à la plus absolue gratuité des jouissances; mais j'ai idée que
le temps où nous verrons cela sera celui où l'on
ne pourra plus croire qu'il ait pu exister des
Machelus.

Pierre, en voyant plusieurs personnes se lever
et sortir, songea qu'il devait être tard. Il consulta
sa montre et dit à Lagaline:

— Excusez-moi d'avoir commencé cette discussion, mon cher ami, et de ne pouvoir la continuer en ce moment. Il est onze heures, et demain, à huit heures du matin, je dois conduire
mes élèves dans une usine pour ma leçon d'économie sociale.

— Vous fuyez, dit Lagaline en riant. Mais

Frizet me reste, et il n'en sera pas quitte à bon
marché, je vous en réponds.

— Bien, bien, fit Frizet en dodelinant de la
tête. C'est ce que nous allons voir.

Et, Pierre parti, ils continuèrent leur discussion jusqu'à la fermeture du cercle.

————

XI

L'ŒUVRE DES AINÉS

Le train filait à toute vitesse à travers la forêt de
Villers-Cotterets. Dans le wagon-salon où Pierre
et ses élèves étaient réunis, la conversation était
animée, mais non plus bruyante que dans un
salon ordinaire, tant l'art des ingénieurs était
parvenu à diminuer le vacarme que faisaient
jadis les trains en marche.

— Vous avez lu la notice que je vous ai fait remettre ? demanda Pierre à un jeune Japonais
tout menu.

— Sur le Familistère de Guise ! Oui, je l'ai
lue, répondit le petit jaune. Elle a surexcité mon
désir de connaître cette curieuse république ouvrière qui fut, pendant plus d'un demi-siècle,
comme un îlot socialiste perdu dans la France
capitaliste. Cet André Godin, disciple de Fourier,
fut un maître homme. Que son œuvre ait pros-
péré tant qu'il a vécu, cela ne m'étonne point.
Mais qu'elle ait pu lui survivre et atteindre in-
tacte le moment de l'émancipation générale, voilà
qui me passe.

— Mais, mon cher Sumida, interrompit vivement une étudiante, relisez la partie de la notice
consacrée aux statuts de la société, et vous com-
prendrez. Ces statuts, André Godin les fit véritablement draconiens. Il multiplia les précautions
et les obstacles pour qu'aucune modification
essentielle ne vînt, après lui, en changer le caractère et les effets. De leur côté, tout en souffrant de cette hiérarchie de participants, de so-
ciétaires et d'associés, sans compter les auxiliai-
res, purement salariés et n'ayant point part à
l'association, qui les divisait tout en les solida-
risant, les ouvriers eurent le bon esprit d'être
conservateurs dans le vrai sens du mot et de ne
point vouloir changer leurs batteries sous le feu
de l'ennemi. Car l'ennemi, c'étaient les entreprises
capitalistes similaires. L'exemple du succès crée
les imitateurs. Des patrons et des sociétés sur-
gissaient en concurrents ; ils imitaient Godin dans
ses procédés de fabrication de poêles et de four-
neaux, mais non dans sa généreuse initiative
d'émancipation du travail. Les successeurs de
Godin durent donc renoncer à l'exécution complète
de son rêve et borner leurs efforts à la lutte industrielle. Mais ce qu'il avait fondé subsistait :
Palais social aux logements sains et commodes,
coopérative de vivres et de marchandises usuelles
tenue par des délégués de l'association, bibliothèque, bains, théâtres, parc, jardin, lavoir, etc.
L'enfant continua de passer du pouponnat au bam-

binat aux heures où ses parents étaient occupés
au travail, et de là dans l'école mixte qui devait attirer, quelques années plus tard, tant
d'anathèmes sur la tête du malheureux pédagogue de Cempuis. Car les Français de la fin du
dix-neuvième siècle ignoraient à ce point le Familistère et son école, où se pratiquait la coédu-
cation des sexes, qu'ils s'en prirent uniquement à
Robin dans le vacarme mené alors au sujet de cette
prétendue immoralité, qui nous semble aujour-
d'hui si naturelle.

— Mais il n'y a pas tout cela dans la notice,
dit naïvement le Japonais.

Il se reprit très vite et ajouta :

— Mais oui, il y a tout cela; et je l'aurais
compris, si, au lieu de me borner à lire les statuts
comme un prospectus ennuyeux, je m'étais donné
la peine de les méditer.

— Fort bien, dit Pierre. Vous avez très rapidement profité de la petite leçon que vient de vous
donner la citoyenne Gauthier.

— Oh ! fit la jeune fille en rougissant, s'il y a
leçon, ce que je conteste, je n'ai pas grand intérêt à l'avoir donnée. Cette histoire du Familistère
m'a passionnée au plus haut degré, et, ma foi !
comme malgré moi, il se trouve que je l'ai un
peu travaillée.

Plusieurs étudiants s'étaient approchés du
groupe que formaient les trois interlocuteurs.
L'un deux prit la parole :

— Ainsi, cette société ouvrière n'a modifié son système d'initiations successives qu'au moment de la révolution ?

— Oui, dit Pierre.

— Elle y fut sans doute contrainte par le syndicat général de la métallurgie ?

— Pas du tout. Depuis un certain nombre d'années, le personnel du Familistère était gagné aux doctrines socialistes et y avait même gagné la région environnante. La citoyenne Gauthier disait fort justement tout à l'heure que les ouvriers et employés de l'association souffraient de ne pouvoir rompre cette hiérarchie établie par le fondateur.

— Ainsi, quand Godin les groupa et les organisa, quand il leur remit son usine, ou plutôt leur usine, ils n'étaient pas encore socialistes ?

— Ni avec les partis ouvriers d'alors, ni même selon le fouriérisme atténué de Godin, répondit Pierre. Croiriez-vous, par exemple, que lorsque le fondateur du Familistère s'associa son personnel, il trouva des méfiances, des résistances, et même des hostilités, chez ceux qu'il voulait émanciper ! « L'affaire périclite, disaient-ils. C'est pour cela qu'il veut nous la mettre sur le dos. » Il dut leur prouver et reprouver, bilans en main, que son acte était absolument désintéressé, et que leur avenir et celui de leur famille était tout aussi assuré que celui des actionnaires de n'importe quelle entreprise en pleine prospérité.

— Cela se conçoit un peu, dit un jeune homme qui n'avait pas encore parlé. Les patrons n'avaient point l'habitude de faire de tels cadeaux à leurs ouvriers.

— L'œuvre de Godin fut unique en France, reprit Pierre, car on ne peut lui comparer les participations aux bénéfices, très clairsemées, que quelques patrons accordèrent à leurs ouvriers dans le cours du XIXᵉ siècle. A l'aurore du nôtre, songez qu'il n'existait qu'une participation aux bénéfices sur quarante-trois mille établissements, en dépit des prédications et des adjurations d'un groupe d'économistes, qui voyaient dans ce système la part du feu à faire pour sauver la société capitaliste de l'incendie socialiste.

Les carnets et les crayons étaient sortis des poches, et les étudiants prenaient des notes.

— Ainsi donc, dit la citoyenne Gauthier, la participation aux bénéfices ne s'est généralisée, et seulement pour une période assez brève, qu'au lendemain de la révolution.

— Oui, répondit le professeur. Contrairement à ce qu'avaient cru certains théoriciens du fatalisme économique, la révolution sociale n'attendit pas, pour éclater, que le dernier outil eût été brisé par la machine et le dernier patron dévoré par les sociétés anonymes.

— Evidemment, observa un étudiant, puisque c'est chez les patrons, et surtout les petits patrons, concurrencés et affaiblis par les grandes sociétés anonymes, que les ouvriers étaient le plus mal-heureux et le plus opprimés. Ces monarchies absolues étaient plus tracassières et offraient moins de sécurité à la classe ouvrière que les grandes républiques aristocratiques ; et celles qui se mêlaient d'être paternelles étaient plus oppressives encore que les autres, car l'homme y était tenu de pratiquer la foi religieuse et poli-tique du patron, sous peine de renvoi. Cette oppression triple régnait surtout dans les petits centres industriels. Dans les villages, le fermier exagérait encore son autoritarisme de patron ; il prenait, contre les malheureux qui lui étaient soumis, une sorte de revanche des servitudes féodales qui l'avaient si longtemps courbé lui-même devant le seigneur de jadis. Mon bisaïeul a vu de ces maîtres battre ceux de leurs ouvriers qui avaient mal exécuté une tâche.

— Ainsi s'expliquent les furieuses jacqueries qui ont éclaté sur certains points, aux premiers jours de la révolution, dit la jeune fille ; alors que, sauf rares exceptions, l'ordre le plus parfait n'a cessé de régner dans les centres de production parvenus à un degré d'évolution plus élevé.

— En effet, dit Pierre, dans la plupart de ces centres déjà organisés pour la division du travail et la production en commun, la transmis-sion des pouvoirs économiques de la classe capi-taliste à la classe ouvrière, représentée par ses syndicats et par l'administration publique, a été une simple passation d'écritures.

— Mais, ce que je ne comprends pas, fit un étudiant, c'est que la révolution victorieuse ait cru devoir appliquer d'une manière assez générale la participation aux bénéfices. Comment cet expédient, imaginé pour prolonger l'existence du monde capitaliste, en l'excusant aux regards d'une moralité sociale devenue plus exigeante, est-il devenu un des moyens de la révolution sociale? Sans doute, il y a eu là une erreur de nos aînés, ou une contrainte exercée par les éléments modérés, puisqu'on n'a pas prolongé l'expérience et que, au bout de quelques années, le dernier patron a disparu en même temps que la dernière participation.

— Il n'y a eu nulle erreur de la part de nos aînés, répondit le professeur.

— Contrainte, alors? insista le jeune homme.

— Pas, du moins, dans le sens où vous l'entendez. Ce n'est pas sous la pression des volontés hostiles que les révolutionnaires se résignèrent à ce système, mais sous la pression des faits. Vous savez déjà que, dans les grandes entreprises capitalistes entrées dans le système actionnaire, la direction du travail, et toutes les opérations qui s'y rattachent, avaient passé aux mains d'un personnel salarié; alors que, dans les magasins, usines et ateliers possédés individuellement, la direction était assumée par le patron lui-même,

13

sauf rares exceptions. Or, rappelez-vous qu'en France, au moment de la révolution, la moitié à peine des établissements industriels avaient atteint le degré de socialité qui pût en permettre la socialisation.

— J'y suis! s'écria le petit Japonais. Ces patrons, chefs de travail, on avait besoin d'eux. Des deux côtés on transigea. L'État leur garantit leur propriété...

— Viagèrement, dit Pierre.

—... Viagèrement, reprit Sumida, à la condition qu'ils continueraient d'exercer leur fonction de chefs de travail et qu'une part de profit plus grande serait attribuée à leurs ouvriers.

— C'est cela même, fit le professeur. Ajoutez que, sauf exceptions, l'éducation des travailleurs occupés par le patronat ne permettait pas d'autre solution. En effet, tandis que, dans la grande industrie et les grandes entreprises du commerce et des transports, une hiérarchie s'était établie, qui donnait toute espérance d'avancement aux sujets intelligents et laborieux, et devenait pour tous un précieux stimulant, les ouvriers de la petite industrie et les employés du petit commerce n'étaient stimulés par aucune espérance à développer les aptitudes qui étaient en eux. Ceux-ci n'eussent donc pu, du jour au lendemain, prendre la direction des entreprises qui leur eussent été confiées.

— Et ce qui le prouve, interrompit la jeune fille,

c'est le nombre relativement restreint de coopératives de production qui existaient avant la
révolution.

— Vous savez bien, ma chère, lui dit le Japonais, que l'obstacle au développement des coopératives de production venait surtout de l'impos-
sibilité où se trouvaient les ouvriers de se procurer l'énorme capital nécessaire à leur établissement. Un auteur de l'époque a calculé que pour
établir les chemins de fer en coopérative, chacun
des ouvriers et employés eût dû faire un apport
de cent quarante mille francs.

— Je le sais, fils du soleil levant, dit en riant
la citoyenne Gauthier. Mais je sais aussi, et vous
le savez comme moi, que bon nombre de professions courbées sous le patronat eussent pu s'en
émanciper sans bourse délier, et que peu nombreux furent les ouvriers de ces professions qui
s'en avisèrent. Presque toutes les industries du
bâtiment et des travaux publics se trouvaient
dans ce cas, et il fallut, pour les décider à créer
des coopératives de production, que l'État et les
communes leur réservassent une part favorisée
et leur fissent des conditions spéciales dans les
adjudications de travaux. L'obstacle n'était donc
pas seulement dans les conditions économiques
où se trouvait la classe ouvrière, mais aussi dans
l'inaptitude d'un trop grand nombre de ses
membres à l'organisation du travail en commun
et à la direction des entreprises.

— Néanmoins, observa Pierre, il faut noter l'action heureuse que les concession⁼ et adjudications de travaux et de fournitures à des syndicats de production eut sur l'éducation administrative des ouvriers qui en profitèrent. Il faut également noter l'influence contagieuse qu'exerce toujours un progrès ou un avantage, même sur ceux qui n'en sont pas directement les agents et les bénéficiaires. Il faut aussi noter qu'ici la loi d'imitation n'entre pas seule en jeu, mais encore la loi de répercussion : c'est ainsi que, vers 1890, certains États de l'Amérique du Nord ayant fixé à huit heures la journée de travail dans les entreprises et travaux publics, la journée de huit heures devint rapidement, dans l'industrie privée, l'étalon du travail quotidien d'abord, puis la durée normale du travail.

— Qu'entendez-vous par étalon du travail quotidien ? demanda un tout jeune homme.

— Je veux dire que, dans les usines où l'on travaillait dix heures par jour, par exemple, le salaire fut élevé d'un quart, l'ouvrier comptant et le patron acceptant, grâce à la pression ambiante, qu'il s'agissait d'une journée de huit heures, plus deux heures supplémentaires.

Le jeune homme remercia de la tête, tout en prenant rapidement des notes.

Pierre insista.

— Vous comprenez bien que, grâce au syndicat protecteur, l'ouvrier ayant le choix éntre les travaux exécutés pour le compte de la commune ou de l'État et les travaux exécutés pour le compte d'un patron, il put exiger de celui-ci les conditions avantageuses qu'il trouvait chez ceux-là. De plus, il ne faut pas oublier l'influence morale : dans certains cas, elle mettait si évidemment les patrons dans leur tort, que ceux-ci étaient forcés de céder à l'opinion publique, mise en éveil par l'exemple autant que par la propagande théorique des socialistes, cette propagande ayant amené quantité de patrons à douter de leur droit d'exploitation du travail humain, à force de l'entendre nier autour d'eux.

— Quoique Japonais, j'ai compris, fit Sumida, avec un rire malicieux à l'adresse de la citoyenne Gauthier. C'est précisément le point où nous en étions, au Nippon, il y a une trentaine d'années. Mais vous n'avez pas tout dit, je crois, sur la nécessité où l'on fut, chez vous, aux premiers moments de la révolution, d'organiser pour un temps la participation aux bénéfices.

— En effet, répondit Pierre, et j'ai été entraîné par une digression.

— Qui n'a pas été inutile, firent plusieurs étudiants en montrant leurs carnets couverts de notes.

— Soit, fit le professeur. Après tout, il faut bien que vous m'acceptiez ainsi. Je n'ai pas l'esprit très didactique, et je mets dans mon enseignement le désordre que manifestent les faits en perpétuel mouvement.

— Désordre apparent, rectifia le Japonais.

— Dans les faits, oui.

— Et dans votre enseignement, compléta la jeune fille, très affirmative.

— Quoi qu'il en soit, dit Pierre, et pour revenir à la nécessité où l'on fut, à cette époque, d'adopter la participation, je voulais ajouter ceci, que, sauf exceptions pour certaines professions techniques, nécessitant un long apprentissage, professions d'ailleurs sans cesse raréfiées par l'application intensive de la division du travail, et par la découverte de nouveaux procédés mécaniques de production, les grandes entreprises capitalistes écrémaient la classe ouvrière en n'acceptant que des travailleurs agiles, ponctuels, disciplinés, adaptables aux grands organismes où ils prenaient rang. Dans certaines de ces entreprises, l'ouvrier, avant d'être accepté, subissait un examen médical...

Pierre allait continuer, mais sentant le train se ralentir, il regarda au dehors et dit :

— Nous voici arrivés à Guise. Nous reviendrons sur ce sujet un autre jour.

XII

L'ŒUVRE DES CADETS

— Ne descendez pas encore, citoyens! cria un employé du train aux étudiants qui s'apprêtaient à sortir du wagon.

— Ne sommes-nous pas en gare de Guise? interrogèrent-ils.

— Oui, répondit l'employé. Mais ce n'est pas ici que vous vous arrêtez. Une machine va venir prendre votre wagon et le conduire au Familistère.

Et l'employé s'en fut à son service.

— Il y a donc loin d'ici au Familistère? demandèrent plusieurs voix.

— Trois cents pas à peine, répondit Pierre. C'est une attention gracieuse qu'on a pour nous. Une indiscrétion leur a sans doute appris notre visite. C'est fâcheux : nous allons être plutôt gênés dans notre étude.

Doucement, le wagon se remit en marche, remorqué par une petite machine électrique. Trois minutes après, au sortir d'une riante prairie, où l'Oise limpide semblait se reposer paresseusement, le Familistère apparut dans la couleur des bannières, l'architecture des arcs de triomphe et le bruit des pièces d'artifice auquel succéda immédiatement l'*Internationale*, du poète ouvrier Eugène Pottier, exécutée par un chœur d'hommes, de femmes et d'enfants, qu'accompagnait puissamment une nombreuse fanfare. Les étudiants et Pierre écoutèrent, tête nue, le vieil hymne socialiste et, quand il fut terminé, ils mirent pied à terre.

Au compliment, fort bien tourné, que lui adressa le gérant au nom de l'association familistérienne, Pierre répondit, au nom de ses élèves et au sien. Il dit leur émotion profonde et leur gratitude réelle pour l'accueil qui leur était fait par la doyenne des institutions socialistes de France. Puis, faisant trêve aux compliments, il ne put se tenir d'exprimer son regret qu'au lieu d'étudier un organisme industriel en plein travail et dans les conditions normales de son fonctionnement, ses élèves et lui dussent subir l'aimable violence d'une fête fraternelle dont ils ne méritaient certainement pas les honneurs.

La figure, jusque-là souriante, du gérant, se rembrunit.

— Croyez-vous, dit-il, que nous avons organisé cette fête pour vous empêcher de vous rendre un compte exact de notre fonctionnement?

— Cette injure, que vous ne méritez point, est loin de ma pensée, répondit Pierre dans le bruit des protestations courtoisement amicales de ses élèves.

— Eh bien, alors tranquillisez-vous, reprit le gérant, rasséréné. Vous n'êtes pas venus ici pour étudier notre manière de fondre le fer, ou de préparer les moules dans lesquels nous le coulons. Vous n'êtes pas des praticiens, des ingénieurs, et c'est pourquoi nous pouvons nous accorder ce jour de chômage et de fête sans que vos études en souffrent, au contraire. Ce que vous avez à voir, nos installations, nos agencements et leur mécanisme, tout cela peut vous être montré sous une parure de fête sans en être travesti. Et, en venant ici prendre des impressions et des exemples, n'est-il pas juste que, par votre conversation, par les comparaisons que susciteront en votre esprit les choses que nous vous ferons voir et dont vous nous ferez part, nous recevions de votre démarche un profit équivalent à celui que vous en attendez?

Pierre dut convenir que le gérant avait pleinement raison. Il s'excusa gaiement de son erreur, dont il se promit de profiter pour ses études ultérieures. Naturellement, la visite commença par le Cercle, installé en face du palais central, où des rafraîchissements attendaient les voyageurs.

Au seuil de la grande salle se tenaient des groupes de citoyens que le gérant présenta à ses invités: c'étaient les syndicats de la ville, représentés par leurs délégués, et le corps municipal, élu par le canton et le Familistère. Des compliments de bienvenue, rapides et cordiaux, furent échangés, et des plateaux chargés de vins et de gâteaux circulèrent dans le bruit des conversations et des exclamations joyeuses.

— Vous savez, dit le gérant à Pierre, que notre association a été un des plus actifs et des plus puissants agents de la suppression de l'alcoolisme dans cette région. L'histoire sociale vous a appris, comme à nous, que ce vice était fort répandu dans tous les pays où la bière et le cidre étaient les uniques boissons alimentaires accessibles aux habitants par leur prix. Oui, c'est d'ici qu'est parti le mouvement de réaction contre ces petites bières plates, lourdes ou aigres, selon leur âge, qui avaient tant propagé les maladies des voies digestives, que rares étaient ceux qui, au siècle dernier, n'étaient point affligés de dyspepsie ou de gastralgie. La bière est pour nous, à présent, une boisson de luxe, comme le cidre, et nous donnons les plus grands soins à leur préparation. Mais la boisson alimentaire par excellence, ici comme à présent dans tous les pays du nord où l'on ne peut produire de bonne bière en quantité suffisante, c'est le vin qui réchauffe et réjouit sans donner le désir de recourir à l'alcool, comme faisaient les boissons incomplètes auxquelles nous avons renoncé.

— Mais, dit un étudiant, les statistiques nous

apprennent que la culture de la betterave est toujours très répandue dans ce pays. Autrefois, cela se comprenait: on tirait de la betterave l'alcool qui affolait ou hébétait les gens. Mais aujourd'hui...

— Aujourd'hui, répondit le gérant, on mange plus de sucre qu'autrefois, et aussi plus de beefteaks.

— Pour le sucre passe; mais les beefteaks, je ne vois pas quel rapport...

— Eh! cher citoyen, demandez aux éleveurs du Nouvion si leur bétail ne profite pas mieux des betteraves qu'on lui fait manger à présent, que des pulpes desséchées qu'on lui abandonnait jadis.

Le restaurant, où les célibataires prenaient leurs repas, et où ne dédaignaient pas de s'approvisionner les ménages pressés, retint un instant la curiosité des visiteurs. Rien ne le signalait, d'ailleurs, plus particulièrement à leur attention.

— Est-il vrai qu'ici, les femmes, toutes les femmes, soient occupées aux divers services du Familistère? demanda le petit Japonais à une des employées du restaurant.

— Non, citoyen, nous suivons au Familistère la règle adoptée dans toute l'étendue de la République.

— En sorte que, dès qu'elle se met en ménage, la femme ici comme ailleurs quitte sa profession?

— Mais non, ce n'est pas ainsi que cela se
passe; pas plus ailleurs qu'ici, répartit l'employée.
Sauf exceptions; car, après tout, chaque ménage
est libre de se contenter du salaire d'un des deux
conjoints. C'est en cas de grossesse seulement que
la femme, mariée ou non, prend droit à la subvention, qui lui sera continuée, après la naissance
de son enfant, jusqu'à ce que celui-ci puisse se
suffire par l'exercice d'une profession. Mais il va
sans dire que la femme peut toujours, si elle le
juge plus avantageux, renoncer à tout ou partie
de cette subvention, selon les cas et selon ses
ressources, et continuer à exercer sa profession.
Ainsi font les institutrices, les employées de bureau, les ouvrières de modes, les artistes et les
femmes de lettres, par exemple.

— C'est pour celles qui veulent continuer de
travailler en dépit de leur maternité, qu'ont été
institués ce pouponnat et ce bambinat dont j'ai
entendu parler dans mon pays et que je vais voir
enfin?

— Précisément. Afin de pouvoir demeurer
attachée au restaurant, où je me plais, j'ai en ce
moment même une fillette à l'asile, un bébé au
bambinat et un marmot au pouponnat. On me
les ramènera ce soir après ma journée, gais et
repus; et je n'aurai plus qu'une tettée dernière à
donner au plus jeune avant de le coucher. Supposez que la fête se prolonge, je vais offrir son
nanan naturel à mon gros garçon — c'est à deux

pas — et je reviens, laissant mes trois mioches dans leur dortoir respectif en compagnie de leurs petits camarades.

La citoyenne Gauthier s'approcha et prit part à l'entretien. Elle s'étonna que le pouponnat ne fût pas encore aboli, les femmes ayant repris la saine coutume d'allaiter elles-mêmes leur enfant.

— Mais, citoyenne, il y a des mères qui n'ont pas de lait, ou qui en ont trop peu pour suffire à l'appétit de ces petits gourmands. C'est mon cas; j'allaite les miens pour mon plaisir beaucoup plus que pour les sustenter.

— Et puis, ajouta l'employée, il y a des mères qui n'ont pas la vocation. Il y en a peu, mais il y en a. Nos femmes du pouponnat, du bambinat et de l'asile ont cette vocation, parfois contrariée par les refus de la nature. Alors, les choses s'arrangent, au profit et à l'agrément de tout le monde, y compris les petits êtres dont nous parlons. Tenez, nous voici justement au pouponnat. Il est au grand complet, aujourd'hui, les mères nourrices ayant voulu assister à votre réception. D'ordinaire, on n'y voit guère plus qu'une douzaine de petits enfants.

La visite n'avait rien d'officiel. Point de cortège défilant à travers les salles et les cours, et suivant la démonstration à voix haute d'un professeur transformé en cicerone. Les étudiants s'étaient mêlés aux habitants du Familistère; et chacun parcourait l'établissement au gré de ses

préférences, posant des questions à la première
personne venue qui se trouvait à portée, et dont
les réponses étaient toujours informées et sûres.
Il avait été convenu seulement que les invités du
Familistère devaient tous se trouver à midi dans
le hall du bâtiment central.

Tandis que la citoyenne Gauthier prodiguait
cordialement ses risettes aux poupons, et que les
bambins s'accrochaient à ses jupes avec des rires
heureux, Pierre visitait la fonderie, les ateliers
d'émaillage et le magasin des modèles, tout en
causant avec les chefs de fabrication et les étudiants qui ne l'avaient pas quitté. Parmi ceux-
ci se trouvait le tout jeune homme, acharné
questionneur et preneur de notes.

— Quels sont, en somme, vos rapports avec le
syndicat central de la métallurgie ? demanda
Pierre au gérant, qui le rejoignait après être allé
s'assurer d'un coup d'œil rapide que les hôtes du
Familistère seraient convenablement traités au
repas qui s'apprêtait pour eux.

— Exactement les mêmes que les autres établissements métallurgiques, répondit le gérant.
Dès l'installation du régime nouveau, nous avons
dû, comme toutes les entreprises montées par
actions, comme toutes les coopératives ouvrières,
faire remise à l'Etat du matériel de production.

— Oui, cela, c'était une simple formalité, fit
Pierre.

— Pour nos fontes, car ici nous ne fondons

pas le minerai, nous nous sommes adressés et nous nous adressons toujours au syndicat central, qui nous les fournit, tout comme le syndicat central des mines françaises, et au besoin les syndicats centraux des autres pays, nous fournissent la houille et le coke dont nous avons besoin.

— Et, comme aux autres groupes de production, dit le tout jeune homme, les statistiques publiques vous font connaître exactement les besoins du marché national et international ; et cela si sûrement et si rapidement, que vous en êtes venus à ignorer le stock, père des chômages, terreur des époques disparues.

— Parfaitement, répondit le gérant. Nous réglons à peu de choses près notre production sur les besoins de la consommation. Les journaux spéciaux nous tiennent au courant des progrès accomplis dans notre partie et des goûts nouveaux qu'ils suggèrent aux consommateurs. Nous nous mettons ainsi à même de les satisfaire. Évidemment, nous avons pour rivaux et pour concurrents ceux qui se livrent à la même fabrication que nous. Il en résulte parfois, dans certains établissements, des ralentissements ou même des arrêts de production ; mais ceux-ci sont extrêmement rares. Pour parer à ces accidents, inévitables encore dans le régime actuel, nous payons au syndicat général de la métallurgie une prime d'assurance mutuelle, dont le taux va diminuant à mesure que les risques de déconfiture diminuent pour notre industrie.

— Par ce système, fit le jeune homme, l'antique et meurtrière concurrence est devenue une bienfaisante émulation.

— A peu près, dit le gérant. Chacun, dans le groupe de production, a sa responsabilité vis-à-vis de ses camarades de travail, et chaque groupe de production a sa responsabilité, et le souci de son bon renom, vis-à-vis des groupes similaires reliés comme lui au syndicat général.

— C'est l'idéal ! s'exclama son interlocuteur.

— Il s'en faut, et de beaucoup, répliqua le familistérien. Il y a d'abord des établissements qu'une mauvaise gestion mène à la débâcle. Encore que le personnel qui s'y emploie n'en pâtisse pas matériellement au point d'être exposé à souffrir de la faim, il y a tout de même diminution de bien-être, et, dans ces accidents collectifs, les innocents souffrent comme les coupables ; et, vous en conviendrez, ce n'est point la justice parfaite. Ensuite, il y a des procédés de fabrication qui disparaissent, des produits dont la demande diminue progressivement. Tenez, par exemple, quand le système des calorifères en terre cuite s'est substitué au mode de chauffage par les poêles de fonte, nous avons passé ici par une crise que nos efforts ont pu conjurer. Mais il nous a fallu nous ingénier à fabriquer d'autres objets d'usage courant, et à en augmenter la production à mesure que le public demandait moins de ces poêles, qui firent autrefois la richesse et la réputation de notre établissement. Supposez que nous n'eussions point réussi, en dépit de nos efforts, de notre expérience professionnelle et de notre bonne volonté, nous eussions néanmoins souffert tous ensemble. Nous ne fussions pas descendus, évidemment, jusqu'à la famine. Dès qu'un établissement ne paie pas, comme disaient naguère les Anglais, et que cette décroissance est dûment attribuée à un changement dans les demandes de la clientèle, s'il ne peut satisfaire aux exigences nouvelles, il diminue progressivement son personnel et sa production ; et, s'il ne le peut sans augmenter ses frais généraux, il liquide. Alors fonctionne le système d'assurances pour les indemnités de déplacement et des autres dommages que cause au personnel une liquidation.

— Quel régime voudriez-vous donc voir substituer à celui qui est en vigueur actuellement? demanda Pierre.

— Un régime pour lequel nous ne sommes pas encore mûrs, évidemment, mais qui aura son heure.

— Le communisme ! s'écria le jeune homme.

— Ce mot vous effraierait-il ? fit le gérant surpris.

— Pas plus la chose que le mot, puisqu'il s'agit de l'avenir. Déjà nous sommes habitués, par la gratuité des transports, de l'éclairage et du chauffage domestiques, du pain et du lait, j'en passe... à une certaine forme de communisme. L'expérience de la municipalisation des boulangeries a été évidemment concluante. Les mitrons ne sont pas devenus les fonctionnaires qu'on redoutait, et les employés de chemin de fer s'autorisent de moins en moins de leur uniforme pour considérer et traiter de haut en bas les voyageurs et les expéditeurs.

— Oui, dit le gérant, le sentiment fonctionnaire disparaît. Mais il pourrait bien sommeiller seulement et prendre sa revanche au moment où nous y songerions le moins. Que de gens, encore, ont besoin que chacun de leurs actes reçoive une sanction directe, faute pour eux de savoir la trouver dans leur conscience ! Continuons d'éveiller le sentiment des responsabilités par les sanctions extérieures ; c'est une tâche que le vieux monde capitaliste accomplissait si imparfaitement et si arbitrairement, et dans un perpétuel scandale de vols triomphants et de labeurs sans rémunération ! Nous avons donc beaucoup à faire pour que les sanctions s'intériorisent, pour que les devoirs recherchés et non subis perdent tout caractère d'obligation, même intérieure...

Il s'interrompit.

— Mais je vous dis là, citoyen, des choses que vous savez beaucoup mieux que moi.

— Elles sont toujours bonnes à rappeler, déclara Pierre en se dirigeant à la suite du gérant vers le palais social. Sur le seuil de l'usine, le gardien salua Pierre, et celui-ci, en lui rendant son salut, s'étonna. Cet homme n'avait qu'un bras.

— Nous avons été autorisés par le syndicat général et par l'Administration publique à utiliser, s'ils le désirent, ceux de nos associés qui ont été victimes d'un accident. Ce n'est point par avidité que nous agissons ainsi, mais par un sentiment amical envers ces pauvres camarades, qui se désespéreraient de n'être plus bons à rien dans cette communauté qui les a vus naître, et qu'ils aiment comme une patrie. Ils reçoivent donc le salaire normal, et leur prorata dans les répartitions d'excédent, car ils comptent toujours à l'effectif du chantier ou de l'atelier où ils ont été mutilés. Mais, tant qu'ils sont dans cette situation, ils renoncent à l'indemnité de la caisse nationale. C'est pour cette dernière raison que l'Administration publique n'a eu garde de nous refuser l'autorisation de les utiliser. Les gardiens du jardin et du parc, placés là pour empêcher les enfants de dévaster les fleurs ou de jouer trop près de la rivière, sont des invalides du travail. On va leur tenir compagnie, faire la causette avec eux, et ils sont fiers de se rendre utiles dans la mesure des forces qui leur restent : ils sentent moins, ainsi, le malheur qui les a frappés.

— Au temps jadis, fit Pierre, pour empêcher les victimes d'accident de leur intenter un procès,

qui d'ailleurs était perdu d'avance, les industriels
leur offraient une mince somme et un petit emploi dans le genre de ceux que vous attribuez à
vos invalides. Seulement, dès que le malheureux
s'était désisté, ou que la prescription était acquise
au patron, celui-ci chassait le mutilé sous un
prétexte, pour faire place à une autre victime, à
une autre dupe.

— Oui, cela a duré en France jusqu'à la fin du
XIX° siècle, où une loi sur les accidents, fort
imparfaite d'ailleurs, est venue mettre le risque
à la charge de l'employeur et contraindre celui-ci
de recourir à l'assurance.

— Une chose m'échappe, dont je voulais vous demander le mot, dit au gérant le jeune interrogant.

— Laquelle ?

— Selon la constitution fondamentale de l'état
social, vous n'êtes pas propriétaires de votre
usine ?

— Non. Le Familistère, seulement, avec ses
annexes, est notre propriété.. Vous savez que le sol
et les moyens de production appartiennent à la
nation.

— Oui, et c'est justement ici que je ne saisis
pas bien le mécanisme des rapports de l'État et
d'un établissement industriel comme le vôtre. Le
sol et les bâtiments de l'usine sont à l'État...

— Oui, et nous lui payons une redevance
pour avoir le droit de nous en servir. C'est la base
principale de l'impôt.

— Fort bien; cela, je le sais. Mais le matériel de production, les machines, les outils, leurs frais d'entretien et de réparation, à qui cela? à la charge de qui, cela? Voilà ce que j'ignore.

— C'est fort simple. Nous sommes locataires et nous devons, pour la durée de notre bail, nous, comporter, selon l'antique formule, en bons pères de famille. Trouvons-nous insuffisants le matériel et les bâtiments, voyons-nous un avantage à l'acquisition d'une machine nouvelle ou à la construction d'un nouveau bâtiment, nous le faisons à nos frais. Mais s'il nous prenait la fantaisie de ne pas renouveler le bail, ou si nous trouvions devant nous, au renouvellement, un groupe de preneurs qui, cautionné par les experts du syndicat général, offrît, à l'adjudication, une redevance supérieure à celle que nous pouvons payer, il nous faudrait abandonner le matériel et les bâtiments dont nous aurions enrichi le domaine national. Il va de soi, après ce que je viens de vous dire, que les travaux d'entretien et même les réparations, si grosses soient-elles, sont à notre charge.

Pierre était surpris qu'un de ses élèves ignorât le mécanisme élémentaire de l'organisation industrielle moderne, mais il n'en fit rien voir. Tout de même, ce gamin, avide de savoir, eût mieux fait de passer encore quelque temps dans les classes primaires, où ces choses étaient expliquées. Jamais il ne pourrait suivre le cours que Pierre se proposait de faire cette année-là.

La visite aux bâtiments du palais social n'apprit rien de nouveau à Pierre et à ses élèves. Il n'approuvait pas ces énormes bâtisses à plusieurs étages qui entassaient les gens les uns sur les autres. A présent que le sol n'avait plus l'excessive valeur vénale que la spéculation lui avait attribuée dans les temps anciens, et aussi depuis que le problème du transport de la chaleur à distance avait été résolu, Pierre estimait que les maisons autonomes, avec ou sans jardin, selon le goût de leurs habitants, développaient davantage la personnalité et l'assujettissaient moins aux opinions moutonnières.

Un brouhaha l'interrompit dans cette réflexion au moment où il allait la communiquer au gérant. Le hall s'emplissait de gens en habits de fête qui s'empressaient autour d'immenses tables. Au balcon intérieur du premier étage, un orchestre accordait ses instruments. Pierre suivit le gérant et remit au dessert les observations dont il se proposait de lui faire part.

XIII

PAS DE LIBERTÉ SANS LUMIÈRE

Pierre et ses élèves revinrent à Paris dans la soirée. En sortant de la gare, qui, comme chacun sait, est construite sur l'emplacement de l'ancienne porte Saint-Denis, ils se trouvèrent soudain dans une tumultueuse obscurité.

— Oh! oh! murmura le Japonais. Ceci m'a tout l'air d'une révolution.

— Ne nous séparons pas! cria Pierre d'une voix pressante.

La caravane se groupa autour de son chef. Peu à peu, les oreilles s'accoutumaient au vacarme, et les yeux s'orientaient dans la pénombre de ce soir d'été. On voyait courir vers la gare et s'y engouffrer un grouillement effaré de femmes et d'enfants, d'hommes aussi. Pas un cri, cependant, ne s'élevait de ce troupeau en fuite devant le danger.

— Ils ont arrêté les machines du secteur électrique, dit quelqu'un tout près de Pierre.

— C'est ainsi que cela commença, chez nous, il y a trente ans, fit Sumida.

— Mais, ici, il n'y a rien à commencer! s'écria le jeune interrogant.

— Où sont-ils? fit une voix. Est-ce qu'on les voit? Viennent-ils par ici?

— On ne les voit pas, répondit-on. Mais on les entend.

En effet, on percevait un bruit lointain de clameurs. Pierre dit à la citoyenne Gauthier :

— Rentrez dans la gare et prenez le Métropolitain. Vous ne pouvez songer à traverser cette cohue.

— Pourquoi non? répondit-elle. Une révolution est assez rare, au temps où nous vivons. Je ne veux pas me priver de ce spectacle. Jusqu'à présent, nous n'avons pu faire là-dessus que des études théoriques...

— Une révolution! se récria Pierre. Une émeute, tout au plus.

— Nous ne pouvons rester là sans savoir, dit un étudiant. Prenons un parti.

— Pas celui de l'émeute, en tout cas, lui dit en riant son voisin.

— Qu'en savons-nous? Ils ont peut-être raison, fit l'étudiant.

— Ils ont tort, riposta Pierre, qui avait entendu.

— Comment pouvez-vous dire cela, ne sachant pas ce qui s'est passé? lui dit aigrement une ombre qui s'agitait auprès de lui.

— Ils ont tort de plonger la ville dans l'obscurité, au risque des pires malheurs.

— Il n'y a pas de pire malheur que celui qui les frappe, répondit durement l'ombre agitée.

— Bon! j'y suis, s'écria Pierre. Ce sont les spirites. Le tribunal les a condamnés?

— Oui, et c'est une infamie qui crie vengeance. Dissoudre leurs associations, interdire leurs réunions! C'est une violation du pacte fondamental.

— Ne pouvaient-ils en appeler au peuple?

— C'est ce qu'ils font.

— Ce n'est pas le peuple qui leur répond ce soir, fit la citoyenne Gauthier. C'est la foule... Nous en serons heureusement quittes pour une soirée tumultueuse, et qui n'aura pas de lendemain.

— Vous n'iriez pas leur dire cela de près, gronda l'interlocuteur de Pierre.

— Non? Eh bien, vous allez voir si je vais me gêner, fit avec emportement la jeune fille.

— Vous avez raison, dit Pierre. Allons. Il doit y avoir par là de bons citoyens. Mais dans une telle agitation, prenons garde de perdre notre sangfroid.

— Bien, dit la citoyenne Gauthier, subitement calmée. Ce n'est pas mon rôle de parler à la foule. Je ne l'eusse assumé qu'à défaut d'un autre citoyen.

— On s'explique mal dans l'obscurité, fit une voix. Allons d'abord au secteur et remettons les machines en marche, s'il est possible.

— Qui peut nous guider vers le secteur? de-

manda Pierre d'une voix forte. A nous, les bons
citoyens!

Plusieurs voix répondirent. Une clameur riposta :

— A bas les ennemis de la liberté!

Les premiers répliquèrent :

— Vive la lumière !

Deux camps se cherchaient, se formaient, ten-
taient de se séparer pour mieux s'opposer.

— Au secteur! criaient les uns.

— Ils n'iront pas! criaient les autres.

— Vive la lumière!

— Vive la liberté!

— Pas de liberté sans lumière!

— Pas de lumière sans liberté!

Les adversaires étaient encore mêlés, les
deux camps ne parvenaient pas à se former, des
querelles particulières naissaient, des colloques
d'individu à individu s'élevaient, des arguments
s'égaraient sur des convaincus au lieu d'atteindre
des adversaires : c'était la confusion et le chaos.
Une voix joyeuse d'adolescent domina le bruit :

— Nous ne sommes pourtant pas dans une
réunion spirite, pour qu'on nous refuse d'y voir
clair.

Un éclat de rire s'éleva et les partisans de la
lumière sentirent, à la clameur, qu'ils étaient les
plus nombreux, donc les plus forts. Soudain
une lumière jaillit, puis dix, puis cent. En
moins d'une minute avaient surgi des lanternes

de voiture, des lampions de toutes les couleurs,
des torches de papier. Une lueur fantastique
dansa sur la foule qui s'organisa en cortège aux
flambeaux, sous la direction de Pierre et des
étudiants. Les adversaires s'étaient repliés vers le
cercle d'ombre, et l'on entendait leurs vociféra-
tions, assez lointaines, d'ailleurs.

— Au secteur! cria Pierre de nouveau.

— Au secteur! répéta la foule.

— Cette fois, le peuple est avec nous, dit Sumida.

— Bah! répliqua la citoyenne Gauthier, c'est
toujours la foule.

Comme la colonne arrivait devant le secteur,
une clameur hostile partit de l'obscurité. A la
lueur des flambeaux, Pierre vit que l'ennemi était
en nombre. Il ne fallait pas songer à parlementer,
mais plutôt attendre que les porteurs de flambeaux fussent les plus nombreux, tellement nombreux que tout combat devînt impossible. Il fit
part de ces réflexions à ses élèves tandis que les
forces en présence s'époumonnaient en des acclamations et des invectives, tels les héros d'Homère
avant d'en venir aux mains. Avec cette différence
que, non seulement les ennemis s'ignoraient
respectivement, eux et leur généalogie, mais
encore ne se connaissaient pas entre eux. Leur
vocabulaire y perdait peut-être en noblesse gran-
diloquente, mais se rattrapait sur la variété et le
pittoresque des épithètes.

— Tenez! celui-là, avec sa chandelle, il ne lui manque qu'un bonnet de nuit.

— Tête de cochon, viens ici que je te grille les soies. Tu seras plus beau ensuite.

— Oh! la la! Ce pochard!... En a-t-il des esprits dans le corps!

— Si vous ne décampez pas, nous allons vous faire faire retraite... aux flambeaux.

— Oh! est-il vilain, celui-là!

— C'est pour ça qu'il n'aime pas la lumière.

Les injures, en somme, frappaient tout le monde, mais n'atteignaient personne. Les colères se soulageaient en cris, et parfois s'envolaient dans un rire unanime à quelque engueulade bien envoyée.

La citoyenne Gauthier leva la tête, interrogea un instant le ciel, où les étoiles pointaient à travers des nuages transparents, et dit :

— Il n'y a pas d'orage. Tout ira bien.

— Vous croyez aux influences atmosphériques sur les foules? demanda Sumida.

— Comme sur les individus, évidemment, répondit-elle.

— Une bonne averse aurait vite raison de l'émeute, dit Pierre.

— Et de nos lanternes, ajouta la jeune fille.

— Bah! puisque nous n'en aurions plus besoin.

— Oh! voyez donc, citoyen, cette femme au

premier rang des insurgés... Ses yeux ne vous quittent pas!... Si elle était armée, je craindrais pour votre vie.

Pierre regarda dans la direction que lui indiquait l'étudiante, et poussa une exclamation de douleur.

— Ah! la pauvre enfant! Que fait-elle là, et qui l'y a amenée!

Louise, car c'était elle, ne quittait pas Pierre des yeux, en effet, et ses regards étaient chargés de reproches. Pierre, sans songer aux conséquences, franchit en trois bonds l'espace qui séparait les deux troupes.

— Que faites vous ici, malheureuse? dit-il à Louise d'une voix altérée par l'angoisse.

— J'y suis avec mon père et mes frères, pour défendre la liberté, répondit-elle d'un ton dur, qu'il ne lui connaissait pas. Et vous-même?

— Moi, répondit-il, je suis avec mes élèves pour la défense de la raison.

Acharnés à s'invectiver, les deux groupes n'avaient pas pris garde à la fugue de Pierre.

— Louise, supplia-t-il, allez-vous-en. Il peut y avoir du danger pour vous.

— Il n'y en a pas plus pour moi que pour la citoyenne qui était à l'instant à votre bras.

Ces mots causèrent à Pierre une grande joie et une petite douleur.

— Fort bien, dit-il. Nous nous expliquerons vite.

Georges, ayant reconnu Pierre, vint lui serrer la main. Puis il le présenta à son père et à son frère, qui l'accueillirent très cordialement.

— Il faudrait arranger cela, dit Pierre, revenu très vite au sentiment de la situation.

— Pourquoi? dit Georges en riant. Laissez donc! On s'amuse un peu. Vous savez, elle est très chouette votre illumination.

— Incorrigible, donc?

— Mais non. Seulement, je jouis de mon reste. Pensez donc, je m'embarque après-demain.

Un groupe menaçant se formait autour de Pierre. Ducharme et ses fils y firent face; tandis que Georges criait à ses amis d'un ton moitié plaisant, moitié menaçant :

— N'y touchez pas! C'est un parlementaire. On ne voit pas son drapeau blanc, mais c'est parce que nous n'avons pas de lumière. N'est-ce pas, citoyen parlementaire, que vous avez votre drapeau blanc?

— Oui, dit Pierre avec flegme. Dans ma poche.

Soudain, une voix que Pierre connaissait bien tonitrua :

— Où est-il, ce citoyen qui vient ici énerver la résistance et paralyser les efforts du peuple en révolution?

— Lagaline! s'écria Pierre.

— Bon! fit Lagaline. J'allais faire un joli coup.

Et se tournant vers eux, il dit à ses partisans :

— Citoyens, je connais cet homme. Il n'est pas des nôtres, c'est vrai; mais je réponds de lui.

Pierre protesta. Il ne voulait pas qu'on le cautionnât, et préférait courir le risque de subir les conséquences du mouvement qui l'avait jeté dans les rangs ennemis. Mais ses élèves étaient déjà près de lui, entourés de la foule porteuse de lumières, et les deux troupes se touchaient. Mais à mesure qu'elles s'étaient rapprochées, leurs cris avaient changé de caractère. Aux invectives lancées sur le camp opposé et aux personnalités injurieuses ou moqueuses avaient succédé les acclamations propres aux deux partis.

— Vous êtes donc spirite? demanda Pierre à Lagaline.

— Pas plus que mage ou bouddhiste, répondit celui-ci.

— Alors c'est pour l'amour de l'art que vous êtes ici?

— J'y suis pour l'amour de la liberté. Et vous?

— Moi aussi. Nous pourrions donc nous entendre.

— Non, fit l'anarchiste, puisque nous n'entendons pas la liberté de la même manière. Du moment que les tribunaux violent la Constitution...

— Je ne vous savais pas tant de ferveur pour la Constitution.

— Je ne la combats point pour avoir pis, mais pour avoir mieux. C'est bien le moins qu'elle protège quelques droits déjà conquis. Je me moque des spirites comme de ma première chemise...

— Moi aussi, dit le père de Louise.

— Nous tous! s'écrièrent les émeutiers.

— Mais, reprit Lagaline, je ne veux pas qu'on attente au droit d'association et de réunion, même dans la personne des spirites, des occultistes et autres fous...

— Comment! vous les déclarez fous, et vous demandez qu'ils usent et au besoin abusent des droits dont jouissent les citoyens sains d'esprit?

— Parfaitement, répondit Lagaline.

— Parfaitement, appuya le chœur.

— Il vous faut, alors, demander la suppression des maisons de santé, et mettre leurs pensionnaires, même les plus dangereux, en liberté.

— Vous préférez décréter de folie les citoyens dont les opinions vous déplaisent, et les mettre hors du droit.

— Mais vous-même dites qu'ils sont fous. Un peu de logique, mon bon Lagaline.

— Soit, mais leur folie n'est pas dangereuse.

— Ce n'est pas l'avis du tribunal. Le jury n'a prononcé que d'après l'avis des médecins-experts.

— Et les médecins-experts sont infaillibles! fit ironiquement Lagaline.

Il s'éleva une huée à l'adresse des médecins-

experts, dont l'impopularité subsistait depuis plus
d'un siècle.

— La foule est sans doute un meilleur juge, dit
intrépidement Pierre.

— Il insulte le peuple! cria-t-on de divers
côtés.

— Le peuple est souverain! ajouta une voix
dans l'obscurité.

— Le peuple, oui, répliqua Pierre. Mais sommes-nous le peuple ici?

— Oui! oui! crièrent mille voix.

— Non! non! crièrent mille autres voix.

— Nous ne sommes pas le peuple ici, reprit
Pierre d'une voix haute. Il n'y a ici que des passants, qui se sont détournés de leur chemin pour
accomplir une besogne mauvaise.

Des protestations s'élevèrent en ouragan. Mais
tel est l'empire de la parole sur des hommes assemblés, qu'un silence se fit quand on vit que
Pierre, hissé sur les épaules de deux citoyens,
lançait dans l'espace le geste familier des orateurs.

— J'admets, reprit-il, j'admets pour un instant
que la besogne que nous faisons soit bonne et
nécessaire. Mais est-elle urgente à ce point qu'on
ne puisse l'accomplir à moins d'une révolution! Et contre qui, cette révolution? Contre nous-
mêmes!

— Non! non! pas contre nous, cria-t-on. Contre
les juges!

— Mais ces juges, c'est nous tous; c'était moi hier, ce sera vous demain.

— Ceux d'aujourd'hui se sont vendus!

— Vendus! A qui donc? Raisonnons au moins notre colère, si nous voulons qu'elle n'égare pas ses coups. Je pense comme vous que le tribunal a été trop loin en prononçant la sentence qui vous anime contre lui. Mais s'il est allé jusqu'aux dernières limites du droit que lui donne la loi, il ne les a point dépassées.

— La procédure a été faussée! La défense n'a pas été libre!

— Il se peut. Et puis? Est-ce ici que nous allons refaire le procès, dans l'obscurité matérielle et morale? Le jugement est-il définitif? N'y verrons-nous pas plus clair demain? Sommes-nous désarmés contre l'erreur des juges ou contre leur iniquité? Est-ce par l'émeute que les précédentes erreurs de la justice ont été redressées?

— Ça s'est vu, fit une voix.

— Oui, autrefois, répondit Pierre. Mais on a vu aussi, autrefois, la foule se mettre du côté des juges iniques, contre la justice. Ne craignez-vous pas, aujourd'hui, de commettre une nouvelle erreur? Il ne m'est pas possible de partager votre émotion; mais je la comprends, et même je l'approuve.

— Il va chanter la palinodie? cria la voix.

— C'est un air que j'ignore, riposta Pierre. D'ailleurs, le public serait assez avisé pour s'en

apercevoir. Si je dis que je vais jusqu'à approuver
l'émotion que vous avez ressentie en apprenant
la fermeture des réunions spirites, ce n'est pas
que je croie un instant à votre sollicitude pour
les détraqués qui s'y rassemblent. Vous avez eu
un autre souci : celui de la liberté reconnue à tous
les citoyens de se réunir pour dire ou faire ce qui
leur plaît. Je vous approuve d'avoir ce souci.
Nous ne serons jamais trop vigilants sur ce
point. Mais croyez-vous que le moyen adopté
pour témoigner de notre vigilance soit le bon?
Éteindre des réverbères et jeter des pierres dans
les fenêtres des juges, c'est simplement donner
de la besogne aux vitriers et aux électriciens; ce
n'est pas résoudre la question. Croyez-vous que
nous ne l'examinerions pas mieux dans nos cercles et dans nos clubs? Ne serions-nous plus des
citoyens? Nous aurait-on, nous aussi, chassés de
nos lieux de réunion? En serions-nous réduits à
nous assembler dans la rue? S'il en est ainsi, vous
avez raison; je demande à marcher avec vous et
à faire de mon flambeau une torche révolutionnaire. Mais, franchement, ne croyez-vous pas que
nous allons brûler la maison, notre maison, pour
faire cuire un œuf?...

Des applaudissements et des rires éclatèrent.

— Le citoyen Davant est mon ami, s'écria Lagaline, mais il se trompe et il nous égare quand
il prétend que les mouvements populaires sont
inutiles. C'est grâce à eux que nos aînés ont fait

la révolution sociale, et c'est grâce à eux que nous l'achèverons.

— Oui! crièrent des voix, achevons la révolution.

— Supprimons les tribunaux, ces vestiges des barbaries antiques.

— Oui! crièrent des voix moins nombreuses. Supprimons!

— Supprimons cette Administration publique qui n'est qu'un Gouvernement déguisé.

— Oui! crièrent des voix de moins en moins nombreuses. Supprimons!

— Supprimons les lois, ces iniques entraves à la liberté de l'individu.

— Oui! crièrent cette fois trois ou quatre voix. Supprimons!

— Et puis, après, nous rétablirons tout ça! pouffa Georges.

Alors, le rire secoua tous les assistants. Quand il se fut apaisé, Pierre qui avait laissé aller Lagaline, reprit:

— Mon ami Lagaline et ceux qui l'ont approuvé jusqu'au bout sont les seuls qui soient logiques et qui sachent au moins ce qu'ils...

— ... Ne veulent pas! lança un loustic.

— Si vous voulez remplir ce programme, ajouta Pierre, ce n'est pas trop de l'agitation de ce soir: c'est même bien peu, au regard de ce qu'il faut faire pour détraquer une aussi formidable machine sociale que la nôtre. Eh! quoi, ce n'est pas là ce que nous voulons? Eh bien, alors, qu'est-ce que nous faisons ici?

— C'est vrai! Allons nous coucher! crièrent des centaines de citoyens.

A ce moment, parurent, nombreux et en rangs serrés, les membres du syndicat des électriciens. La foule, retournée, les acclama, tandis qu'ils entraient dans l'usine pour remettre les machines en marche.

Cinq minutes après, la lumière inondait à flots les manifestants, redevenus de pacifiques promeneurs.

———

XIV

L'émeute s'était apaisée également sur les autres points où tout à l'heure on l'entendait gronder,
et il n'en restait plus que des groupes de citoyens
qui, par trois ou par quatre, discutaient avec
animation les incidents de la soirée et le jugement qui les avait fait naître. Sumida fit remarquer à Pierre ce calme succédant si rapidement
et avec une simultanéité frappante à l'agitation
violente du moment précédent.

— Rien d'étonnant à cela, répondit l'étudiante.
La raison a été entendue ailleurs comme ici.
Croyez-vous que nous soyons les seules gens rai-
sonnables dans Paris ? Croyez-vous que la foule soit
plus sotte ou plus méchante dans les quartiers
voisins que dans celui-ci ?

Lagaline avait entrepris Pierre et il essayait
de lui démontrer que ces mouvements violents
tonifiaient le peuple.

— Malheureusement, ajoutait-il, ils durent
trop peu. De vrais feux de paille... Pourtant, songez, mon cher ami, que le peuple peut encore

avoir besoin de retrouver la belle énergie qui lui
fit entreprendre et achever la révolution sociale.

— Évidemment, fit le père de Louise.

— L'énergie qu'on use en vain, dit Pierre, ne
se retrouve plus au moment du péril.

— Citoyen, vous avez bien fait de calmer l'é-
meute, lui dit un inconnu qui s'était mêlé au
groupe. Je vous dis cela en toute sincérité, et,
pourtant, je.suis un de ceux en faveur desquels
la foule s'est soulevée.

— Ah ! vous êtes spirite ? fit le professeur.

— Pour qui me prenez-vous, citoyen ? s'écria
l'inconnu d'un ton de reproche. La sagesse antique, dont nous sommes les dépositaires fidèles,
ne connut pas ces folies, et nous continuons de les
ignorer.

— Mage, donc ?

— Nous respectons ceux de nos frères qui cher-
chent la vérité dans les mystères de la Chaldée,
mais nous croyons l'avoir reçue des mains de
Çakya-Mouni, et nous nous en tenons à son enseignement, que nous développons de notre mieux.

— Vraiment, dit Pierre, songeur : Il semble
que l'homme soit un exilé dans sa vie et sur cette
planète, à voir l'acharnement qu'il met à rêver
l'éternité du temps et de l'espace.

— Blâmez-vous cela ! demanda Louise avec inquiétude.

— Comment le pourrais-je ?... Ah ! on peut s'en

rapporter aux prédictions des prophètes sociaux ! s'écria-t-il avec amertume. L'âme mystique des foules de jadis était faite d'anémie et
d'ignorance. C'était pour oublier la terre qu'on
aspirait au ciel, et c'était faute de connaître le
réel qu'on rêvait l'irréel... Aujourd'hui la science
règne, et pourtant un vaste mystère se soustrait à
ses lois. Le problème, n'existât-il pas par lui-
même, existerait encore en nous. Oui, c'est
ainsi que nous sommes ; c'est notre noblesse,
après tout. Nous parviendrons à supprimer toutes
les souffrances que la nature nous inflige,
comme nous parvenons à supprimer — lentement — celles que l'organisation sociale du
passé nous a léguées ; mais nous ne nous affran-
chirons pas, heureusement, de l'angoisse sacrée et
profonde que nous cause le secret de l'univers.

— Besoin de se survivre, dit le vieil ouvrier.

— Non, père, ce n'est pas cela ! se récria
Louise.

— Si, si, reprit-il, c'est cela. On ne peut pas
s'imaginer qu'après avoir été, on ne sera plus. On
veut toujours être ; n'importe quoi, mais on veut
se survivre. C'est bête, quand on y réfléchit... Le
bâton à un bout, quoi !

— Comment cela ? fit Lagaline.

— Eh ! oui. Puisque nous avons commencé,
nous devons finir. Voyez-vous, tout ça, c'est
manque de raison. C'est de l'égoïsme enfantin, ni

16.

plus ni moins. Ce n'est pourtant pas sorcier de finir, quand on a empli sa vie.

— Nous n'avons pas commencé, mais recommencé, dit le bouddhiste. Et c'est pourquoi notre fin n'est qu'un recommencement.

— Bon à dire, mais à prouver, c'est une autre paire de manchettes... Je disais donc, — et je sens très bien ça déjà, car je ne suis plus tout jeune, — que lorsque l'âge vient, on n'a qu'à faire ses paquets. Les choses qui vous plaisaient ne vous plaisent plus. Les amis qu'on avait sont partis. On voit s'en aller un à un les sens par où l'on jouissait de la vie. Alors, quoi ! on sent que c'est soi-même qui s'en va de la vie, et l'on n'éprouve pas du tout le besoin de recommencer. Parce que, je vais vous dire, aussi : On est fatigué, on demande à se reposer. N'est-ce pas naturel ?

— Tout à fait naturel, appuya Lagaline.

Louise insista :

— Non, ce n'est pas cela, père. Le citoyen Davant, je le comprends très bien, ne parle pas seulement du sentiment égoïste qui porte l'homme à se vouloir éternel. Ceci est une question à part. Ce sentiment a été amoindri en nous par la science et par le bien-être. Nous savons dès l'école quelle quantité innombrable d'individus composent notre personnalité, et comme elle est différente d'elle-même aux diverses époques de sa vie. Et cet individu, qui n'a jamais été un dans son existence, ne peut redevenir un quand tous les individus qui le composaient se sont dispersés par la mort.

Louise trouvait une jouissance à s'exprimer devant l'élève de Pierre. Celle-ci d'ailleurs, la considérait avec une curiosité bienveillante, et Pierre l'encourageait, du regard, à continuer. Elle poursuivit donc :

— D'autre part, à présent que chacun commence à vivre la vie pleine et libre, nul ne songe à tromper une faim qu'il n'éprouve pas. La justice et le pain ne sont plus, comme autrefois, hors de notre portée; et nous n'avons plus besoin de nous les promettre dans un monde meilleur. Même pour la part qui nous échappe encore, nous nous les promettons dans l'espèce, à laquelle nous intéresse de plus en plus la connaissance de la solidarité humaine dans le temps, si reculé soit-il dans l'avenir. Mais cela, c'est, pour ainsi parler, la face matérielle de l'idéal qui nous hante et se refuse à nous.

— Bien ! fit Pierre d'un ton de profonde surprise, très bien !

— C'est donc d'une manière absolument désintéressée, pour nous comme pour notre espèce, dans le présent qui est à nous comme dans l'avenir qui est à elle, que nous acceptons d'être hantés par le problème de l'inconnu. Non, ce n'est pas pour nous y survivre, même dans notre descendance, que nous tentons de concevoir l'infini du temps. Et ce n'est pas davantage pour nous épanouir plus à l'aise que l'infini de l'espace nous obsède. Nous savons que toujours le problème nous refusera ses plus élémentaires données, et pourtant nous serions humiliés comme d'une déchéance s'il cessait de se poser devant notre pensée.

— Permettez, fit le bouddhiste, nous savons, nous, que l'infini est dieu, et qu'il nous aspire tous, après nous avoir graduellement épurés, dans le divin anéantissement.

— Votre explication, répondit Louise avec emportement, je n'en veux pas. D'abord, parce qu'elle explique sans preuve. Ensuite, et surtout, parce qu'elle se permet d'expliquer. Vous avez raison, Pierre : ce n'est pas dans l'univers qu'est le problème, puisque ses données nous échapperont toujours, à peine de n'être plus partie intégrante de l'infini ; c'est en nous-mêmes. Plus nous nous élèverons dans la connaissance de l'univers, et plus nous en serons obsédés. Plus, aussi, nous nous refuserons à proposer une solution.

— C'est vrai, dit la citoyenne Gauthier. La notion de l'infini pour les êtres simples et incultes n'existe pour ainsi dire point. Ils acceptent sans répugnance les explications les plus grossières et qui lui assignent un domaine tellement réduit que la lunette d'un astronome et le marteau d'un géologue nous conduisent sans peine bien au delà.

— On n'explique l'infini qu'en le limitant,

dit Pierre, c'est-à-dire en écartant tout ce par quoi il existe.

— Et l'on n'étreint que le vide, ajouta Sumida.

— Je propose un exercice plus substantiel, s'écria Lagaline. Si vous croyez que votre métaphysique est amusante pour tout le monde!...

— Ce bon Lagaline, dit Pierre à l'oreille de Louise, il ne se doute pas que, quand tout le monde pensera comme nous, c'en sera fait de toute métaphysique. Dites-moi : Peu bavard, votre frère aîné. Je n'ai pas encore entendu le son de ses paroles.

— Amour contrarié, souffla-t-elle. C'est pour s'étourdir, je crois, qu'il nous avait emmenés voir cette bagarre.

— Vous croyez? Serait-il donc de ceux qui n'aiment pas souffrir seuls?

— Ne le jugez pas trop mal, supplia-t-elle. Songez qu'il est en proie au chagrin.

— Savez-vous, petite amie très chère, que vous m'avez fait bien plaisir tout à l'heure. Vous avez parlé du grand pourquoi et du grand comment... Si vous saviez comme je vous avais mal jugée, le premier jour, sur l'incident de l'araignée... Qui donc a suscité en vous ces pensées qui font si parfaitement écho à mes propres pensées?

— La musique, répondit-elle simplement.

Ils devisaient ainsi en marchant, à la suite du groupe des élèves et des amis de Pierre, auxquels s'était joint le bouddhiste. Lagaline conduisait la

colonne en échangeant des plaisanteries avec Ducharme et son fils cadet.

— Les émotions me donnent de l'appétit, fit-il
en se retournant vers ceux qui le suivaient. Je
propose un souper en pique-nique.

Parmi les étudiants, seuls Sumida et la citoyenne Gauthier acceptèrent. Les autres prirent
congé de Pierre.

— Où irons-nous? demanda celui-ci.

— Où vous voudrez, répondit Ducharme qui
voulait étudier le gendre que sa fille projetait de
lui donner.

— Si la compagnie d'un persécuté ne vous
cause aucune gêne, dit le bouddhiste. je serai bien
volontiers des vôtres.

L'anarchiste protesta véhémentement que nulle
compagnie ne pouvait lui être plus agréable, en ce
moment surtout.

— Je propose mon cercle, ajouta-t-il. Pour un
modeste écot, nous y serons très bien.

Quelques instants après, Lagaline et ses compagnons étaient attablés dans la grande salle à
manger du Cercle Campanella. Les neuf convives
firent d'abord vigoureusement honneur à la col-
lation qui leur fut servie. Puis, le premier appétit
étant passé, la conversation reprit ses droits.

— C'est étonnant, dit le Japonais, comme la
vie en société est développée en France. Je suis
sûr qu'il n'y a pas un seul d'entre nous qui ne
fasse partie de plusieurs associations.

— Même moi, qui suis père de famille et passablement casanier, fit Ducharme. Voyons si je sais encore compter : D'abord, et tout naturellement, mon syndicat et le club de ma section. Et de deux.

— Ces groupements-là, tout le monde en est ; ça ne compte pas, fit Lagaline.

Le vieil employé reprit :

— La Société des pêcheurs à la ligne. Et de trois. La Société des excursions historiques. Et de quatre. Voilà pour les plaisirs de l'été. La Société des lectures classiques et l'Association générale des joueurs de piquet se partagent mes loisirs d'hiver. Six au total. Mon fils Jean est des Excursions et des Lectures, de la Commission scolaire de son quartier et de la Société internationale des sauveteurs.

— Sans doute, quand vous aurez pris votre retraite, ajouterez-vous quelques distractions et occupations à celles que vous avez déjà?

Ducharme regarda le Japonais avec surprise :

— Ma retraite! Mais je compte bien ne la prendre qu'en me mettant au lit pour mourir. C'est même pour donner une joyeuse émulation aux vrais amis du travail que nous avons fondé, il y a quelques années, la Ligue contre la retraite. Nous étions douze au début. Les douze apôtres, comme nous appelaient les jeunes en riant. Aujourd'hui, rien qu'à Paris, nous sommes seize mille.

Lagaline tonna :

— C'est profondément immoral! Quoi! n'est-ce pas assez de vous être asservi pendant quarante ans à la règle et d'avoir épuisé vos forces au labeur abrutissant, il faut encore que vous alliez tendre au joug votre vieux col ridé.

La colère de Lagaline fit éclater de rire tout le monde.

— Ah! ça! d'où sortez-vous! se récria Ducharme. Où voyez-vous que j'aie été asservi? C'est volontairement et avec joie que j'ai accepté ma part des tâches nécessaires. Je ne me crois pas plus abruti que vous pour avoir travaillé toute ma vie. Quant à mes forces, si, tout à l'heure, il avait fallu en venir aux mains, je vous aurais prouvé qu'elles n'étaient pas épuisées... Entendons-nous : je ne fais pas le malin. Je ne dis pas que je pourrais courir, comme quand j'avais trente ans, le long des trains pour annoncer les stations. Mais le syndicat m'a placé à un poste de peu de fatigue. Autrefois, on enfermait des jeunes gens, hommes et femmes, dans les fonctions de bureau. C'est ceux-là qu'on abrutissait. N'est-ce pas notre place, à nous autres vieillards? Et n'est-ce pas notre affaire, cette tenue de registres et de fiches soignés avec amour et vérifiés méticuleusement? Nous devenons ainsi les vieilles mamans, les ménagères de notre administration. Et, par la fenêtre de notre bureau, nous voyons trotter dans la gare nos agiles cadets, qui nous rappellent ce que nous avons été, et à qui notre

présence dit que la grande famille des chemins
de fer les gardera près d'elle, s'ils le veulent,
jusqu'à leur dernier souffle... Le travail n'est ni
un châtiment ni une corvée, mais un plaisir,
quand on s'y livre avec modération. Pour moi, je
sens bien que si l'on m'empêchait d'aller à mon
bureau et d'y retrouver mes vieux copains, je n'en
aurais pas pour longtemps... Dans notre ligue,
nous avons une section qui s'est organisée pour
demander à la Municipalité d'être employée à la
surveillance des enfants dans les écoles. Vous
savez que les vieux et les petits, ça va très bien
ensemble. L'essai vient d'être fait dans une douzaine d'écoles, et il a merveilleusement réussi.
Bientôt, chaque école aura ainsi ses papas et ses
mamans gâteaux.

Le bouddhiste intervint :

— Le travail, toujours le travail !

Le vieux répliqua :

— La joie d'agir, toujours la joie !

— Et quels moments vous restent pour la contemplation intérieure ?

— Il me reste toujours assez de loisir pour me
donner du souci, répondit Ducharme au bouddhiste. Je sens que si j'en avais davantage, car je
ne suis pas une brute, ce souci me rongerait et me
ferait devenir aussi maigre que vous, et pour le
même résultat inutile.

— Vous ai-je dit que je me plaignais de mon
sort ?

17

— Vous ai-je demandé de plaindre le mien?

Pierre apaisa la querelle en ramenant la conversation sur les sociétés. Il les montra pullulantes, et doublant l'Etat et la commune dans leurs multiples fonctions.

— C'est par elles, par leur initiative, dit-il, que furent créés jadis les services publics utiles qui devaient, petit à petit, remplacer les fonctions directrices et oppressives de l'Etat. Les besoins qu'elles satisfaisaient étant devenus plus intenses et plus généraux, l'Etat dut en assumer à mesure la satisfaction. Dès lors, ces sociétés se tranformèrent. Ce qu'elles ne pouvaient plus diriger, elles le contrôlèrent en stimulant l'activité et le zèle des administrateurs publics. Le peuple a pris goût à ce contrôle, et il n'est pas un seul d'entre nous qui n'appartienne à une ou plusieurs sociétés de ce genre, sortes de ministères officieux et volontaires, grâce auxquels nulle plainte ne peut être étouffée et nulle innovation rejetée sans examen. Déjà, elles ont obtenu leur part de représentation dans le Parlement national, dans les Conseils régionaux et les Municipalités cantonales.

— Oui, et le métier de ministre est devenu un métier ridicule, dit un survenant en s'épongeant le front.

— Tancret! s'écria Pierre en serrant la main du nouveau venu et en lui faisant place à côté de lui.

Et s'adressant à la compagnie, tandis qu'on dressait un couvert pour Tancret:

— Je n'ai pas besoin de vous présenter le délégué aux beaux-arts. Le citoyen Tancret est connu de nous tous. Mon cher ami, poursuivit-il en s'adressant au survenant, je vous présente d'abord la citoyenne Louise Ducharme, une musicienne qui aime son art.

— Et qui le fait aimer, j'en suis persuadé, dit aimablement le ministre.

— La citoyenne Gauthier, élève en sociologie.

— La science des sociétés doit être agréable à étudier en votre société.

— Mais il est bête, murmura Louise à l'oreille de sa voisine.

— Comme un ministre, répliqua celle-ci en riant.

— Le citoyen ?... Ici Pierre s'arrêta en interrogeant le bouddhiste du regard.

— Julien Fresnoy, bouddhiste, dit fièrement celui-ci en regardant le délégué en face.

Tancret ne broncha point, il eut un léger salut diplomatique.

— De plus en plus ministre, dit la citoyenne Gauthier à voix basse.

— Il faut être juste, répondit Louise sur le même ton. Il ne peut pas sauter au cou de gens qu'il tient pour des insurgés.

Pierre continuait les présentations :

— Le citoyen Ducharme et ses deux fils, dont le cadet, mon ami Georges, va défricher le Centre-Afrique.

— Noble tâche offerte aux esprits aventureux !
fit Tancret avec emphase.

— Le citoyen Sumida...

— Auteur d'une étude remarquable sur l'ameublement japonais au xixᵉ siècle, acheva Tancret
en saluant le petit jaune.

— Eh ! se récria Louise. Vous voyez qu'il sait
tout de même son métier de ministre.

— Enfin, mon vieil ami Lagaline.

— Un vieil ennemi à moi, fit Tancret en serrant
la main de Lagaline. Toujours anarchiste ?

— Toujours, répondit Lagaline.

— Moi aussi, dit en riant Tancret.

— Anarchistes tous deux et ennemis? dit Sumida.

— Eh ! oui, affirma le ministre. Nous ne sommes pas anarchistes de la même manière.

— Evidemment, dit la citoyenne Gauthier. Ou
alors vous ne seriez plus anarchistes.

— Vous êtes du Cercle Campanella? demanda
Pierre à son ami.

— Non, mais j'y viens ce soir pour m'entendre
avec un de mes persécuteurs, membre du conseil
de surveillance des beaux-arts, qui veut à toute
force me conduire demain à l'École du Livre et
m'y signaler quelques réformes urgentes.

— Bon ! fit Lagaline. Je le connais, votre per-
sécuteur. C'est notre vieux Frizet.

— Justement.

— Oh! s'il vous a donné rendez-vous, il viendra. Frizet est la ponctualité même.

— Citoyen ministre, veuillez m'excuser, dit le bouddhiste d'un ton suppliant. Je sais qu'il y a inconvenance de ma part à vous harceler dans un moment où vous prenez un peu de repos parmi vos amis, mais le malheur qui nous frappe m'autorise à être indiscret.

La figure du délégué s'était glacée dans une expression tout officielle. Fresnoy s'en aperçut et dit :

— Je n'ai pas pris part à l'émeute, et je l'ai désapprouvée. Nous ne demandons secours qu'aux lois.

— Les lois ont prononcé, citoyen, fit Tancret.

— Non, ce sont les hommes ; ils ont interprété abusivement les lois.

— Eh bien, un autre tribunal défera, s'il en est ainsi, ce qu'a fait celui d'aujourd'hui. Le droit d'appel est inscrit dans la loi.

— Hélas ! vous savez bien qu'un autre tribunal confirmera.

— Qu'y puis-je ? dit le délégué. Le pouvoir judiciaire est un pouvoir absolument indépendant. L'Administration publique est bien forcée d'exécuter ses décisions.

— Ne pourriez-vous en appeler au Parlement et faire modifier la loi ?

— Non. Vous savez aussi bien que moi que l'initiative des lois n'appartient pas à l'Administration publique. Adressez-vous à l'opinion.

— Elle est contre nous ! gémit le bouddhiste.

17.

— Oui, et voilà comment le droit des uns est violé par la volonté des autres, parce que ces autres sont la majorité! s'écria Lagaline. Et si l'opinion publique à tort?

— Éclairez-la, dit Tancret.

— Et si elle refuse de s'éclairer, l'iniquité sera donc consommée?

— A moins que vous ne trouviez moyen d'imposer à la majorité la volonté de la minorité.

— Oui, par la force.

— Le moyen ne vous a pas réussi; car vous en étiez, ce soir, je le parierais. Et si, demain, une minorité voulait imposer par la force le rétablissement de l'ancien régime?

— Eh bien, la majorité emploierait la force pour empêcher cela.

— La force, vous le voyez, Lagaline! dit Pierre. Toujours la force. Il s'agit seulement de savoir si celle des armes vaut mieux que celle des volontés... Il n'y a plus aujourd'hui d'autre force que celle des volontés. Gagnez les volontés, vous aurez la force, et votre droit sera.

— En attendant, grogna Lagaline, le droit d'association et de réunion a été supprimé aujourd'hui.

— Oui, répondit le délégué. Mais seulement pour une catégorie de citoyens que le tribunal a estimés en avoir abusé. On ne doit la liberté qu'à ceux qui en sont jugés dignes.

— Et nous n'en sommes plus jugés dignes? gémit le bouddhiste.

— C'est du moins l'avis du tribunal.

— On nous a calomniés. Pourquoi nous avoir assimilés aux spirites, qui affolent les âmes crédules par de prétendues communications d'outre-tombe? Avons-nous jamais, pour emplir notre escarcelle, tendu de semblables pièges à la crédulité de ceux qui pleurent un mort chéri? Nous sommes purs d'une telle profanation, et nous n'avons jamais exploité la douleur de nos frères.

— Aussi, n'est-ce point pour des méfaits de ce genre que vous avez été frappés, observa le délégué.

— Nous avons été frappés injustement, reprit Fresnoy. Avons-nous, comme les mages, envoûté les individus qui nous déplaisaient? Avons-nous substitué notre volonté à celle d'autrui pour commettre par d'autres bras que les nôtres des crimes dont nous pussions demeurer impunis?

— Je me suis laissé dire qu'à votre récente épreuve du feu, un malheureux avait péri dans le brasier, et que d'autres avaient été grièvement brûlés.

— Le feu avait été mal dompté par un prêtre reconnu impur depuis; nous l'avons exclu de notre société.

— Il eût mieux valu l'exclure avant.

— L'indignité du prêtre ne prouve rien contre la religion. Et, d'ailleurs, nos fidèles étaient libres de leur personne. Ce n'est pas d'eux qu'est venue la plainte contre nous.

— Ce n'est ni des chevaux, ni des taureaux, ni des toréadors qu'est venue la plainte qui a fait interdire les jeux sanglants, riposta Tancret. Les lois ne s'opposent pas les unes aux autres. On ne peut user de la liberté que donne une loi pour violer une autre loi, à peine de se voir retirer cette liberté.

— Pour un halluciné maladroit qui a rôti ses semblables et pour dix imbéciles qui se sont laissé rôtir, on ne peut frapper toute une collectivité, dit Lagaline. Les fautes sont individuelles, et les pénalités collectives n'existent plus. Le tribunal les a fait revivre en dissolvant ces sociétés.

— Pour vous empêcher d'aller vous faire rôtir quand le cœur vous en dira, dit le délégué en riant. Il est vrai que si vous aviez préféré mourir étouffé, on eût pu vous satisfaire en vous enterrant tout vif.

— L'expérience a mille fois réussi aux Indes, protesta Fresnoy.

— Le malheur est qu'à Paris elle a fait une victime.

— Ah ! bien, si j'avais su tout ça, s'écria Ducharme, c'est moi qui ne les aurais pas défendus ce soir.

— Ne vous méprenez pas sur nous, lui dit Fresnoy. Nous ne sommes pas inhumains. Nulle religion n'est plus douce que la nôtre, et nous n'avons jamais versé que notre propre sang. Nous nous abstenons de la chair des animaux,

et nous gémissons d'être contraints de prendre
leur vieu aux plantes pour soutenir la nôtre.

— Oui, oui, vous faites le mal sans le vouloir,
dit le vieux. Ce n'est pas une raison pour qu'on
vous laisse faire. Quand mes enfants étaient petits
et qu'ils voulaient jouer avec des couteaux, je les
leur ôtais des mains. Si c'est pour ça que vous
vous réunissiez, mages, occultistes et spirites, on a
bien fait de vous dissoudre.

Fresnoy allait répliquer, mais à ce moment
Frizet entra en coup de vent, la figure effarée,
les yeux hors de la tête. Il se laissa tomber haletant sur une chaise, et, pendant quelques minutes, il fut incapable de répondre aux questions
inquiètes de ses amis.

XV

Dès qu'il put parler, Frizet s'exclama;

— Est-il possible que dans notre civilisation il se puisse voir de semblables bêtes féroces ! Ah ! c'est horrible !...

— Que s'est-il passé? demanda Lagaline, et de quelles bêtes féroces voulez-vous parler?

— L'émeute se serait-elle rallumée? s'écria Tancret en jetant sa serviette.

— L'émeute ! fit le correcteur d'nn air ahuri. Ah ! oui, il y a eu une émeute ce soir.

— Parlez donc ! dit Pierre. Au moins, dites-nous qu'il ne vous est rien arrivé.

— A moi, non, rien... Ce n'est pas l'émeute, non plus. Quoi! vous n'avez pas entendu?... Des cris de femme !... Ah ! la malheureuse !... Elle est peut-être morte à présent.

— Morte? Qui? Comment? Expliquez-vous ! firent à la fois tous les convives.

— Voici, reprit Frizet d'une voix plus calme... Je me dirigeais vers le rendez-vous que j'avais donné au citoyen Tancret. Je flânais, car j'étais en avance, et je m'émerveillais, songeur, de la tranquillité des rues après un tumulte aussi violent. Je ne sais pourquoi, mes regards furent attirés sur une belle fille qui passait; sans doute parce qu'elle riait très fort en se pendant au bras de son compagnon pour lui lancer de grands éclats de rire dans la figure. Lui, s'épanouissait de fierté d'être vu en compagnie d'une aussi appétissante luronne.

— Au fait! au fait! dit Pierre avec impatience.

— Tout à coup, un homme se campe devant le couple, lui barre le chemin, et s'écrie, en montrant la jeune femme: « C'est pour elle que je me suis déshonoré! » Puis, avant qu'on ait pu arrêter son geste, il la frappe de deux coups de couteau. Le compagnon de la victime se précipite sur le meurtrier, lutte avec lui, des passants lui prêtent main-forte, tandis que d'autres, j'étais de ceux-ci, emportent en hâte la pauvre fille à la pharmacie.

Jean Ducharme, jusque-là sombre et indifférent, avait écouté ce récit avec une attention inquiète. Un doute poignant semblait l'étreindre. Une question, qu'il n'osait formuler, faisait trembler ses lèvres soudain pâlies.

— Et savez-vous qui est l'assassin? reprit Frizet en s'adressant à Pierre. Ce jeune homme que nous avons jugé hier.

— Tourlac?

— Lui-même, et la malheureuse était évidemment cette Pomponnette qui l'avait poussé au vol.

Jean s'était levé d'un bond.

— Je vous en supplie, citoyen, bégaya-t-il, dites-moi où elle est!

— Mais, je ne sais, à présent... A la pharmacie du boulevard de Strasbourg, on vous dira dans quel hôpital elle a été transportée.

Frizet n'avait pas achevé sa phrase, et déjà Jean s'était élancé dehors, suivi de près par son jeune frère.

— Ah! le malheureux enfant, soupira le père Ducharme, il l'aime encore.

— Je crains bien qu'il ne la revoie pas vivante, dit Frizet.

— Je n'oserais le souhaiter... Et pourtant...

Louise s'était levée. Elle dit un bref adieu à son père et à Pierre, puis se dirigea vers la porte.

— Craignez-vous quelque chose pour votre frère? lui dit Pierre vivement. Désirez-vous que je vous accompagne?

— Non, dit-elle. Ce n'est pas par la force que nous aurons à le défendre de son désespoir.

Et elle sortit rapidement.

— Pauvre gamine, soupira Ducharme. Je l'ai connue haute comme une botte. Déjà rieuse et coquette, effrontée comme un petit vaurien qu'elle était. Son père était mon voisin et mon ami... Ah! mon pauvre Chambras... tu as bien fait

18

de mourir à temps pour ne pas voir ce que ta petite
Pompon est devenue... Je crois bien que mon Jean
l'aimait depuis l'enfance... Et qui ne l'aurait aimée!... C'était une caresse vivante, cette fille-là...
Elle avait la joie dans le sang, et, ma foi, elle en
donnait à qui voulait... Elle avait eu le bon sens
de refuser d'épouser Jean, et je lui en avais su
gré... Moi, sachant qu'il n'ignorait pas sa conduite, je ne pouvais supposer qu'il l'aimât encore...
Ah! les vieux se croient bien malins... Pauvre
fille, tout de même... Mon pauvre Jean!

— Ce Tourlac, dit Frizet, est un monstre. Un
moment, tout à l'heure, j'ai compris la loi de
Lynch, et je l'ai regrettée.

— La fureur est contagieuse, dit Sumida.

— Celui-là, le jury l'acquittera, vous verrez, fit
amèrement le bouddhiste.

— Il se peut, répondit Pierre. A présent que, de
moins en moins, l'homme aime à la manière du
fauve, ou du propriétaire, ces crimes sont devenus
assez rares pour ne présenter aucun danger social.

— On l'acquittera par sentimentalité, s'écria
le vieux. « Voyez comme il l'aimait! » dira-t-on.
Et l'on dépeindra éloquemment les tortures qu'il
a endurées, on énumérera les cruelles trahisons
de l'infidèle; et le tour sera joué. Les jurés, en
pleurant, rendront le criminel à la liberté.

— Nous avons dépassé cette période, dit la citoyenne Gauthier. Naguère, en effet, le crime
passionnel eut les sympathies attendries des jurés.

Ce fut un moment de transition fort intéressant et dont nous ne devons pas médire.

— Par exemple ! s'exclama Ducharme.

— C'est ainsi, affirma-t-elle. Comptez les étapes depuis l'Orestie du vieux tragique grec. En tuant son époux, Clytemnestre a mérité la mort la plus affreuse, car c'est son fils même qui la lui donnera. On voit ici l'homme prendre nettement le pas sur la femme. Les vieilles déesses de l'antique matriarcat sont vaincues par le dieu des mâles, dont la victoire durera jusqu'aux temps modernes. Les codes, dès lors, donnent implicitement droit de mort sur la femme infidèle. Ce n'est qu'au siècle dernier que ce droit est retiré formellement à l'homme. Et, bien que l'homme puisse seul siéger dans les tribunaux, il n'ose plus, quand il a relaxé un coupable, prononcer une sentence contre une coupable. Ce sentiment d'égalité, obscur d'abord, se fortifie à mesure que les femmes vivent davantage de la vie sociale. Il s'additionne de sentiment, c'est vrai. Mais est-il mauvais que le juge ait de la pitié ? Ainsi naît en lui cette notion que tout coupable est en même temps une victime.

— Évidemment, dit Sumida. Tout de même, la période sentimentale produisit de véritables excès d'indulgence.

— Parce qu'une notion nouvelle, acquise par la science et insuffisamment précisée, vint compliquer le problème.

— Oui, la notion de l'irresponsabilité passagère ou permanente du criminel. Croyez-vous qu'elle eut de l'influence sur les jurys du siècle dernier?

— Certes ! même quand ils la repoussaient en paroles, ils en étaient pénétrés à leur insu. Ils faisaient de ces cas des « espèces », comme on dit au Palais, et bientôt les exceptions devinrent plus fréquentes que la règle.

— Je ne vois aucun péril social dans l'acquittement possible de Tourlac, dit Lagaline. Croyez-vous que, demain, il va s'amouracher d'une nouvelle Pomponnette et la tuer si elle le trompe?

— Je ne sais, dit Pierre. Nous ne pouvons ici trancher la question. Seule l'instruction médico-légale pourra fixer le jury sur ce point. Si les médecins du parquet, — auxquels, vous le savez, Tourlac a le droit d'adjoindre autant de médecins de son choix qu'il le désirera, — décident que Tourlac est assez conscient pour trouver en lui-même les sanctions de son acte criminel, ils auront raison de demander au jury sa mise en liberté.

— Voilà qui est étrange, dit Sumida. C'est donc ceux que vous reconnaissez les plus conscients, donc, à mon sens, les plus coupables, pour qui vous demandez à présent l'exemption du châtiment?

— Oui, répondit Pierre, parce que ceux-là portent en eux un châtiment bien plus terrible

que les peines dont nous pourrions les frapper.
Le remords tend de plus en plus à devenir le grand
justicier du coupable.

— Mais un inconscient ne peut être un coupable, s'écria Lagaline. De quel droit le frapperez-
vous ?

— Je pourrais vous répondre : parce qu'il ne peut
se frapper lui-même. Mais la justice, en matière
criminelle, n'entend pas châtier ni établir aucune
compensation personnelle au dommage causé. Elle
veut seulement préserver la société des êtres pernicieux qui la menacent, et elle doit tenter de
ramener ceux-ci sinon au bien, du moins à l'abs-
tention du mal. Voilà pourquoi nous devons
prendre charge des irresponsables, nous garder
d'eux et les garder d'eux-mêmes, leurs méfaits
fussent-ils véniels; tandis que nous pouvons laisser face à face avec leur conscience les auteurs
conscients des plus grands crimes.

— C'est une prime à l'hypocrisie, dit Ducharme.

— Après? répliqua Pierre avec calme. L'hypocrisie est un manteau de vertu, mais c'est un
manteau de Nessus... De deux choses l'une :
l'hypocrite affiche du remords, il montre les dehors d'une conscience d'emprunt et obtient sa
libération. Croyez-vous qu'une fois libre, il pourra
ôter à son gré ce manteau de vertu? S'il
le fait, il rechute et, son inconscience étant
démontrée, la société prend des mesures pour

18.

se préserver de ce simulateur. Ou bien la conscience dont il s'est affublé le contraint à jouer un rôle, et le voilà pris à son jeu et forcé de demeurer vertueux jusqu'au bout. Où est le mal? Pour lui seulement, car c'est un sépulcre blanchi, où grouillent les vermines du crime. Mais ne trouve-t-il pas ainsi son châtiment, lui vicieux, d'être contraint à la vertu, car il sait à quoi l'expose une rechute. C'est une forme très inférieure de la conscience, mais c'est déjà la conscience.

— Vous ne ferez pas facilement accepter cette théorie par le jury d'aujourd'hui, observa Tancret.

— Peu m'importe, répondit Pierre en souriant. Je sais bien qu'il aura généralisé la pratique avant d'avoir accepté la théorie, et cela me suffit. Or, nous allons vers la pratique : déjà elle se manifeste dans des sentences presque quotidiennes. Cela, on ne peut le nier. Le jour où notre droit, d'accord avec la science, a fait du criminel un malade, la théorie nouvelle des sanctions a été implicitement introduite dans notre mentalité; elle n'en sortira plus et ne fera que s'y développer, on peut en être certain.

— Je ne vois pas quel rapport... fit Sumida.

— C'est très clair, pourtant, dit la citoyenne Gauthier. Vous savez comment se jugent les procès criminels chez nous. Parallèlement à l'instruction judiciaire qui se poursuit sur l'acte coupable, une instruction médico-légale, psycho-légale serait plus exact, se poursuit sur celui qui l'a commis.

— Oui, je sais cela. Je sais aussi que le jury ne prononce pas sur la culpabilité ni sur la sanction, mais sur le point de savoir si l'indi-vidu a, oui ou non, commis l'acte qu'on lui impute. Dans l'affirmative, le ministère public, armé de l'enquête médico-légale qui établit le degré de responsabilité de l'individu criminel, requiert la sanction...

— La sanction, c'est cela! s'écria l'étudiante. Remarquez que, malgré vous, le mot de sanction se substitue à celui de pénalité, bien qu'il ne soit pas encore entré dans le langage judiciaire.

— Sanction ou pénalité, le juge prononce en tenant compte de la réponse du jury sur la matérialité du fait et de l'avis médical sur la personnalité du coupable. Où avez-vous vu qu'il ait remis en liberté un coupable reconnu et dé-claré tel par le jury?

— Simplement chaque fois que, tenant compte de l'examen médical qui lui est commu-niqué à l'audience, le jury, après avoir déclaré l'accusé coupable, c'est-à-dire après avoir cons-taté la matérialité du fait, a reconnu que ce malheureux n'était pas punissable, ou plutôt amendable, sa criminalité ayant été acciden-telle et momentanée.

Sumida insista :

— Mais ce sont les moins conscients, les plus irresponsables qui bénéficient d'ordinaire de cette indulgence des jurés.

— D'ordinaire, oui, répondit Pierre. Parce que, dans leur esprit, la notion antique de châtiment n'a pas encore fait place à celle de sanction. Pourtant, les jurés sentent déjà que ce n'est pas de châtiment qu'il s'agit, mais d'amendement du criminel. Et quand ils constatent qu'un individu, dont la moralité est attestée par l'examen médical, manifeste un repentir sincère et trouve dans sa conscience même la force de se soustraire aux rechutes, ils le rendent à lui-même, sachant qu'il ne sera plus un danger pour ses semblables. Sans s'en douter, bien certainement, un juriste du XIXᵉ siècle, posa les premières assises de cette notion de la sanction intérieure substituée, pour les gens capables d'y être sensibles, à la sanction extérieure, quand il fit décider par une loi que certains coupables pourraient échapper, pour leur premier délit, aux pénalités qu'ils avaient encourues.

Ducharme éclata :

— Votre théorie est une théorie d'aristocrate! cria-t-il.

— C'est vrai! fit Lagaline. Elle établit l'inégalité de répression au profit des forts et des intelligents, au détriment des faibles et des inconscients.

— O anarchiste, qui ne connais pas ta doctrine ! dit Pierre avec force.

— L'anarchie, rêve de liberté absolue, n'a rien à démêler avec cette conception réactionnaire, dit furieusement Lagaline.

— Si c'est une doctrine réactionnaire, dit Frizet malicieusement, je ne m'étonne plus qu'elle procède des principes anarchistes.

— Pourquoi le nier? reprit Pierre. Nous avons une aristocratie dans notre société, comme les sociétés qui nous précédèrent. A la puissance des hommes qui tenaient l'épée, succéda la puissance de ceux qui tenaient la richesse. Aujourd'hui, la direction sociale appartient à ceux qui tiennent le savoir. Or, de quoi les favoriserait-on, dans ma théorie, puisqu'elle écarte avec horreur toute pénalité?

— Soit, la prison est devenue une maison de santé, fit le vieux. Seulement, on n'y internera que ceux que vous qualifiez d'irresponsables.

— Évidemment. On ne peut pas y interner ceux qui ont eu un accès morbide, mais dont la guérison a été dûment constatée, répliqua Pierre. Et si vous voulez absolument considérer les sanctions comme des pénalités, je vous dirai que l'on punit les irresponsables, les impulsifs, parce qu'ils ne peuvent se punir eux-mêmes; c'est ce que j'appelle les sanctions extérieures. En vertu du même principe, on ne punit pas les responsables, les conscients, parce qu'ils peuvent se punir eux-mêmes; et c'est ce que j'appelle les sanctions intérieures. Mais, en réalité, les premiers ne sont pas punis : ils sont préservés; ce sont des malades en traitement. Pour les seconds, ah! oui, il y a punition. Leur déchéance momentanée les a rabaissés aux yeux de l'opinion, et cette sanction extérieure et très réelle leur est douloureuse. Ils sont comme exilés dans leur propre patrie morale. Et s'ils sont véritablement des êtres moraux, cette souffrance n'est rien auprès des reproches que leur fait leur conscience.

— Le remords doit être un terrible justicier, dit Louise.

Pierre reprit :

— Ils lui préféreraient, j'en suis sûr, les châtiments de la loi, qui, par leur caractère d'expiation, les libéreraient du remords... Mais les hautes consciences qui ont eu le malheur de déchoir un instant peuvent-elles connaître les sanctions du remords? Je ne le crois pas. Elles savent que le remords est inutile, et c'est par des moyens plus sûrs et plus actifs qu'elles s'attachent à reconquérir leur rang et, mesurant à la profondeur de leur chute la hauteur de leur élan, à s'élever plus haut encore.

— A votre compte, dit Ducharme, le misérable Tourlac, hier voleur, aujourd'hui assassin, pourrait être demain remis en liberté par le jury si les médecins le déclaraient responsable.

— Oui, si des deux crimes ils n'en faisaient qu'un, ou plutôt si, aux deux crimes, ils ne voyaient qu'une cause. Mais je doute qu'il en soit ainsi. A défaut de Pomponnette, Tourlac, qui est un impulsif, eût trouvé un objet équivalent pour satisfaire son besoin effréné de jouir... C'est en lui-même que réside la cause de ses méfaits, et c'est donc lui-même qu'il faudra retenir et soigner à la maison de santé jusqu'à complète guérison.

— Voilà! fit Ducharme ironique. Tourlac n'a pas la chance d'appartenir à l'aristocratie.

— Ah! ça! dit Pierre agacé. De quelle aristocratie parlez-vous, à la fin?

— De la vôtre, parbleu! Ah! ils en prennent un pied, messieurs les intellectuels...

— Dites-moi, le jury n'a-t-il pas prononcé dernièrement un jugement d'une extrême sévérité contre l'ingénieur en chef du chemin de fer du Centre, à la suite d'un déraillement qui fit de nombreuses victimes?

— Il n'eût plus manqué que cela! Mais le jury n'a pas prononcé d'après votre théorie.

— Il l'eût pu, répondit Pierre. La qualité morale de cet homme n'était pas équivalente à sa qualité intellectuelle. En revanche, n'avez-vous pas vu relâcher indemne une ouvrière, c'était il y a huit jours à peine, qui avait tué sa sœur, sa rivale?

— Oui, on a tenu compte des remords et des regrets de la malheureuse, avoua Ducharme.

— Le jury était donc aristocrate? poursuivit Pierre, impitoyable.

— Vous savez bien que le jury n'est ni aristocrate, ni démocrate. Il est le jury, et voilà tout.

— Et comme il s'est trouvé en face d'une aristocrate...

— Mais non, c'était une ouvrière...

— De quel droit, vous ouvrier, refusez-vous à une ouvrière le droit de faire partie de l'aristocratie morale, la seule que connaîtra un prochain avenir! s'écria Pierre.

A ce moment Georges revint.

— Morte, dit-il.

— Et ton frère? demanda Ducharme avec angoisse.

— Il fait peine à voir. Louise l'a ramené à la maison.

— Allons les rejoindre.

Ils prirent congé et s'en allèrent à la hâte.

Et tandis que cette famille se groupait affectueusement autour du membre souffrant, Pierre songeait au meurtrier, seul avec son crime, seul avec ses regrets, et peut-être avec sa conscience.

XVI

LA PRESSE MORALISÉE PAR LE PUBLIC

Tancret allait prendre congé de Pierre et de ses amis, après avoir fixé son rendez-vous du lendemain avec Frizet, quand un jeune homme l'aborda.

— Me reconnaissez-vous, citoyen ministre? fit-il avec un salut emphatique.

Tancret reconnaissait fort bien son interlocuteur. Sa mine contrariée le disait éloquemment.

— Dix fois je me suis présenté à votre cabinet sans être reçu, reprit le jeune homme.

— C'est qu'apparemment je n'avais rien à vous dire, répondit Tancret après une hésitation.

— Mais, moi, j'avais quelque chose à vous dire. Nos ministres ne sont-ils plus à la disposition du public?

— Vous n'êtes pas le public à vous tout seul citoyen, répondit Tancret en souriant.

— Je suis plus que le public ! s'écria le nouveau venu. Sans nous, les artistes, que serait le public? Un troupeau de brutes.

19

A ce cri d'orgueil, Pierre reconnut Bosseleux, le musicien, qu'un récent concours officiel venait de classer en très mauvais rang, ce qui avait soulevé une polémique fort vive dans le monde des artistes.

— Vous m'aviez promis votre appui, dit le musicien avec amertume.

Assez gêné, Tancret eut un geste de vague dénégation. Lagaline souligna ce geste d'un ricanement.

— Et l'on prétend que le favoritisme est mort, fit-il.

— Comment ! moi ! j'ai été favorisé ! se récria Bosseleux. Par exemple !... Confiant dans les belles promesses du citoyen Tancret, je me suis abstenu de toute démarche auprès du jury. Résultat : c'est la symphonie, disons la cacophonie, de cet âne bâté de Foulery qui sera exécutée aux Fêtes du Travail... Voilà comment nos ministres sauvegardent les intérêts sacrés de l'art.

— Ah ! ça, s'écria furieusement Lagaline, est-ce que les ministres ont quelque chose à démêler dans les questions d'art ! Je vous l'ai dit cent fois, mon cher Tancret : Votre emploi est inutile, pour le moins. L'art est une fleur qui ne pousse pas dans les plates-bandes officielles. Je suis heureux de la déconvenue de Bosseleux.

— Merci bien ! gémit celui-ci.

Avec brusquerie, Lagaline s'excusa.

— Je voudrais que vous eussiez plus de talent

encore, pour que ma démonstration fût plus écla-
tante... Entre nous, je ne sais ni ne puis savoir
si l'on a eu tort ou raison de vous écarter ; je n'entends rien à la musique...

— On eût dû vous mettre du jury, interrompit
Pierre en riant. Vous étiez dans de bonnes conditions d'impartialité.

— Evidemment, dit le musicien avec le plus
grand sérieux.

— Toujours est-il, reprit Lagaline, qu'on a
mêlé l'Administration publique à des choses qui
ne la regardaient pas.

Tancret protesta :

— N'ai-je pas les fêtes publiques dans mes
attributions?

— C'est bien ce dont je me plains, répliqua
Lagaline. Savez-vous ce que devrait être un délégué aux Beaux-Arts?... Un gardien en chef des
musées nationaux, et rien de plus.

— Et des monuments historiques, ajouta Pierre.
Et, encore, ces attributions sont-elles plutôt du
domaine de l'Instruction publique.

— Vous êtes professeur, citoyen Davant, riposta
Tancret. Si les artistes ne veulent plus être
représentés dans l'Administration publique, ils
n'ont qu'à le dire... Je n'y suis que leur délégué.

— Ils s'en garderont bien, dit Bosseleux avec
amertume. Notre caractère à tous est fait d'indépendance et de servilité... Je suis un sot de vous
avoir sollicité.

— Tous vos concurrents ont fait la même démarche, avoua le délégué.

— Et vous avez fait à tous les mêmes promesses ? demanda Frizet.

— Parbleu ! s'écria Lagaline.

— Ces promesses, protesta Tancret, je les ai fidèlement tenues. J'ai recommandé tous les concurrents à l'attention et à la sympathie du jury. C'était d'ailleurs mon devoir.

— Voilà pourtant à quoi sert le Gouvernement, fit l'anarchiste.

Tancret répliqua vivement :

— Aimeriez-vous mieux qu'il servît à favoriser des indignes ou des incapables !... Il préfère laisser cette responsabilité aux jurys d'examen.

— Alors, dit Pierre, à quoi servez-vous ?

— A rien, pour mon compte, je l'avoue. Je suis un maître des cérémonies, un distributeur automatique de poignées de main et de paroles aimables, et pas autre chose. Quand les compétences se sont prononcées, j'interviens et je fais le geste qui approuve et qui sanctionne... Je tâche d'y mettre de l'élégance, de la bonne humeur et de la cordialité.

— Personnage décoratif, mumura Lagaline.

— Si mes collègues de l'exécutif étaient francs, poursuivit Tancret, ils feraient tous le même aveu. Le pouvoir ne réside plus en nous, mais dans le peuple, qui l'exerce par ses innombrables associations : clubs, syndicats, cercles, comités et sociétés. Je ne m'en plains pas... Je souhaite, au contraire, qu'un jour les apparences se conforment enfin aux réalités, par la disparition du Gouvernement, devenu et reconnu inutile... Déjà la plupart d'entre nous fonctionnent dans le vide, remuant chaque jour une effroyable montagne de labeur inutile... Nous ne sommes plus même des chefs de bureau.

Il s'arrêta, puis, tout d'un coup, sursauta et regarda l'heure à sa montre.

— Des garçons de bureau, voilà ce que nous sommes. Et la preuve... Pourvu que j'arrive à temps!

— Qu'est-ce donc? interrogea Pierre.

— J'ai oublié de faire une communication importante aux *Nouvelles de Paris*.

— Téléphonez.

— Impossible. Il s'agit de modifications à un texte que j'ai envoyé à ce journal, et je ne puis les faire de mémoire... Il faut que j'y aille.

— Je vous accompagne, dit Pierre en serrant la main à ses amis. C'est précisément mon chemin pour rentrer chez moi.

Au moment où l'automobile ministérielle entrait dans le hall du palais des *Nouvelles*, une nuée de porteurs, montés sur des machines légères, s'en échappaient avec un bourdonnement d'essaim en émigration.

— Les dernières feuilles du soir, dit Pierre en descendant de voiture.

Il s'approcha d'une pancarte et lut : LES ÉMEUTES D'AUJOURD'HUI. — L'OPINION DES ÉTRANGERS.

— Déjà! fit Tancret.

UN MEURTRE SUR LE BOULEVARD... Je sais. Frizet nous a raconté... LA RÉUNION DU CONSEIL D'ADMINISTRATION PUBLIQUE... Vous avez délibéré ce soir?

— Oui, sur l'émeute de tantôt, répondit le délégué.

— Après, naturellement.

— Pas pendant, c'est évident.

— A quoi cela sert-il ?

— A rien, répondit Tancret. C'est l'usage. Les citoyens croiraient que nous nous désintéressons de la chose publique si nous agissions autrement.

— Pourtant, c'est une affaire de police locale, qui ne regarde que la Municipalité.

— C'est évident. Aussi, la Municipalité, de son côté... Lisez plutôt.

La pancarte annonçait en effet que la Municipalité s'était réunie et qu'elle avait adressé une proclamation aux bons citoyens.

La maison entière trépidait, en un souffle haletant de labeur. Dès l'entrée, on se sentait pris dans un vertige d'activité. Tout y respirait l'effort rapide et ordonné. Depuis que le syndicat de la presse, d'accord avec les syndicats des papetiers, des typographes et des imprimeurs, avait décidé de fondre tous les journaux de la région de Paris en un seul, ce formidable instrument d'information publique n'avait cessé de s'accroître, de se développer et de se perfectionner. Un service de téléphonographe à domicile venait d'être créé, ajoutant le journal parlé au journal imprimé. Pierre s'y était abonné tout aussitôt, et nous avons vu dans un précédent chapitre quels renseignements de tout ordre lui étaient apportés à son réveil tandis qu'il vaquait aux soins de sa toilette. Les rois du temps présent, c'est-à-dire le citoyen Tout-le-Monde, avaient désormais des lecteurs électriques bien mieux informés et beaucoup plus intéressants que les courtisans qui occupaient de leurs sots bavardages, de leur chronique scandaleuse et de leur mendicité déguisée le petit lever des rois du temps passé.

Les bureaux télégraphiques étaient le centre vital de ce palais de la presse. Des correspondants y transmettaient de tous les points du globe les événements notables et les renseignements utiles avec une rapidité et une sûreté telles que, sous la pression de l'opinion, le Gouvernement songeait sérieusement à supprimer ses bureaux d'informations économiques pour cause de double emploi. C'était là un résultat dont le syndicat de la presse avait le droit de s'enorgueillir.

— Les journalistes du XIXᵉ siècle seraient bien étonnés s'ils pouvaient savoir en quelle haute estime est tenue, aujourd'hui, leur profession, dit le délégué.

— Il est loin le temps où les agences d'informations, domestiquées par les chancelleries, pouvaient créer des courants d'opinion factices, grâce à des nouvelles mensongères, et déchaîner la guerre sur les peuples! répondit Pierre.

— Où la finance, maîtresse des journaux, organisait à volonté ses rafles sur l'épargne publique par le lancement opportun de quelque canard sensationnel. Où l'annonce et la réclame, filles du mercantilisme, empruntaient la plume des écrivains réputés pour imposer aux acheteurs des produits falsifiés!

— C'est le temps où l'on voyait des justiciers de lettres, plus tarés que leurs tristes justiciables, avilir le prix de l'injure et de la calomnie à force de les prodiguer.

— La bête est morte de son venin, dit Pierre.

— Pas du tout, rectifia Tancret. Elle a fait peau neuve. Ou, pour mieux dire, l'atmosphère méphitique où ils vivaient étant purifiée, ces journalistes-là ont cédé le pas aux informateurs instruits et consciencieux qui nous donnent à présent toute sécurité.

— Oui, fit le professeur. Et la division du travail qui s'annonçait au seuil du siècle, s'est accomplie. Les discussions doctrinales, les polémiques d'idées, les gloses sur les faits, écartées du journal par les « campagnes » d'injures ou de chantage, ont trouvé asile dans les revues, qui se sont ainsi, et à mesure, popularisées, démocratisées. Et le journal est demeuré le moyen d'information pure, l'enregistreur des faits et le récepteur des dépêches.

— Et à présent que, par la disparition du capitalisme, l'information est sûre, le fait exact, la dépêche authentique, le journal est devenu la puissance bienfaisante qui nous enlève une de nos tâches de gouvernement. C'est ainsi qu'à mesure l'activité des particuliers organisés nous élimine. Dans cent ans, il n'y aura plus de Gouvernement.

— J'en accepte l'augure avec joie, dit Pierre.

Ils se trouvèrent, tout en parlant, devant la porte du cabinet de Massias, le rédacteur en chef. Nul garçon de bureau ne s'était présenté pour leur barrer le passage ou pour les annoncer. Mais une inscription très apparente suffit à leur indiquer qu'ils faisaient fausse route :

« Le rédacteur en chef reçoit seulement les personnes qui désirent l'entretenir de faits d'ordre général auxquels le journal peut être intéressé, ou qui croient devoir protester contre un refus d'insertion prononcé par les rédacteurs spéciaux. »

— Allons au bureau des Beaux-Arts, dit Tancret après avoir lu. Je connais Massias : il m'y renverrait impitoyablement, tout ministre que je suis, si j'essayais de le déranger.

— Il a raison. Voilà un système que vous feriez bien d'adopter dans l'Administration publique.

— Oui, répondit le ministre avec un rire sceptique. Je réunirais sur mon dos une telle collec-

tion de mécontents qu'en moins d'un mois je
serais renvoyé à mes chères études... Quand je
serai fatigué du pouvoir, j'aviserai à faire cette
réforme.

La porte du cabinet de Massias s'était ouverte.
Le rédacteur en chef avait sans doute entendu la
fin de la phrase de Tancret, car il pouffa en s'é-
criant :

— Défense aux ministres de parler de réformes.
Leur mandat est d'ordre purement conservateur.
C'est du dehors que viennent les réformes. Le
Gouvernement ne les accepte pas, il les subit.

— Il y a du vrai dans ce que vous dites, fit
Pierre.

— Parbleu ! dit Massias en entraînant les deux
amis dans son cabinet. Vous n'aviez pas affaire à
moi ? Non ? Eh bien je vous garde tout de même.
Le travail va bien, il va tout seul, je puis me donner un moment de répit.

Il téléphona au bureau des Beaux-Arts et demanda le texte que Tancret voulait remanier. Puis,
s'adressant à Pierre :

— Et mon petit Japonais ? Pourquoi ne me
l'avez-vous pas envoyé ? J'ai besoin de lui. Il m'est
arrivé une quantité de documents intéressants
pour le public. Lui seul pourrait m'arranger cela.

— J'ai fait part à Sumida de vos intentions. Il
refuse.

— Vous lui avez dit que nous lui ferions des
avantages particuliers ?

— Oui.

— Et il refuse?

— Oui. Ce jeune égoïste n'est pas venu ici pour nous faire connaître son pays, mais pour étudier le nôtre. Le temps qu'il ne donne pas à l'étude, il l'emploie comme ouvrier dans un atelier d'instruments de précision.

— Pratique, après tout, ce garçon, fit le journaliste. Il ordonne bien sa vie. Dites-lui qu'il m'indique au moins quelqu'un, parmi ses compatriotes, à qui je puisse confier ce travail.

— Bien volontiers.

Tancret, à qui l'on avait apporté son texte, le corrigeait rapidement.

— Voilà qui est fait, dit-il en donnant un dernier trait de plume. A propos, et votre grand projet de fusion, où en est-il?

— Cela ne va pas tout seul, dit Massias, mais cela ira, ou j'y perdrai mon nom.

— Ou votre emploi, fit le ministre.

— C'est possible. Mais mon successeur réalisera l'œuvre quand même.

Il resta un instant songeur, et reprit:

— C'est la force des choses, voyez-vous. Pourquoi plusieurs journaux en France, puisque, d'une part, ils donnent forcément les mêmes nouvelles et que, d'autre part, la rapidité des transports a supprimé le temps? En réalité, les journaux régionaux, qui appartiennent au syndicat, sont des succursales de celui-ci. Avec les

tubes pneumatiques qui sillonnent le pays, je me
fais fort de faire parvenir nos éditions spéciales
aux lecteurs de Perpignan et de Nice au moment
même où nos cyclistes les distribuent aux lecteurs
de Paris. Dès lors, à quoi bon les *Nouvelles* de
Toulouse, les *Nouvelles* de Marseille?

— C'est parfait, dit Pierre. Mais l'absence de
concurrence?...

— Où voyez-vous que nous ayons des concurrents à présent?

— Au fait, c'est vrai.

— Si nous cessions de servir honnêtement le
public, la concurrence surgirait immédiatement
de nous-mêmes. Oui, il se formerait un parti,
parmi les membres de notre syndicat de la presse.
Fort de l'adhésion du public, ce parti trouverait
immédiatement les moyens de monter un journal
rival. Nous ne conservons le monopole de l'information qu'à la condition d'être l'organe complet
exigé par le public. Si, un jour, un organe con-
current se dresse en face de nous, c'est que nous
l'aurons mérité. Nous travaillons sous les yeux
du public, sous son contrôle incessant. Les Revues,
où l'on polémique sur toute chose, — et vous savez
que chaque association à la sienne, — sont là
pour signaler nos erreurs et nous avertir. Nous
tenons dans nos mains une machine formidable;
mais il nous est impossible de l'employer à nuire,
sous peine de la détraquer immédiatement.

Pierre admirait comment, en moins d'un siècle,

la presse française, anarchiquement divisée en plusieurs centaines de journaux, était parvenue à coordonner ces efforts divergents et contraires en un unique et immense mécanisme d'information, universellement accepté et adopté.

Massias répondit à ses pensées.

— Instrument de perversion publique, dit-il, la presse a été moralisée par le public. L'ère révolutionnaire a marqué la fin de la puissance du journalisme. Du moment où, cessant de recevoir leurs inspirations politiques, le public n'a plus demandé aux journaux que des renseignements, les polémiques se sont réfugiées dans les revues, dirigées par des associations d'ordre purement moral, étrangères à tout esprit de lucre. Dès lors, le succès est allé aux journaux dont les informations étaient le plus nombreuses et le moins sujettes à caution. Le commerce des fausses nouvelles en a été tué du coup. Le régime capitaliste, en disparaissant, emmenait avec lui cette forme parasite de son mercantilisme.

— Fort bien, dit Tancret, mais comment ces journaux parisiens se sont-ils fondus en un seul, qui va s'incorporer demain les journaux régionaux.

— De la manière la plus simple, répondit Massias. Le journalisme ayant renoncé à enseigner pour se borner à renseigner, il s'est trouvé qu'après de longues luttes et de non moins longs tâtonnements, stimulés mutuellement et par les réclamations du public, les journaux parisiens sont parvenus à donner, à la même heure exactement, les informations et les nouvelles de tout ordre que le lecteur leur demandait. Le syndicat de la presse, dont les membres étaient répartis dans ces journaux, eut alors l'idée de les fusionner en un seul. L'opération, conduite par lui, fut relativement facile, vu l'identité absolue de tous ces journaux. Ce *trust* ne portait aucune atteinte aux intérêts du public ; d'autre part, il diminuait considérablement les frais de production. Les sociétés des divers journaux se fondirent donc en une seule, qui est devenue ce que vous voyez. Dans les régions, la même opération aboutit à la création d'un seul journal par grand centre. Aujourd'hui, je vous l'ai dit, la fusion de ces journaux régionaux avec le nôtre n'est plus qu'une question de jours.

— Ce qui m'émerveille, fit Tancret, c'est l'harmonie entre les diverses professions qui concourent à la confection d'un journal.

— De loin c'est l'harmonie, et de près c'est l'antagonisme, dit le rédacteur en chef. Mais cet antagonisme est nécessaire et bienfaisant. Dans toute chose, le mouvement s'obtient par une série continue d'actions et de réactions. Nos machinistes, nos clicheurs, nos correcteurs, nos commis, nos rédacteurs, nos télégraphistes, nos électriciens, nos mécaniciens, nos opérateurs appartiennent, vous le savez, à leur syndicat respectif.

— Opérateurs? fit curieusement Tancret. Qu'appelez-vous ainsi?

— Les typographes qui conduisent la machine à composer. Quoi! vous ne saviez pas cela? dit Pierre.

— En somme, reprit Tancret, quels sont les rapports de ces travailleurs divers avec leur syndicat et avec la société des *Nouvelles?* Les syndicats sont-ils participants à votre entreprise, ou est-ce seulement les syndiqués?

— Les syndicats participent moralement, répondit Massias, et les syndiqués matériellement. Ce n'est pas, en effet, tel ou tel syndicat qui rédige, compose et imprime notre journal, mais tels et tels membres de ces syndicats. Ici, comme dans toutes les entreprises industrielles, tout coopérant à l'œuvre est participant au produit. C'est en cela que consiste la distinction fondamentale entre le régime socialiste et le régime capitaliste. Tel machiniste ou tel opérateur est bien actionnaire dans notre société, mais sa qualité d'actionnaire lui est conférée uniquement par son travail. Il n'était pas notre actionnaire en naissant, et il cesse de l'être le jour où il s'incorpore à une autre société de production. Son capital, s'il est encore permis d'employer cette expression, c'est la puissance de travail qu'il représente et qu'il met à la disposition de l'entreprise.

— Bien, mais quel rôle joue le syndicat vis-à-vis de la société industrielle? demanda Tancret.

— Il est d'abord le bureau de placement naturel de ses membres auprès des sociétés industrielles. Ensuite, il exprime leurs désirs ou leurs
réclamations, et ils en ont toujours à formuler,
surtout dans des entreprises comme la nôtre, qui
groupent des travailleurs de diverses professions.
Supposons qu'un conflit s'élève entre nous et les
électriciens employés au téléphonographe ou les
télégraphistes. Croyez-vous que nous soyons bien
placés pour le résoudre? Au péril des intérêts
des ouvriers d'une profession, nous irons droit à
la solution la plus avantageuse pour l'entreprise.
Si nous sommes seuls juges, seuls maîtres, cette
profession sera lésée par l'ensemble des autres.
Au profit général, je le veux bien. Mais les ouvriers lésés seront mal placés pour apprécier un
bienfait obtenu à leurs dépens. Il est donc bon
que leur syndicat intervienne. Si nous refusons
de céder, le syndicat nous appelle devant les
arbitres.

— Il serait plaisant, dit Tancret, de voir un
syndicat décréter la grève contre une entreprise
où ses membres sont participants.

— Ce serait scandaleux, fit Pierre. L'arbitrage
a supprimé les grèves, d'ailleurs, bien avant l'é-
tablissement du régime socialiste. Dès la fin du
XIXe siècle, les ouvriers de la Nouvelle-Zélande
avaient renoncé au droit de grève et fait inscrire
dans la loi l'obligation de l'arbitrage.

— Minuit! s'écria Tancret. Et moi qui ai ren-

dez-vous demain à la première heure avec Frizet.

— Et moi qui demeure dans la banlieue, s'exclama Pierre.

— Et moi qui dois viser les épreuves de la
première édition, fit plaisamment Massias.

Massias s'en fut en hâte à ses épreuves, dans le
ronflement continu des machines, tandis que Tancret courait à son sommeil et Pierre à ses rêves.

XVII

EN PLEINE RÉACTION

Les fiançailles de Pierre et de Louise se firent, contrairement à l'usage, sans le moindre apparat. La famille Ducharme était encore trop attristée par le départ de Georges et le chagrin de Jean pour qu'elle pût trouver du plaisir aux réjouissances qui accompagnent d'ordinaire cet acte important de la vie. Louise déclina l'offre amicale que lui firent les sociétés dont son père et son frère faisaient partie, et le banquet, suivi d'une soirée au Cercle, fut rayé du programme. Seuls les intimes de Pierre et de Louise furent invités à dîner par le père de la jeune fille.

Pierre s'applaudissait de s'être décidé, tout comme il était content que Louise n'eût pas répondu : oui, avec trop d'empressement. Il avait ainsi la certitude qu'elle s'était bien pénétrée de l'importance de l'engagement contracté. Aussi fut-ce avec une profonde et toute juvénile émotion qu'il arriva chez Ducharme, où il s'était fait précéder galamment d'un bouquet.

Après l'échange des compliments d'usage, Ducharme dit à Pierre avec un léger embarras :

— Nous dînerons à l'ancienne mode, ça ne vous contrarie pas?

— En quoi voulez-vous que cela me contrarie? demanda Pierre gaiement.

— C'est un caprice de vieux papa, voyez-vous, reprit Ducharme. J'ai voulu, encore une fois, me donner l'illusion de mon jeune temps, du temps où l'on mangeait sa soupe chez soi, faite par la maman. Je ne médis pas des restaurants, des réfectoires et des cercles, où il y a de la cuisine toute prête et pour tous les goûts... Depuis la mort de ma femme, nous nous sommes mis à la nouvelle mode. Mais, aujourd'hui, cela m'aurait chagriné de n'être pas chez nous, autour de notre table à nous... De la sorte, il me semblera que ma pauvre Cécile est encore avec nous et qu'elle sourit à votre bonheur.

Pierre serra fortement la main du vieillard et lui dit avec effusion :

— Vous me parlerez d'elle, vous et Louise, et vous me la ferez aimer.

Il allait s'étonner de l'absence de sa fiancée, quand elle apparut rose et rieuse, ceinte d'un tablier blanc et les mains saupoudrées de farine. D'un joli mouvement du buste, elle plaça son front à la hauteur des lèvres du jeune homme.

— Vous savez! j'ai perdu l'habitude! Ce sera comme ce sera. Heureusement, ma cousine Henriette m'aide. Elle n'a pas sa pareille pour battre les œufs... C'est gentil d'être venu le premier, ajouta-t-elle.

Pierre allait tourner un compliment, mais une voix jeune et claire appela Louise des profondeurs mystérieuses de la cuisine.

— Ma cousine! où mettez-vous le vin blanc?

— J'y vais! répondit Louise.

Elle disparut en évitant d'une rapide torsion du corps une collision avec son frère, qui entrait, enfin habillé. Il s'approcha de son futur beau-frère avec une parfaite aisance et lui fit un cordial accueil.

— Il faut que je vous nomme au moins nos convives avant qu'ils n'arrivent, dit Ducharme : Notre vieille cousine Laure et son non moins vieil époux Carminet ; ils ont un peu plus de cent cinquante ans à eux deux, et ils achèvent tout doucettement une vie qui fut laborieuse et sans incidents. Puis leur fille Anna, qui viendra seule de son côté. Elle est surveillante dans un hôpital. Elle a renoncé au mariage pour vivre plus complètement avec ses malades. Enfin, ma belle-sœur Antonine et sa fille Henriette, toutes deux couturières. Avec vos deux amis Frizot et Lagaline, nous serons onze.

— L'oncle Robert ne viendra pas? demanda Jean.

— Non. J'avais oublié de te dire qu'il s'excusait par une lettre très aimable. Mon frère Robert est un vrai paysan du vieux temps, par certains côtés. Cet animal-là se croirait perdu s'il démarrait de son trou. Si je vous disais qu'il n'est venu que deux fois à Paris en soixante ans.

— Peut-être la longueur du voyage... fit Pierre.

— Allons donc ! Il y a à peine une heure de chemin de fer de Tartigny à Paris. La banlieue, quoi !

Des éclats de voix et des claquements de baisers se firent entendre dans l'antichambre. C'était le cousin et la cousine Carminet qui arrivaient. Quand ils furent délivrés des embrassades de Louise et d'Henriette, Ducharme leur présenta son futur gendre.

— Les plus vieux sont les premiers, dit Carminet.

Il souffla et, s'adressant à Pierre, il reprit :

— Je ne vous compte pas, mon cousin. Vous êtes de la maison.

— Parbleu, fit Ducharme, vous avez du loisir. Il ne manquerait plus que vous fussiez les derniers.

— Du loisir, ah ! ouiche ! s'écria la cousine Laure. A six heures nous étions encore au jeu de boules du Luxembourg, où Carminet s'enrageait à terminer une partie... A son âge, si c'est permis !

Carminet fit saillir orgueilleusement ses biceps.

· — Tout ce qu'on peut faire est permis, dit-il.
Plus souvent que je toussoterais mon reste de vie
dans un coin, tant que je peux remuer bras et
jambes.

La cousine Laure jeta sur son vieil époux un
regard de tendresse admirative.

— Imaginez-vous, dit-elle, que j'ai eu, l'autre
jour, toutes les peines du monde à l'empêcher de
se jeter dans cette révolution. J'avais beau lui
dire : Tu as fait la tienne dans ton temps, laisse
les jeunes gens faire la leur si ça les amuse...

Elle allait continuer, lorsque de nouveaux bruits
de voix et de baisers l'interrompirent. La porte
s'ouvrit et une fort belle personne, jeune encore
et très élégamment vêtue, fit son entrée dans le
petit salon encombré de fleurs.

— Bon ! je ne suis pas la dernière, dit la nouvelle venue en embrassant à tour de rôle les Carminet et les Ducharme.

— Mon futur neveu ? interrogea-t-elle en regardant Pierre avec sympathie.

Celui-ci la salua :

— A peine votre frère cadet.

Elle éclata d'un beau rire de joie et de santé,
très flattée qu'on rendît hommage à sa maturité
resplendissante.

Frizet et Lagaline arrivèrent ensemble. Pierre
les présenta à ses nouveaux parents. La superbe
Antonine fit une vive impression sur l'anarchiste,
et cela parut causer du dépit à Frizet.

Enfin la cousine Anna parut au bras de Louise,
débarrassée de son tablier. La garde-malade était
une petite femme d'âge incertain, vive, affairée et
ardente. Elle plut tout de suite à Pierre.

— Imaginez-vous, dit-elle, j'allais oublier
l'heure. Cet animal de docteur Spitz avait réservé
pour aujourd'hui une opération magnifique que
je n'aurais voulu manquer pour rien au monde.

— Oh ! s'écria Louise. Parler ainsi de la souffrance !...

— Mais oui, ma chère enfant. Je peux bien dire
qu'une opération est magnifique, si affreuse qu'elle
paraisse à ta sensibilité, quand elle sauve le patient.

— Cette mâtine d'Anna ! s'écria Ducharme.
Elle a toujours de joyeuses histoires d'hôpital à
vous raconter.

— Mademoiselle est servie, fit Henriette en ouvrant à deux battants la porte de la salle à manger.

Et, tandis que Louise offrait son bras au vieux
cousin Carminet et Pierre à la vieille cousine, elle
s'empara sans façon de Jean, dont la morosité
céda pour un instant. Lagaline ayant accaparé la
belle veuve, Frizet vint en serre-file avec l'infirmière. Ducharme avait gagné seul sa place, sans
façon, et s'y tenait debout, présidant à l'installation de ses invités.

En dépliant sa serviette, Louise eut une joyeuse
exclamation de surprise. Elle venait de découvrir

un coffret à bijoux, de bronze ciselé, qui était un véritable objet d'art.

— Ah ! mon oncle ! s'écria-t-elle très émue en embrassant Carminet, qui ne se tenait pas d'aise.

Le coffret passait de main en main, dans un concert d'éloges mérités. Pierre se récria :

— Vous êtes un véritable artiste.

Le vieillard dit d'un ton pénétré :

— Le grand Benvenuto était un maître ouvrier.

Il ajouta malicieusement :

— Eh bien, on n'est pas encore une vieille bête.

La cousine Laure dit à Pierre :

— Il a passé une année sur ce travail.

Carminet reprit, avec une pointe de mélancolie :

— C'est sûrement mon dernier.

Puis, bannissant l'importune pensée :

— Sans lunettes, mes enfants ! Je l'ai fait sans lunettes. Il y a encore bien des jeunes qui ne me feraient pas la barbe.

— Je crois bien, fit Ducharme avec conviction.

Le potage fut déclaré excellent, à l'unanimité. Rose de joie, Henriette recevait les félicitations. En dépit des médecins, le pot-au-feu était resté le mets familial par excellence.

— Ma fille, tu es bonne à marier, déclara l'infirmière sentencieusement.

— Ce n'est toujours pas son talent culinaire qui lui fera trouver un épouseur, repartit la vieille cousine. On n'apprécie plus cela, depuis que le système des restaurants et la vie de cercle se sont substitués à la vie de ménage d'autrefois.

— Mais on y revient, à la vie du bon vieux temps, ma cousine, dit Antonine. Et j'ai bien peur que les femmes n'y perdent les libertés qu'elles avaient conquises en s'affranchissant des menus soins du ménage.

— Ah! ah! s'écria Lagaline, la réaction relève la tête.

— On fait bien d'y revenir, prononça gravement Anna.

— Comment! s'exclama Ducharme, vous, la communiste, qui vivez dans votre hôpital comme les religieuses de jadis dans leur cloître, vous approuvez la vie de ménage?

— Eh! oui. S'il y a réaction, c'est une réaction bienfaisante. En tout cas, les libertés de la femme n'y courent aucun péril. L'individu, dans la communauté, est bien seul quand il n'est pas soutenu par une idée ou par une vocation. Il y a des gens qui ne peuvent pas aimer tout le monde, il y en a d'autres qui ne peuvent pas vivre seuls dans la foule. Pour ceux-là l'intimité familiale est nécessaire.

— Mais la famille existe, et personne n'a songé à la détruire, fit Lagaline.

— Il n'y a pas de famille sans marmite, répliqua Ducharme.

— Vous avez raison, mon cousin, reprit Anna.

Je me demande en quoi la femme est amoindrie
de faire le ménage et la cuisine, tandis que
l'homme exerce sa profession et que les enfants
étudient. Aussi, on a eu beau faire : le bon sens
et la nature ont repris le dessus. Il n'y a pas cinq
femmes sur dix qui continuent à exercer une profession, une fois mariées. Grâce aux allocations de
grossesse et d'élève que les familles reçoivent, la
femme dans son ménage n'est pas sous la dépen-
dance de son mari.

— En somme, dit Jean, la femme mariée,
ayant charge d'enfants, exerce une sorte de ministère public. C'est pour l'humanité de demain
qu'elle met au monde et élève ses enfants.

— Certes, dit Frizet. Mais ne croyez-vous pas
qu'il serait mieux d'attacher les enfants moins
étroitement à leurs parents ?

— Voilà bien une réflexion de vieux célibataire ! s'écria Ducharme.

— On est allé aussi loin que possible dans la
voie de l'éducation en commun, observa Pierre.
Les enfants prennent un repas par jour à l'école,
tout au moins dans les villes. Cela suffit à leur
donner le sens et le goût de la vie commune.
Je sais que, pour développer en eux le sentiment
de l'égalité et de la sociabilité, on a proposé d'établir l'internat complet ; mais cela n'a eu aucun
succès.

— Cette proposition a été rejetée par le vote
presque unanime des mères de famille, dit Hen-

riette, qui s'était assise après avoir apporté le
rôti, que Ducharme découpait avec des grimaces
d'effort.

— Elles ont bien fait, dit Pierre. Ce n'est pas
la sociabilité, mais la brutalité qu'on eût développée chez les enfants soumis à ce régime. Rappe-
lons-nous toujours les mornes internats dont les
écrivains du siècle passé nous ont tracé le triste
et répugnant tableau.

— Vous savez, dit Anna, qu'on a renoncé à
l'internat pour les orphelins. Ils sont, à présent,
répartis dans les familles qui acceptent de se
charger d'eux, moyennant indemnité. Le système
a réussi on ne peut mieux.

Frizet hocha la tête et dit :

— Ce n'est pas en suivant ce chemin que nous
développerons le socialisme et son esprit dans
les jeunes générations. Outre que vous laissez
subsister l'égoïsme familial, qui s'oppose à l'extension de l'altruisme, ne voyez-vous pas que vous
ramenez aux tâches domestiques des quantités
considérables de bras que l'industrie eût employés
à augmenter la richesse publique ?

L'infirmière éclata :

— A ce compte, papa n'aurait pas dû perdre
une année de son temps à ciseler cette petite boîte
à bijoux ! Croyez-vous, par hasard, que l'égoïsme
familial qui lui a inspiré ce travail n'est pas
proche parent de l'altruisme social dont vous parlez et, ajouta-t-elle avec hésitation, dont je puis

bien parler, moi aussi, puisque j'ai renoncé pour lui à fonder une famille.

— C'est parfois une manière de n'aimer personne que d'aimer tout le monde, soupira la vieille Laure, qui ne se consolait pas de n'avoir point de petits-enfants à cajoler.

Pierre s'étonna que Lagaline eût laissé Frizet se jeter dans la discussion sans l'y suivre, mais son étonnement cessa quand il eut remarqué que l'anarchiste était aux petits soins auprès de la belle veuve et qu'ils s'étaient isolés tous deux de le conversation générale en un dialogue souriant et passablement animé. Frizet fit sans doute la même remarque, car il piqua soudain du nez dans son assiette et parut se désintéresser de la discussion.

— Il y a bien des choses du passé qui reviennent, dit Jean. Voici la domesticité qui reparaît, à présent. Sous une autre forme, il est vrai.

— Oui, dit Louise. On a eu d'abord les ménagères, pour les célibataires qui ne veulent pas s'occuper des menus soins de leur intérieur, et pour les ménages sans enfants. Puis, les mamans chargées d'une nombreuse famille se sont fait aider par les ménagères. Aujourd'hui, notre syndicat est formidable. Des ouvrières, des artistes, des institutrices et professeurs mariées veulent continuer à exercer leur profession, bien qu'elles aient des enfants. Le syndicat leur fournit des ménagères, qui ne sont pas des servantes, mais des aides, et parfois des élèves.

— Des élèves? interrogea Henriette. Comment cela?

— Oui, il y a des jeunes filles qui ont la vocation de la maternité. Eh bien, en attendant le mariage, elles vont faire leur apprentissage dans les familles nombreuses ou dont les mamans se livrent à des occupations professionnelles.

Henriette battit des mains.

— Inscrivez-moi à votre syndicat, dit-elle avec expansion.

Elle avouait ainsi sa vocation, sans fausse honte, fière au contraire d'aspirer à l'état vénérable de mère de famille.

— Est-ce que vous jugez cela conforme à l'égalité? demanda narquoisement l'infirmière à son voisin.

Frizet, ainsi interpellé, répondit, presque maussade :

— Si cela continue, par amour de la famille on rétablira aussi l'héritage.

— Mais il est tout rétabli, fit gaiement Ducharme. Quand je m'en irai — le plus tard possible! — j'espère bien léguer à mes trois enfants — pardon! — à mes quatre enfants tout ce que je possède. Il est vrai que je les défie bien, avec cela, de devenir des capitalistes.

— Pour vous, passe, fit le correcteur. Mais nous avons des artistes, des écrivains, des savants, des inventeurs qui gagnent encore de grosses sommes.

— Oui, dit Pierre. Il en est parmi ceux-là
qui ne dépensent pas tout leur revenu, qui lè-
guent par conséquent un véritable héritage, au
sens ancien du mot, à leurs enfants. Mais ceux-ci
sont réduits à le consommer, faute de pouvoir
l'employer à l'exploitation du travail d'autrui.

— Qui les en empêcherait s'ils le voulaient?
objecta Frizet.

— Simplement ceci, répondit Pierre : Que la
forme capitaliste de la production ayant disparu, l'argent n'est plus qu'un signe d'échange
représentant les moyens de consommation, et non
les moyens de production qui ne valent que par
leur mise en œuvre. Or, avec son argent, un héritier peut bien acheter, s'il lui en vient la fantaisie, cinquante machines à coudre, mais elles ne
pourront lui servir qu'à confectionner ses vêtements. S'il voulait y installer cinquante ouvrières
et les faire travailler pour son compte, croyez-vous
qu'il le pourrait?

— Évidemment, non, dit Antoinette. Le syndicat des couturières, pas plus que le syndicat
des confectionneuses, ne lui fournirait une ouvrière qui consentît à travailler sans recevoir
exactement l'équivalent de son produit. Dès lors,
notre homme se ferait donc patron par vanité
pure? C'est inadmissible.

— Aussi, dit le professeur, quel que soit leur
amour pour leurs enfants, et précisément à cause
de cet amour, ils sont rares ceux qui laissent en

héritage une somme un peu considérable. Sans
compter qu'ils se font très rares, ceux qui, par leurs
talents, gagnent de grosses sommes dépassant
leurs moyens de consommation. Peu à peu, par
l'instruction généralisée et mise gratuitement à
la portée de tous, le niveau de répartition s'établit entre tous les coopérateurs de l'œuvre sociale.

Il allait continuer, mais le café et le thé attendaient les convives dans le salon. Henriette et
Louise servirent chacun selon ses préférences ; puis
la soirée s'acheva par des conversations alternées
de chants et de musique. Pierre remarqua, non
sans joie, que le chagrin de Jean semblait se
fondre comme neige aux sourires de sa jolie cousine, et non sans malice que Lagaline faisait de
sensibles progrès dans l'esprit — et, qui sait ! le
cœur ? — de la superbe veuve.

Ces remarques ne l'empêchèrent pas d'admirer
comme il convenait la bonne grâce et le charme
naturel de celle qui, dans peu de jours, serait la
citoyenne Davant.

XVIII

A VOL D'HISTOIRE

« Mon cher Yoshimi,

« Puisque tu acceptes de faire connaître notre Nippon aux Occidentaux et que, d'ici à quelques semaines, tu seras installé à Paris en qualité de rédacteur aux *Nouvelles*, il est bon que tu connaisses le nouveau monde où tu vas vivre. Tu me diras que nos professeurs et nos livres t'ont raconté l'histoire étonnante des peuples que nous suivons avec tant d'ardeur dans la voie du progrès. Ce fut mon illusion quand je mis le pied en France; quelques jours suffirent à me prouver que j'ignorais l'esprit même de l'Occident, et qu'en conséquence son histoire d'hier et d'aujourd'hui se présentait à moi comme une succession de faits sans lien entre eux et sans signification générale. Je ne prétends pas être beaucoup plus savant, après une année de séjour à Paris; mais je puis te donner quelques indications qui serviront du moins à te mettre en garde contre ta science et à te donner le désir, dès ton arrivée à Paris, d'*apprendre* une civilisation si fondamentalement différente de la nôtre. Il y a ici, comme à Tokio, des chemins de fer et des imprimeries, des syndicats professionnels et des institutions démocratiques ; aussi, à ne se fier qu'aux apparences, il ne subsiste entre ce peuple et nous qu'une différence de couleur, tant nous l'avons bien imité en tout ce que nous pouvions saisir de lui.

« Ainsi, l'histoire des Occidentaux, nous ne la connaissons que grossie et déformée par la double distance du temps et de l'espace. Nous en sommes encore à croire que leur révolution fut une subversion totale obtenue par un massacre de tous les possédants. En réglant la nôtre sur ce programme absurde, nous sommes restés les parents démagogiques des Gengis-Khan et des Timour-Leng, qui offrirent à leur propre fureur d'innombrables holocaustes humains.

« La classe ouvrière n'est point arrivée d'un bond au pouvoir, après avoir brutalement supprimé la classe bourgeoise, comme l'enseignent nos historiens en des raccourcis historiques dénués de toute philosophie. Quantité de possédants, qualifiés bourgeois, furent les artisans volontaires et conscients d'une longue transformation, dont l'acte révolutionnaire ne fit que sanctionner les résultats et les mettre d'ensemble en lumière. Quantité de prolétaires, inconscients de leurs destinées futures, furent les obstacles têtus, quasi-invincibles, auxquels se heurtèrent les révolutionnaires; on en vit parfois qui n'usèrent des armes du progrès que pour mieux s'opposer au progrès, et qui se syndiquèrent, par exemple, pour limiter le nombre des apprentis ou pour interdire aux patrons l'emploi des machines.

« La prétendue révolution bourgeoise de 1789, voilà la véritable révolution sociale. Elle fut faite par l'idée de liberté et d'égalité, et ne donna d'abord ses bienfaits qu'aux plus forts. Mais l'idée est plus forte que la force. Les faibles se fortifièrent, les ignorants s'instruisirent, les isolés se groupèrent. Tous comprirent mieux le sens réel des principes de liberté et d'égalité. Les faibles connurent mieux leur droit, à mesure que les forts doutaient davantage du leur. Les races occidentales sont profondément idéalistes, et leur logique devance à un tel point la logique des événements qu'elle va parfois jusqu'à les susciter par la puissance créatrice de la pensée. La faim produisit ici cent émeutes, toutes vaincues. L'idée enfanta des révolutions, qui toutes laissèrent un profit social définitivement acquis.

« Ne crois point pourtant que ces gens soient sans cesse à cavalcader sur des chimères. Chez eux, l'action suit la pensée d'assez loin, mais elle la suit toujours, et les plus vastes desseins ne leur font jamais mépriser les menues tâches quotidiennes. Ils sont ainsi, à la fois, très novateurs en idée et très conservateurs dans l'action. C'est à cette complexité qu'ils doivent d'avoir accompli leur dernière révolution en limitant au minimum la dépense d'existences humaines et la destruction nécessaire des institutions caduques. Ils ne se sont pas, comme nous, retournés tout d'une pièce; ce qui atteste chez eux, quoique tu penses le contraire, plus de souplesse que chez nous. Au Japon, la tyrannie collective de l'imitation des formes a créé artificiellement le nouveau système social. Tu ne te rends pas compte de cela, parce que les termes de comparaison te font défaut. Mais quand tu auras vécu pendant quelques semaines seulement parmi les Occidentaux, et constaté que le régime social imité par nous est chez eux parfaitement organique, tu saisiras la différence, qui est, je dois le dire, tout à l'avantage de l'Occident.

« Croirais-tu, par exemple, que ces Occidentaux, et surtout les Français, — qui ont importé chez nous la mode du scepticisme et n'ont réussi qu'à nous faire changer de superstitions, puisque nous reportons sur la science le culte aveugle que nos ancêtres avaient pour les religions nationales, — eh bien! ces Français sont les plus religieux des hommes. L'humanité est leur déesse, et l'avenir est le temple infini où elle se glorifiera, sans cesse accrue en force et en beauté. Cela ne les empêche point de songer individuellement à eux-mêmes et de jouir du présent. Mais le plus égoïste d'entre eux possède à un certain degré la notion

de l'espèce, tout comme le plus imprévoyant est
hanté par la bienfaisante idée du futur.

« Quand l'ordre nouveau s'établit, les Français eurent une grave difficulté à résoudre. Ils
voulaient bien établir l'égalité de fait, unique
sanction possible de l'égalité de droit proclamée
par leur première révolution, mais ils ne voulaient pas sacrifier la liberté individuelle. Aussi,
les chefs des vieux partis révolutionnaires tradi-
tionnalistes qui parlèrent d'instituer la dictature
du prolétariat, qui eût été en réalité la leur,
furent-ils mal accueillis.

« On s'avisa heureusement que l'égalité ne
consiste point dans le nivellement des conditions,
mais dans l'équité apportée à satisfaire au maximum possible des besoins fort différents et très
inégaux. On voulut tout d'abord que la faim et le
dénuement fussent désormais classés dans les
mauvais souvenirs historiques. On s'attacha en
même temps à établir l'égalité de point de départ,
et l'on mit la science à la portée de tous ceux
dont le cerveau était apte à la recevoir. Déjà, au
moment de la révolution, des lois sociales et des
institutions dues à l'initiative privée avaient amé-
lioré le sort de la plèbe, et lui avaient donné ainsi
la volonté et la force nécessaires à une telle entreprise. On ne secoua l'arbre que lorsque le fruit
fut mûr.

« J'ai l'air de te raconter une idylle, au regard
de ce que nos aînés ont vu chez nous et de ce que

les Français avaient vu chez eux lors de la révolution du xviii° siècle. Crois pourtant que je ne flatte pas le tableau. Le mouvement social, d'ailleurs, ne fut point, en la dernière révolution, enfermé dans les limites de la France, qui n'eut pas à se défendre contre l'agression extérieure, comme elle y avait été contrainte en 1792. Le fruit était mûr dans tout l'Occident européen, quand la secousse se produisit. Il tomba donc en même temps en Allemagne et en France, en Angleterre et en Italie. La vaillante petite Belgique, prête depuis longtemps, patienta pour n'être point écrasée par les forces extérieures tant qu'elles furent aux mains des féodaux allemands et des capitalistes français. Le reste du monde civilisé suivit sans trop de résistance.

« La victoire fut à eux le jour où les socialistes français eurent gagné les paysans en les convainquant qu'il ne s'agissait point de les dépouiller, mais de mettre fin à l'oppression aussi fainéante qu'avide des grands propriétaires. L'élection les ayant mis au pouvoir, ils eurent à briser les résistances constitutionnelles que leur opposaient le Sénat et le Président de la République. L'histoire t'a fait connaître, comme à moi, ces événements. Je n'y insiste donc pas. Mais ce qu'elle ne t'a pas fait connaître, c'est la situation sociale exacte du pays au moment où ils s'accomplirent. Et, comme moi naguère, tu en es encore à croire que la révolution de 19... marqua le point exact entre le monde capitaliste finissant et le monde socialiste commençant. Erreur, mon cher Yoshimi. Le monde capitaliste n'était pas encore agonisant que déjà le monde socialiste était né, non pas seulement en esprit, mais en fait, et manifestait son existence dans presque toutes les branches de l'activité humaine.

« Au moment où éclata la révolution, les grandes entreprises collectives du capitalisme, qui furent à l'apogée de leur puissance dans la seconde moitié du XIXᵉ siècle, n'étaient plus aussi nombreuses ni aussi omnipotentes qu'à cette époque. Un certain nombre d'entre elles s'étaient incorporées à la puissance publique, qui avait ainsi repris la direction de services essentiels, tels que les moyens de transports et la banque. Les entreprises commerciales avaient disparu devant la grève des acheteurs, affiliés aux sociétés coopératives de consommation. La lutte nécessaire contre l'alcoolisme avait contraint le pouvoir à prendre le monopole de la rectification et de la vente de l'alcool. Les excès de la spéculation internationale et les crises dont elle menaçait à tout moment la production nationale, par des mouvements désordonnés de prix sur les matières premières et les céréales, avaient déterminé la nation à transférer aux ouvriers associés et fédérés le sous-sol minier, exploité jusque-là par des compagnies capitalistes, à prendre en mains le commerce des grains, à obliger les Gouverne-

ments étrangers à l'adoption d'une très sévère
législation internationale contre les monopoles de
fait constitués par les accapareurs.

« Les grandes entreprises qui étaient demeurées
au pouvoir de la féodalité capitaliste n'étaient plus
comme autrefois maîtresses du travail, de la santé,
de la vie, de la conscience des ouvriers qu'elles
employaient. Organisés par leurs syndicats, fédérés professionnellement et interprofessionnel-
lement, ils avaient étendu leur action défensive
contre l'action oppressive du capital, sans se laisser
limiter par les frontières politiques. Tandis que,
comme ouvriers, ils organisaient leur résistance
par le syndicat et par la fédération internationale,
comme citoyens ils exigeaient et obtenaient des
lois qui contraignaient le capitaliste à respecter
l'homme dans le travailleur et à ne plus considérer seulement le salaire comme partie intégrante
des frais de production, tels le charbon ou le minerai, mais aussi comme la part minima qui revenait de droit aux facteurs essentiels de la production.

« Ces lois, qui assainissaient les ateliers et les
usines, qui protégeaient la santé et la liberté de
l'ouvrier en limitant la durée de la journée de travail, qui l'indemnisaient en cas d'accident, de
maladie ou de chômage, qui procuraient du pain
à sa vieillesse, qui permettaient à l'ouvrière en-
ceinte ou nourrice d'assurer en paix et en sécurité
l'avenir des générations, qui garantissaient la

nourriture et le vêtement à l'écolier pauvre, qui donnaient la nation pour mère à l'orphelin, — ces lois et tant d'autres que je passe, loin de satisfaire le prolétariat et d'endormir son activité revendicatrice, avaient élargi d'autant ses espérances et accru sa force pour les réaliser. Les industriels avaient été amenés à reconnaître la puissance syndicale, protectrice des droits et de la dignité des travailleurs ; et, bien avant la révolution, les monarques absolus.. . l'usine et de l'atelier avaient dû accepter les constitutions que leur avaient imposées le syndicat, et partager avec lui le gouvernement du travail.

« En coïncidence de ce mouvement vers le mieux-être matériel, ou plutôt en accord avec ce mouvement, les prolétaires s'étaient mis avec un bel entrain à l'étude. Partout, à mesure que la journée de travail devenait moins longue et moins fatigante, des écoles s'ouvraient et des travailleurs y affluaient. Le droit, l'histoire, l'économie sociale, la morale, l'hygiène publique, les sciences de tout ordre étaient enseignés par de jeunes hommes et de jeunes femmes ardents au bien public ; cet enseignement était accueilli avec avidité par ceux qui voulaient se venger noblement d'avoir été appelés « les barbares » par quelques beaux esprits de salons et d'académie.

« Tu vois, par cet exposé trop sommaire, que le terrain de la transformation sociale était bien

préparé. Je n'ai pas besoin d'ajouter qu'une
telle préparation ne se fit ni en quelques jours
ni même en quelques années. Elle fut l'œuvre de
plusieurs générations, et ne fut point toujours
entreprise par les révolutionnaires, qui parfois
s'opposaient à telle amélioration de détail,
ne daignant mettre le peuple en mouvement
pour un minime bienfait, puisque son effort
suffirait un jour à retourner la société comme
un gant et à transformer l'enfer social en paradis.

« Mais le grand jour ne venait pas ; les partisans du miracle révolutionnaire se faisaient
de plus en plus rares, à mesure que le peuple,
se mêlant plus effectivement à la vie politique
et sociale, prenait une part plus grande dans
la direction de ses propres destins. Certes, la
misère n'était pas abolie, et bien des inégalités
choquantes disaient éloquemment la nécessité
d'une transformation sociale. Mais ceux qui su-
bissaient la misère ne se résignaient plus
comme auparavant, ils ne croyaient plus qu'elle
fût une institution divine ou une fatalité naturelle. Et ceux qui donnaient le scandale d'un
luxe et d'un gaspillage entretenus par le labeur
d'ouvriers dont ils ignoraient même l'existence,
ne croyaient plus à la justice d'institutions dont
ils se hâtaient de jouir, en attribuant tout le
mérite ou la faute de leur situation au hasard.
Quelques-uns, parmi ceux-ci, s'excusaient de

ces faveurs aveugles en consacrant une part de leur superflu à des œuvres d'éducation et de libération sociales, par lesquelles serait diminuée dans l'avenir la part de chance qui présidait à la distribution des richesses.

« Le grand jour vint cependant, à son heure. Armés de la loi, les socialistes procédèrent à l'œuvre de liquidation sociale. Il y eut des résistances, elles furent brisées. Il y eut des impatiences, elles furent calmées, et les fureurs révolutionnaires ne s'exercèrent que dans les localités et les professions où les travailleurs étaient le plus misérables et le plus tenus à l'écart du mouvement d'émancipation de leur classe. Ainsi furent durement châtiés, par les propres instruments de leur domination, les patrons qui s'étaient si longtemps applaudis d'avoir su soustraire leurs ouvriers à la contagion socialiste. Au contraire, partout où les ouvriers étaient organisés et instruits, leur unanimité et leur modération dans la victoire ôtèrent aux patrons jusqu'à la possibilité de protester contre leur déchéance ; ceux qui le tentèrent purent être l'objet de la clémence méprisante de vainqueurs certains de leur force autant que de leur droit.

« Il fut décidé en principe, car c'était là la base du droit nouveau, que le sol et les instruments de production étaient la propriété de la nation. Les coopératives de consommation remirent leurs magasins aux cantons, et les coopératives de production agricoles traitèrent dorénavant avec eux pour la vente de leurs denrées. Tous les établissements de grande industrie qui ne furent point incorporés aux services publics déjà existants, — et on y en incorpora un fort petit nombre, afin de ne point créer dans la République un fonctionnarisme trop nombreux, — furent concédés aux travailleurs qui y étaient occupés, et qui constituèrent des sociétés de production, grâce à la nationalisation du crédit. Les actionnaires en furent remboursés au taux de l'émission, et non à celui que leurs titres avaient acquis par la spéculation des financiers et le travail des ouvriers. L'internationalité de la révolution fit cette mesure sans péril pour la nation qui en avait pris l'initiative. Ceux d'entre les actionnaires que le remboursement appauvrissait jusqu'aux limites du dénuement furent inscrits à la dette publique pour une pension viagère; cela leur permit de terminer leurs jours sans connaître le besoin. La même mesure d'humanité fut prise envers les créanciers de l'État, et, au bout d'une génération, la dette publique disparut du budget des dépenses pour n'y plus reparaître,

« Pour la petite industrie, je t'ai dit dans une précédente lettre qu'on laissa subsister le patronat pendant une période assez longue. A l'imitation de ce qui se faisait dans l'imprimerie, les syndicats professionnels groupèrent en « commandites » les ouvriers des moyens et petits ateliers.

Le patron traitait avec la commandite, qui, d'accord avec le syndicat, embauchait directement le personnel. De la sorte, la direction du travail passa rapidement des mains du patron à celles du groupe ouvrier. Le patron n'était plus chef de travail, mais il demeurait l'intermédiaire entre le groupe producteur et les consommateurs, et il conservait la charge d'entretenir les relations avec la clientèle. Cette fonction, il ne la conserva pas longtemps. Les statistiques établies par les syndicats et par l'Administration publique firent rapidement connaître aux travailleurs les besoins exacts du marché et quels débouchés étaient offerts à tels produits. D'autre part, l'organisation coopérative de l'échange et sa transformation en services cantonaux, intercantonaux, nationaux et même internationaux, avaient singulièrement simplifié le mécanisme de la distribution des produits. Au bout de quelques années, les patrons ayant épuisé leur double raison d'être, comme chefs de travail et comme commerçants, ils furent mis à la retraite, et la république exista de fait dans toutes les branches de l'activité économique.

« Aujourd'hui, cette coopération générale se retrouve en face du problème initial, et nous allons certainement entrer dans une période d'agitation, dont les phases seront curieuses à observer. Aussi ne saurais-je trop te louer d'avoir pris la résolution de connaître l'Occident autrement que par ouï-dire. Cette fois, c'est la liberté qui réclame ses droits, et, à te dire vrai, je ne sais jusqu'à quelles limites elle veut les étendre. Pour un peu, je la soupçonnerais de ne plus accepter de limites du tout. Déjà les services publics dont l'État avait pris la direction tendent à redevenir des institutions libres, administrées directement par ceux qui les font fonctionner. Pourtant, l'État n'est plus, comme autrefois, un instrument d'oppression et de compression, au pouvoir d'une minorité contre la majorité. N'importe, on ne veut plus de l'État, si ce n'est pour maintenir l'ordre matériel ; et encore les fonctions de police sont-elles presque partout aux mains des Municipalités cantonales.

« De bons esprits croient ce mouvement prématuré. Les services publics sont gratuits, disent-ils. Ils constituent, en somme, la part de communisme réalisé dans la société. Peut-on les remettre aux associations libres sans faire disparaître la gratuité ? Ne vaut-il pas mieux attendre que les groupes producteurs aient parfait leur union et perfectionné leur système d'assurance mutuelle, et aussi qu'ils aient multiplié les produits de telle sorte que toute notion de valeur ait disparu de ces produits ? Cela, c'est l'œuvre du temps. Mais je crois bon que ce problème soit posé dès maintenant. La volonté, dans ce monde-ci, est un si merveilleux propulseur, que rien ne m'apparaît plus comme impossible.

« Viens au plus tôt, mon cher Yoshimi, viens voir ces belles choses de près. Nous tâcherons ensemble de nous en pénétrer et, en les rapportant à nos compatriotes, nous ferons de notre mieux pour que ceux-ci n'en prennent que ce qui est à leur convenance.

« Ton ami dévoué,

« SUMIDA. »

Pierre, à qui le petit Japonais avait montré cette lettre avant de l'envoyer à son ami, s'étonna joyeusement :

— Où avez-vous si bien appris à nous connaître ?

Il s'attendait à un compliment flatteur, et s'apprêtait à repousser modestement l'hommage de son élève; mais celui-ci lui répondit :

— A l'atelier, où je travaille comme mécanicien.

XIX

A TRAVERS CHAMPS ET PRAIRIES

Louise avait sans peine décidé Pierre à rendre visite à l'oncle Robert, si casanier. En outre de l'agrément qu'il trouvait à voyager en compagnie de celle qu'il aimait, il se proposait d'étudier de près un de ces paysans réfractaires aux progrès de tout ordre qui les entouraient sans les conquérir. Ces échantillons d'un autre temps devenaient assez rares pour exciter la curiosité du jeune professeur, et il comptait bien rapporter de cette excursion des notes intéressantes pour ses élèves.

Un beau matin, les fiancés se mirent donc en route pour le village où demeurait l'oncle Robert. La campagne, doucement vallonnée, était couverte de blés mûrissants. Les villages ne se décelaient plus, comme jadis, par des clochers dressant vers le ciel l'oiseau symbolique des Gaules, mais par les bosquets verdoyants sous lesquels ils disparaissaient.

A la station de Breteuil, Louise émit l'avis de ne pas attendre le train qui fait la correspondance, et d'aller à pied jusqu'à Tartigny. Pierre accepta

23

volontiers, car il aimait marcher. Il allait marquer sa surprise qu'une Parisienne eût le goût de la marche, les multiples moyens de transport de la grande ville ayant rendu les jambes féminines, et masculines, fort paresseuses ; mais la jeune fille lui dit :

— C'est à deux petits kilomètres d'ici.

— Une promenade, alors, fit-il. Allons.

Ils s'engagèrent sur la route bordée d'arbres fruitiers. En vraie Parisienne, Louise s'exclama :

— Oh ! les jolies petites pommes !

— Oui, mais elles ne sont pas encore mûres.

— Les gamins ne les laisseront certainement pas mûrir.

— Bah ! répondit-il en riant, ils en seront quittes pour quelques coliques.

—J'ai envie de faire comme les gamins.

Mais le regard malicieusement indulgent d'un passant la fit rougir jusqu'aux oreilles et l'arrêta net. Elle se rabattit sur les fleurs, qu'elle se mit à fourrager au pied d'une haie.

— Nous n'en sommes pas encore aux fruits, dit-elle à Pierre en reprenant son assurance.

— En voici, pourtant, que vous pouvez vous permettre sans vous exposer aux gloses, lui dit-il quand ils se furent remis en route. Et il abaissa jusqu'à elle une branche chargée de cerises mûres. Elle poussa un cri de joie et goûta ce plaisir des citadins : manger à même l'arbre.

Un peu plus loin, une source gazouillante qui traversait la route sous un ponceau la retint par

son air déluré à s'échapper d'une broussaille odo-
rante et fleurie.

Quand ils l'eurent admirée, Pierre dit, en se
dirigeant vers le bord opposé de la route :

— Voyons ce que devient cette exquise vaga-
bonde ?

— Un lavoir, mon ami, dit Louise en le re-
joignant. Vous voyez, elle se range tout de suite,
et devient une bonne ménagère.

— Si loin du village ! s'écria Pierre.

— De temps immémorial, le lavoir est le forum
des femmes. Ici, comme ailleurs, elles délibèrent
à l'écart.

— Après tout, ajouta-t-elle après un silence,
c'est peut-être tout simplement parce que le
village manque d'eau. Vous savez qu'il est bâti
sur le flanc d'un coteau.

Pierre leva la tête et, sur la gauche du village,
vers Breteuil, il aperçut un moulin à vent exposé
de manière à ne point perdre la moindre brise.

— Oh ! oh ! fit-il, le pays me paraît aussi arriéré
que votre bon oncle Robert.

— Mais, ni le village ni mon oncle ne sont ar-
riérés, répondit-elle ; vous verrez.

Au tournant du chemin, près du cimetière, il
aperçut un autre moulin, sur un promontoire à la
droite du village.

— Mais voyez donc, dit Louise, ces fils qui
partent du moulin de droite.

— Oui, et je vois aussi à présent ceux qui

partent du moulin de gauche, également soutenus
par des poteaux, répondit Pierre. Je fais mes ex-
cuses à Tartigny. Ce n'est pas du grain qu'on y
moud, c'est de l'électricité. Je me disais aussi...

Un vieillard sortait du cimetière, une bêche
sur l'épaule. Louise l'aperçut, poussa un cri de
joie et lui sauta au cou. Il lui rendit ses caresses
avec effusion; puis, apercevant Pierre, il dit:

— Ton fiancé? Mes compliments à tous les
deux. Vous êtes bien appareillés. J'allais vous
attendre à la station.

Se tournant vers la porte du cimetière, l'oncle
Robert ajouta:

— J'étais venu, en passant, dire un petit bonjour à votre pauvre tante et arranger ses fleurs...
Voulez-vous voir sa tombe? Ce n'est pas un régal
de jeunesse, mais il n'est pas mauvais de penser
un peu aux morts. Ça leur est bien indifférent,
mais ça fait du bien aux vivants.

Pierre, en entrant dans le cimetière, remarqua
que les gens de Tartigny n'étaient pas encore con-
vertis à la crémation, mais il garda sa remarque
pour lui. Toutes les tombes étaient fleuries à pro-
fusion, les monuments étaient rares et modestes,
d'un art simple et sévère. Quand il fut devant le
carré où reposaient les aïeux de celle par qui leur
race serait continuée, il sentit avec plus de force
le lien qui unit l'avenir au passé. Cette leçon que
lui avait donnée ses études se réalisait sous ses
yeux d'une manière si complète qu'il ne put se

tenir de pleurer ces parents inconnus et de revivre tous les chagrins qu'avait suscités leur disparition.

— Vous ne trouverez presque personne au village, dit l'oncle Robert en mettant fin à la méditation des jeunes gens. Nous sommes en morte saison. Ici, on ne produit guère que du blé, et, jusqu'à la moisson, chacun se donne du bon temps.

— C'est pourquoi nous croyons pouvoir compter sur vous, dit Louise.

— Bon, bon! J'irai à la noce. Là! es-tu contente?

Il reprit, d'un air d'inquiétude :

— C'est bientôt, au moins? Parce que si ça se fait pendant la moisson, vous serez forcés de vous passer de moi.

— Nous nous marions dans quinze jours, dit Pierre.

— Alors, j'en serai. Et je me promets de danser avec ma nièce.

Louise n'osa pas avouer qu'elle ne savait pas danser et que, depuis longtemps, l'usage s'était perdu de danser aux noces.

— Tu vois, fillette, reprit le vieillard, en montrant les champs qui s'étendaient du cimetière à un petit bois. Tout ça était aux Ducharme autrefois. Ah! ils avaient de quoi suer, nos grands-papas, avec leurs petites charrues à bras et leurs faucilles. Aujourd'hui, les Ducharme sont dis-

persés dans les villes, et celui qui reste seul, à
présent que sa chère vieille l'a quitté, est propriétaire de tout ça...

Son geste embrassa circulairement l'horizon.

— ...Avec les autres, ajouta-t-il. Il ne nous
manque plus qu'un bien de douze hectares, que
mon cousin Fesmy s'obstine à cultiver seul. Le
Conseil syndical doit se réunir cette semaine au
Conseil cantonal pour examiner le cas. Mais
Fesmy tiendra bon. Il a la loi pour lui... Eh! quand
on parle du loup... Bonjour, Fesmy! Tu viens de
ton champ? Est-il toujours à sa place? La Com-
mûne ne te l'a pas encore escamoté?

L'interpellé venait d'un pas lourd par un sen-
tier latéral. Il leva la tête, mit ses mains en abat-
jour devant ses yeux et, ayant reconnu Robert, il
lui cria :

— Va donc voir si mon blé n'est pas aussi
beau que le vôtre, tas de partageux! Le Canton
sera bien obligé de me l'acheter au même prix.

— C'est une justice à lui rendre, dit l'oncle
Robert aux jeunes gens, sa terre est bravement
cultivée. Il y a même moins de nielle dans son
enclave que dans le reste du terroir cantonal...
Son entêtement à prouver la supériorité du travail individuel sur le travail associé a donné au
moins ce bon résultat. Seulement, il vit comme
une bête. Il ne songe qu'à son champ, il s'y es-
quinte. Regardez-le: il a cinquante ans, et on lui
en donnerait aisément soixante-quinze.

Le père Fesmy avait rejoint Robert et ses hôtes. Pierre contemplait le vieil entêté sans ironie et sans mépris, et ne s'étonnait pas des signes de volonté qui donnaient à sa physionomie une réelle noblesse. C'était bien là un échantillon de cette race acharnée au labeur, sans laquelle ses fils affinés n'eussent pu, faute de pain, faire fleurir les arts et la civilisation. Il était semblable aux morts inconnus que Pierre venait de pleurer, et le jeune homme se sentait le proche parent, l'héritier attendri, le débiteur reconnaissant de ce fruste laboureur qui le regardait avec indifférence.

— Si le Canton est juste, dit Fesmy, il me paiera ce blé-là plus cher que le vôtre.

— Le Canton ne sera pas juste, ricana l'oncle Robert. Mais il te donnera toujours de quoi vivre. Pour la dépense que tu fais... Je parie que tu mets de côté au moins un billet de mille tous les ans.

— Est-il permis de se moquer ainsi des pauvres gens! s'exclama Fesmy, touché à l'endroit sensible. Mettre de l'argent de côté! Eh! qu'est-ce que j'en ferais, si je le pouvais? Puisqu'il ne m'est pas seulement possible d'étendre mon bien... C'est injuste, cela, pourtant! Puisque je me sentais capable de les cultiver, pourquoi le Canton a-t-il refusé de m'affermer les quatre hectares supplémentaires que je lui demandais? J'"en offrais un bon prix. Ça aurait profité à tout le monde.

— Il y a un moyen d'agrandir votre terre sans demander au Canton une nouvelle concession, dit Pierre.

— Bah! fit le paysan en regardant son interlocuteur d'un air narquois. Serait-ce point, par hasard, de tirer dessus par les bords, comme on ferait d'une pièce de caoutchouc?

— Non, répondit Pierre en riant, mais d'y cultiver des denrées d'un plus fort rendement que le blé.

— Mon père a semé du grain sur ce domaine, mon grand-père aussi, et ainsi en remontant jusqu'au temps où les hommes ont appris à cultiver le sol. J'y ferai pousser du blé jusqu'à ce que j'aille les rejoindre. Les autres font comme ils veulent. Moi aussi. Eh bien, il n'y a que cette culture qui me plaise. Je serais tout à fait heureux si l'on m'en laissait faire autant que je veux.

— Nous produisons déjà trop de blé, fit l'oncle Robert.

— Qui dit ça? fit avec vivacité le père Fesmy.

— Les statistiques. On en a parlé l'autre jour au syndicat agricole. Les consommateurs mangent moins de pain qu'autrefois, à présent que la viande est plus abondante et que les légumes sont plus nombreux et plus variés. Déjà, dans les régions méridionales de la France, on a remplacé la culture du blé par l'élevage du bétail, par la culture fruitière et maraîchère. Il est pos-

sible que, prochainement, on nous invite à n'en
semencer que la moitié ou le tiers du sol en blé,
et le reste en betteraves ou en graines fourra-
gères.

— Le syndicat fera ce qu'il voudra. Le pain
nourrit l'homme, et c'est du blé que je veux se-
mer.

— Libre à toi. Mais je t'avertis que tu ne met-
tras pas de gros écus de côté après la vente de ta
récolte.

— Bah! les Anglais sont là.

— Ils nous demandent moins de blé cette année que la précédente, prends garde.

Tout en discutant, ils étaient arrivés au village.
Quelques femmes, sur leur seuil, les saluaient au
passage. L'oncle, d'un mot, présentait Louise et
Pierre, sans s'arrêter. Fesmy les avait quittés; de
son pas lourd et égal, il s'en allait en gromme-
lant. Ils le virent entrer dans une maison de
bonne apparence, après avoir pourchassé de son
bâton quelques poules qui jouaient à se nicher
dans la poussière chaude.

L'oncle Robert habitait la vieille maison familiale des Ducharme. Un antique, massif et
sommaire mobilier en garnissait les pièces vastes
et hautes, où Pierre et Louise pénétrèrent avec un
respect ému. Quand ils eurent fait le tour de la
maison, il les ramena dans la cuisine, où une jeune
fille joufflue achevait de dresser le couvert.

Le déjeuner fut rapidement expédié, puis

l'oncle Robert emmena ses hôtes visiter son jardin, dont il était justement fier. Il en avait soigneusement éliminé les arbres fruitiers, et on y eût vainement cherché un pied de salade ou un brin de persil. Louise ne put se tenir d'en marquer sa surprise.

— Nos voisins de Paillart et de Breteuil sont d'assez bons maraîchers pour que je n'aie pas besoin d'empiéter sur leurs plate-bandes, répondit l'oncle. Ici nous vivons à l'américaine, et, dans ce village, organisé pour la production céréale, vous ne trouveriez pas seulement une vache, même chez ce vieux réactionnaire de Fesmy. Quelques-uns d'entre nous ont conservé des chevaux, mais seulement pour leur agrément personnel... Ah! il est loin le temps où le paysan tirait toute sa subsistance de son travail direct. Le seul vestige qui en reste est la porcherie municipale, entretenue par nos eaux ménagères et nos débris de cuisine. Encore est-ce pour le festin de Noël, une vieille tradition de mangeaille, que nous élevons quelques cochons.

— Plus de chevaux! dit Pierre. Comment transportez-vous votre moisson du champ où elle a été récoltée à la station du chemin de fer?

— D'abord, nous battons le grain sur place. Ensuite, n'avez-vous pas remarqué que les moindres chemins qui bordent nos champs sont munis de fils électriques aériens? Nous mettons nos chariots chargés de blé en contact avec ces fils, et nous les dirigeons ainsi sans effort vers la gare la plus proche. Pour ce qui est du chaume, comme la consommation de la paille a considérablement diminué, nous en enfouissons une partie dans le sol au moment du labour, après en avoir hâté la décomposition par des ferments spéciaux ; cela constitue un engrais précieux... Mais je vous ai parlé des maraîchers. Voulez-vous les voir? J'ai justement affaire à Paillart. En une demi-heure, la Grisonne nous y aura conduits.

Louise sauta de joie à l'idée d'une promenade en voiture attelée. L'oncle Robert se dirigea vers l'écurie, présenta la Grisonne à ses hôtes, lui donna une friandise et se mit à harnacher la bête, toute frétillante du plaisir qu'elle se promettait d'une course sans fatigue.

Les voyageurs eurent tôt quitté la région des blés pour celle des prairies, où paissait un bétail nombreux. Pierre remarqua que cette vallée n'était pas d'un seul tenant, et que les nombreux ponts formés de troncs d'arbres assemblés qui reliaient les deux rives de la capricieuse et claire petite rivière étaient fermés par des barrières.

— L'élève du bétail n'est pas absolument socialisée, lui répondit le vieillard. Mais la prairie est concédée à la Société des éleveurs. Cette société possède la majeure partie des animaux et, moyennant redevance, elle admet dans son pacage ceux que lui confient les particuliers. Il s'entretient ainsi une émulation salutaire sur les meilleures méthodes d'engraissement et de reproduction ; finalement c'est profit pour tout le monde.

Le flanc du coteau était, comme le fond de la vallée, consacré aux pâturages. Mais la nature du sol avait permis d'y joindre la culture des arbres fruitiers, tandis que, dans la prairie, seuls des peupliers dressaient leur cime vers le ciel et des saules trempaient leur chevelure pâle dans la claire petite rivière.

— C'est la seconde des industries de Paillart, dit l'oncle. On y récolte des pommes à cidre qui sont réputées à cinquante lieues. Avec six mois de bouteille, ça vous enfonce le champagne. La pomme à cidre n'est pas tout à fait socialisée. Le Canton concède des lots pour une ou plusieurs années à ceux qui veulent cultiver à leur idée, mais il réserve le droit de pacage dans ces lots à la Société des éleveurs.

— Dites-moi, fit Pierre. Les éleveurs ont-ils accepté facilement la socialisation des pâturages ?

— Oh ! très facilement, répondit l'oncle Robert. Ils y étaient d'ailleurs préparés depuis longtemps par les coopératives qui se fondèrent dans la région dès les premières années du siècle. Nous, les cultivateurs, nous sommes venus à la socialisation par les syndicats agricoles, au moyen desquels nous achetions en commun les engrais et les semences, et par lesquels nous pouvions nous procurer les machines aratoires et organiser le crédit mutuel. Les syndicats nous avaient également débarrassés d'une fonction qui nous causait grand souci, nous prenait beaucoup de temps et, faisant de chacun de nous un commerçant direct, développait en nous des instincts de rapacité et de dissimulation : nous cessâmes d'être à la fois les producteurs et les vendeurs de notre denrée, dès que le syndicat fut assez fort, par l'adhésion de la majorité d'entre nous, pour se constituer notre intermédiaire commun auprès des consommateurs. Pour les éleveurs, c'est par les coopératives de laiterie et de fromagerie que l'évolution s'est accomplie sans heurts et sans récriminations. Les fruitiers sont venus plus lentement, bien que le pressoir commun ait été leur trait d'union. Quant aux maraîchers, dont nous abordons en ce moment le domaine, ce sont des individualistes à outrance. Chaque famille a son carré de concession, s'y voue jalousement et fiévreusement, et n'a qu'un rêve : agrandir ce carré.

Il rendit les rênes à la Grisonne, car le chemin montait un peu à cet endroit ; puis il reprit :

— Ils sont cependant syndiqués et organisés en société pour la vente des produits, mais leur individualisme outrancier suscite des querelles lors de la répartition. Chaque panier de fruits au couteau, chaque lot de légumes, chaque quarteron d'œufs a sa marque spéciale. Mais cette concurrence, en somme, par sa violence même, empêche

une trop grande inégalité de s'introduire entre
eux ; d'autre part, elle porte au maximum le
désir de mieux faire. Le système commun d'irri-
gation des lots et la communauté d'intérêts des
maraîchers vis-à-vis des consommateurs em-
pêchent l'unité professionnelle de se rompre.
Pourtant, sur la demande même de leur syndicat,
le Canton a dû refuser de nouvelles concessions de
lots à ceux qui étaient déjà pourvus. Ils en ont
été quittes, ne pouvant étendre leur culture, pour
l'intensifier sur le lot qui leur était dévolu. Ils
ont crié à la tyrannie, mais ils se sont tout de
même tirés d'affaire, et fort bien... Ah ! les
maraîchers, c'est la république la plus turbulente que je connaisse, conclut le vieux.

Cette république turbulente paraissait pourtant
bien ordonnée, à la contempler du haut de la
colline où était arrivée la voiture. Elle descen-
dait vers le village, qu'elle contournait pour
remonter au flanc de l'autre colline. Pas un pouce
de terrain n'était perdu, dans ces carrés aux cloi-
sons frêles, plus faites pour limiter que pour
protéger. Une machine hydraulique amenait
l'eau jusqu'au sommet des deux collines, d'où
elle se répartissait dans toutes les concessions,
faisant verdoyer cent espèces de légumes et
d'arbustes fruitiers disposés en haies et en espa-
liers.

Pierre comprit l'attrait que les campagnes
avaient acquis, grâce auquel le mouvement de

dépopulation qui les menaçait de solitude avait
cessé vers le milieu du siècle.

— Au temps jadis, fit-il, le paysan était l'homme
le plus mal nourri de France. Seuls les légumes
les plus grossiers et trois ou quatre espèces de
fruits paraissaient sur sa table. A présent, par le
développement de la culture maraîchère, on mange
aussi bien au village qu'à la ville. Et ce progrès
n'est point à dédaigner.

— Il n'eût pas suffi, observa l'oncle Robert,
à retenir au village un nombre suffisant d'habitants pour pourvoir à la culture du sol. On ne vit
pas seulement de pain.

— Je vous entends, fit Pierre. Par le syndicat,
le goût de la société est venu aux paysans. Ils se
sont associés pour le plaisir artistique et intel-
lectuel, comme ils s'étaient associés pour la
production et la répartition. Il n'est pas de village qui n'ait une musique, une société de chant,
un cercle où parfois on joue la comédie, des associations pour les différents jeux et sports, que
sais-je !

— Sans compter que, les transports rapides
ayant diminué les distances, ajouta l'oncle, nous
pouvons, quand nous sommes de loisir, aller à
Paris ou à Amiens et ne plus nous y trouver
dépaysés comme jadis.

A ce moment, la Grisonne s'arrêta d'elle-même.

— Tiens ! lui cria le vieux, tu savais donc que
nous allions chez Margival !

— Eh! oui, elle le savait, cria une voix joyeuse, celle de Margival. J'avais reconnu son trot de loin, et je me demandais si elle allait passer la maison sans nous dire bonjour. Je vois avec plaisir qu'elle a gardé un bon souvenir de nous.

Margival, un gros rougeaud d'une quarantaine d'années, flattait la Grisonne du plat de la main, à petites tapes amicales, tandis que les voyageurs descendaient de la voiture.

— Vous devez mourir de soif, mes bonnes gens, après avoir avalé tant de poussière.

Il entraîna ses hôtes dans la maison, tandis qu'un de ses fils dételait la Grisonne et la conduisait à l'écurie.

— Je vais vous faire goûter d'un cidre qui n'est pas piqué des chenilles, dit-il.

— J'avais peur que vous ne fussiez partis à la mer, fit Robert.

— Oh! nous n'y allons jamais tous ensemble. Ma femme y est avec les deux grandes filles. Moi, j'attends mon tour avec mes trois galopins, qui me font endêver pour que je les conduise plutôt dans les Pyrénées. Imagine-toi que le plus petit avait mis dans sa tête de visiter la Norvège ou l'Écosse!

— Ce n'est pas impossible, dit Louise. Vous pouvez le confier à une caravane scolaire.

— Ah! ne dites pas cela devant lui, citoyenne! s'écria Margival. Il n'aurait de cesse et ne me donnerait de repos que je n'y eusse consenti... Tenez,

le voilà, notre explorateur, ajouta-t-il en désignant un bambin de dix ans qui apportait deux
bouteilles de cidre dans un panier avec la gravité respectueuse d'un sommelier consommé.

— Vous aimez les récits de voyage, j'en suis
sûre ? lui demanda Louise.

— Oui, fit l'enfant en riant. Faute de mieux.

— Où voudriez-vous aller ?

— Très loin. N'importe où, pourvu que ce soit
très loin.

— Vous ne vous plaisez donc pas ici ?

— Certes. Mais je m'y plairais mieux quand
j'aurais bien voyagé.

— Cela ne vous chagrinerait pas de quitter vos
parents ?

— Non, puisque je les sais bien portants. Et
puis, je pourrais, au retour, leur raconter ce que
j'aurais vu. Et puis, je leur écrirais souvent.

Margival avait débouché le cidre dans un bruit
d'explosion. La fraîche liqueur mousseuse pétilla
dans les verres. Elle fut, de bonne foi, déclarée
exquise. L'aîné des fils, après avoir donné ses
soins à la Grisonne, était venu prendre sa
part.

— Il vient de terminer ses études à l'Institut
agronomique, dit Margival. L'amour le retient
ici, où il va tâcher de nous faire de bonne chimie
potagère, dès qu'il aura été admis par la Société
des maraîchers.

Une sonnerie électrique interrompit Margival.

24.

— Quoi ! vous avez le téléphone ! s'écria Pierre surpris.

— Oui, répondit Margival. Georges, va répondre, mon ami.

Le fils aîné se leva et disparut. Il revint un instant après et, s'adressant à Pierre :

— Le bureau de Tartigny vous demande à l'appareil, citoyen Davant.

Pierre, surpris, suivit le jeune homme, tandis qu'une ombre d'inquiétude passait sur le visage de Louise.

— Pourvu que ce ne soit pas une mauvaise nouvelle de Paris, murmura-t-elle.

— Il y a trois heures à peine que vous avez quitté Paris, dit l'oncle Robert. Quelle mauvaise nouvelle veux-tu?...

Pierre revenait, la face pâlie et contractée par l'émotion.

— Un triste événement, répondit-il à l'interrogation muette des regards fixés anxieusement sur lui. La citoyenne Hauteroche, déléguée à l'enseignement public, est morte subitement hier soir...

— Ne l'aviez-vous pas appris ce matin avant votre départ?

— Non, dans ma hâte de partir, je ne m'étais pas fait communiquer les nouvelles.

— Cette citoyenne était de vos amies ?

— Je la connaissais à peine.

— Alors, en quoi cette mort peut-elle vous affecter à un tel point?

— On m'informe que le syndicat général de l'Enseignement m'a désigné pour remplacer la citoyenne Hauteroche.

— Ministre! s'écria joyeusement Margival. Et c'est ça qui vous afflige!

— Vous pouvez refuser, dit Louise.

— Me le conseillez-vous? demanda Pierre.

— Non, mon ami. Le pouvoir, aujourd'hui, est une charge, au sens vrai du mot. Vous ne pouvez vous y dérober.

— A la santé du citoyen ministre, fit Margival en remplissant les verres à la ronde.

XX

LES FILS DU VIEUX DE LA MONTAGNE

a séance du Conseil devait être, ce matin-là,
out particulièrement importante. L'Orient était
de nouveau en fermentation, et des éléments très
divers, tant extérieurs qu'intérieurs, s'y dispu-
taient âprement la prééminence. Pierre avait
trouvé sur son bureau, en dépouillant son courrier, une note d'un comité exécutif secret des dé-
mocrates syriens, qui menaçait de mort les traî-
tres au principe des nationalités. C'étaient ses
collègues et lui que désignait ainsi la note.

— Bon! s'était-il dit en souriant, nous allons
donc délibérer sous le poignard des assassins.
S'ils s'imaginent que nous allons mettre le monde
à feu et à sang pour trois ou quatre nationalités
qui se chamaillent sur les bords de l'Euphrate!...
Sans doute mes collègues ont reçu la même menace... Je pense qu'elle ne les aura pas impres-
sionnés plus que moi.

A l'heure fixée, le Conseil était au complet. Le
président, chargé des Relations extérieures, demanda qu'en raison de la gravité des incidents

orientaux ses collègues voulussent bien remettre
à la réunion suivante l'examen des questions de
leur département respectif. Cette motion fut ac-
ceptée sans discussion.

— Avez-vous avisé la Municipalité de la note
menaçante que chacun de nous a reçue ce matin ?
demanda Tancret d'une voix légèrement altérée
par l'inquiétude.

— Oui, mon cher collègue, répondit le président... Oh ! par simple acquit de conscience,
ajouta-t-il avec un sourire sceptique, et uniquement pour que la Municipalité ne nous accuse
pas de lui avoir laissé ignorer des faits qui peuvent
ressortir de ses attributions de police.

— Cette menace peut être sérieuse, insista Tancret. L'Orient est la terre du fanatisme et des
sociétés secrètes. Cette note signée : *le Vieux de
la Montagne*, m'a fait froid dans le dos, je l'avoue
sans honte.

Enhardi par ces paroles à montrer sa crainte, le
délégué aux Finances intervint.

— On essaye d'agiter l'opinion publique avec
cette question syrienne, dit-il. Quantité de groupes politiques tiennent chaque soir des réunions,
où les motions violentes obtiennent le plus vif succès. Il semble que les sentiments batailleurs de
la race française se réveillent. La moindre rixe
entre Kurdes et Syriens est exploitée par un parti
qui grossit et bientôt va nous pousser à intervenir
en faveur des uns contre les autres.

— Nous résisterons. Nous travaillerons à éclairer l'opinion publique, répondit le président. Du Danube à l'Indus, l'Orient est sous le protectorat des Puissances organisé en condominium. Malheureusement, chacune d'elles a ses clients particuliers parmi cet entremêlement de peuples divisés par la langue et par la religion... Nous ne pouvons faire seuls la police en Asie-Mineure. Le tribunal arbitral nous rappellerait à l'ordre et, si nous passions outre, ce serait la guerre avec toute l'Europe.

— Nous n'en serions point là, fit Tancret, si, lors du règlement de la question d'Orient, la France avait tiré un meilleur et plus juste parti de ses droits séculaires et si elle avait réussi à substituer au protectorat en commun le protectorat particulier de chaque puissance européenne sur les régions auxquelles la liaient des intérêts, des affinités ou des traditions.

— Évidemment, répondit le président. Le protectorat de l'Asie-Mineure se fût partagé entre les Russes et nous ; ils eussent pris les Arméniens en charge, et nous les Syriens. Mais rappelez-vous que les intéressés eux-mêmes ont repoussé cet arrangement, qui eût interdit pour jamais tout espoir d'autonomie à la fédération des Balkans et à l'Égypte, en les annexant sous une forme déguisée à l'Allemagne, à la Russie, à la Grèce et à l'Angleterre. Le condominium, au contraire, est un provisoire qui cessera automatiquement dès que

les peuples de ces régions, par les progrès industriels, et par le développement de l'enseignement
public, seront parvenus à leur majorité politique
et sociale.

— Certainement, dit Pierre. Le comité syrien
n'espère pas nous contraindre, par ses menaces,
à faire ce que nous considérons comme dangereux
pour la paix du monde et pour l'intérêt même
de la nationalité syrienne.

— Quand ces gaillards-là auront pris l'habitude
de travailler régulièrement, dit le délégué à l'industrie, ils ne croiront plus que des questions
comme celle-là se règlent à coups de fusil.

— Mais ce sont des socialistes, dit Tancret.

— Les socialistes sont en infime minorité dans
ce pays, répondit le président. Et c'est en partie
pourquoi, en outre de leurs fâcheux atavismes,
point encore amortis par un insuffisant contact
avec l'Occident, ils en sont demeurés aux méthodes
conspiratrices et insurgentes des siècles disparus.

— Nous ne sommes pas nés égaux ni libres,
dit Pierre. Nous le sommes devenus. Que les Syriens et les Arméniens apprennent à le devenir.
Nos expériences, faites à nos dépens, peuvent leur
épargner quelques révolutions.

— Tout comme ils profitent de nos expériences
industrielles et économiques, fit le délégué à l'Industrie, et s'épargnent ainsi les tâtonnements et
les souffrances qui furent infligés à nos aînés.

— Nos prédécesseurs ont eu tort d'admettre la Russie dans le condominium européen, dit Tancret. Elle n'est certainement pas étrangère à une agitation dont seule elle peut profiter.

— Certes, la Russie est la dernière venue à la civilisation libérale, mais il serait injuste de méconnaître la bonne volonté et la bonne foi qu'elle apporte à se dégager de ses hérédités orientales, observa le président. A présent, je ne conteste pas chez elle l'arrière-pensée de s'annexer les populations de l'Asie-Mineure. Mais c'est plutôt une poussée instinctive des foules qu'une action réfléchie du Gouvernement.

— Peut-être, alors, ferions-nous bien de seconder ce mouvement en laissant d'abord les Russes administrer seuls la péninsule.

— Nous ne le pourrions sans porter à son comble l'agitation qui se manifeste en ce moment chez nous, répondit le président. On aurait vraiment beau jeu à crier que nous sacrifions les intérêts de la patrie française.

— C'est vrai, dit le délégué aux Finances. Pourtant, ce serait, pour cette région, la solution la plus raisonnable, c'est-à-dire la plus avantageuse pour tous. Chose étrange ! Voilà plus d'un siècle que l'Europe est en paix, voilà plus de soixante-dix ans que les nations se sont débarrassées de leurs charges militaires désormais inutiles, et pourtant il reste encore parmi nous, chez nos voisins aussi bien qu'en France, des tisons mal éteints de chauvinisme belliqueux.

— Si nous étions ici pour philosopher et non pour administrer la République, mon cher collègue, dit Pierre, cette survivance serait une matière intéressante à examiner. Pour nous, nous n'avons qu'une chose à faire : Puisque de tels sentiments existent, et que le moindre incident peut les rendre contagieux et mettre en péril la paix universelle, travaillons à faire la part du feu. Isolons de nos tisons mal éteints les foyers d'incendi. de l'Orient.

— Proposez-vous que nous renoncions à notre part de protectorat ? s'écria Tancret.

— Jamais ! s'écria Pierre. Nos tisons, alors, se rallumeraient d'eux-mêmes, D'ailleurs, nous n'avons pas le droit d'abandonner notre part légitime d'influence et notre devoir de tutelle. Multiplions en Orient les écoles et les comptoirs nationaux d'échange. Offrons en plus grand nombre des bourses de voyage aux jeunes gens de ce pays. Utilisons nos Arabes d'Algérie et de Tunisie dans une mesure plus large que nous ne l'avons fait jusqu'à présent. Que la banque leur fasse des avances sérieuses pour qu'ils puissent installer des manufactures et mettre en valeur les terrains fertiles. Continuons à réveiller les populations musulmanes en favorisant les interprétations démocratiques du Coran, qui gagnent du terrain sur le vieux fanatisme des *zaouias*. Que si l'assi-

milation des éléments européens et arabes doit se
faire un jour, elle soit un effet de la volonté de
ceux-ci, et non un décret imposé par ceux-là.

— C'est par nos Arabes d'Algérie et de Tunisie que nous avons pu assurer nos possessions du
Soudan et du Congo, et les mettre en valeur, dit le
délégué aux Finances ; mais les Syriens ne sont pas
des nègres.

— Aussi ne demandé-je pas que l'on confie à
nos Arabes envoyés en mission en Asie-Mineure
les tâches que nous leur avons confiées en Afrique,
répliqua Pierre,

— Tout cela est fort bien, fit le président. Mais
ce sont là des mesures générales et de détail,
c'est un plan de conduite pour l'avenir, et nous
sommes déjà entrés dans cette voie. Ce dont il
s'agit aujourd'hui, c'est la pacification immédiate
des régions où les troubles ont éclaté. Kurdes et
Syriens, Druses et Maronites, Arméniens et
Arabes sont inextricablement enchevêtrés dans
certains cantons, où chaque nationalité, chaque
secte, lutte pour s'assujettir les autres.

— Que propose le Gouvernement de la république russe? demanda Pierre.

— Rien. Il semble attendre de nous l'initiative
d'une solution qui sauverait sa responsabilité devant l'opinion de son pays, au fond favorable à ce
grabuge.

— J'ai terminé le projet de code de commerce
et de législation du travail que nous avions à pro-

poser à l'adhésion de la Russie, dit le délégué à l'Industrie.

— Parfait, s'écria le président. Je vais le transmettre au Gouvernement russe pour qu'il l'étudie, afin que ses délégués se réunissent au plus tôt aux nôtres et que cette législation entre prochainement en vigueur.

— Oui, dit Tancret. Mais il faut donner à cette initiative la plus grande publicité possible, afin de stimuler la légendaire paresse administrative des Russes...

— Je « nous » conseille de parler, dit en riant le délégué aux Finances.

Tancret poursuivit:

— ... Et aussi pour faire savoir aux populations de l'Asie-Mineure que nous nous occupons activement de leurs intérêts matériels.

— Si nous établissons l'unité de législation au point de vue commercial et industriel, dit Pierre, nous aurons fait un grand pas vers la fusion de tous ces éléments hétérogènes.

— Oui, mais, en attendant, que faire sur cette question de l'enseignement des langues? fit le président.

— Décidons que telle langue, l'arménienne, par exemple, ne sera enseignée que dans les localités où les Arméniens fourniront un quantum déterminé de population ; et ainsi des autres langues des diverses nationalités, répondit Pierre.

— Oui, répondit le président. J'y ai pensé.

Seulement, il nous faudra supprimer la liberté de l'enseignement.

— Est-ce nécessaire? fit Pierre.

— Je le crois. Dans les localités où telle nation n'atteindra pas le quantum, empêcherez-vous les corporations religieuses de cette nation d'ouvrir des écoles et d'enseigner dans la langue proscrite de l'école officielle?

— Non, certes! répliqua vivement Pierre. Mais ce sera déjà quelque chose que l'enseignement multiple des langues ne soit plus sanctionné par nous.

— Oui, grogna le délégué aux Finances. On nous accusera de faire opprimer les minorités par les majorités, d'être syriaques ici et arméniens deux lieues plus loin.

— Le reproche me serait léger, dit le président, au regard de celui, que nous méritons, de favoriser l'anarchie par un encouragement égal donné à tous les patois qui séparent et hostilisent tous ces malheureux.

— La même question se pose dans les fédérations cis et transbalkaniques, observa Tancret. Proposerons-nous la solution de Davant pour ces républiques également? Pour ma part, je n'y vois aucun inconvénient.

— Il est bien entendu, n'est-ce pas? fit le président, que nous passons à l'ordre du jour sur la proposition qui nous a été faite d'inviter les Russes à retirer 's administrateurs et leur gendar-

merie des provinces syriennes et de procéder à
cette évacuation pour notre propre compte.

— Cela va sans dire ! La Syrie, laissée à elle-
même, serait un champ de massacre au bout de
huit jours ! s'écria Pierre.

— Nous allons au-devant d'une grosse agitation, dit le délégué aux Finances. Nous serons
sûrement interpellés là-dessus à la Chambre aujourd'hui même. On nous accusera de violenter
une nation qui veut vivre indépendante. Vous
entendez d'ici les beaux discours qu'on peut faire
sur ce thème.

— Oui, je les entends, fit le président avec
flegme. Mais on peut faire aussi un discours pas-
sable rien qu'avec le récit de ce qui se passe là-
bas dès que notre surveillance se relâche un peu.
D'ailleurs, le terrain sera mauvais pour nos échauf-
fés de patriotisme. Que peuvent-ils demander ?
L'évacuation ? Ils ne l'oseraient, ni ne le voudraient. Cela serait en trop grande et fla-
grante contradiction avec leur mégalomanie cou-
tumière. L'expulsion des Russes ? Le condominium
n'est pas seulement formé entre la Russie et la
France, mais entre toutes les nations européen-
nes, — tout comme le condominium d'Extrême-
Orient est formé entre les nations européo-amé-
ricaines associées au Japon, — et ce condominium
n'est pas limité à l'Asie-Mineure : il concerne
toutes les parties tchèques, magyares et slaves de
l'ancien empire austro-hongrois, toutes les régions

autrefois soumises aux Turcs. Nous ne pourrions donc expulser les Russes de l'Asie-Mineure sans nous mettre hors la loi européenne.

— Les opposants peuvent, en habillant la vérité à leur manière, nous sommer de nous constituer les protecteurs spéciaux de la nationalité syrienne prétendue opprimée par ses voisines.

— Eh bien, répondit le président, nous déshabillerons cette vérité-là. Le temps n'est plus où le mensonge habilement préparé dans les chancelleries ou dans les comités politiques égarait l'opinion publique et la portait aux extrémités. Les moyens d'information et de contrôle sont aujourd'hui trop nombreux et trop rapides, et ceux qui se laissent surprendre par de faux renseignements deviennent heureusement de plus en plus rares.

— Oui, la Chambre nous donnera raison, dit Tancret, mais la Municipalité fera bien de veiller de très près sur les agissements du comité syrien et de ses affiliés parisiens.

— Décidément, fit Pierre en riant, la menace du Vieux de la Montagne vous a impressionné.

— Eh! mon cher, sait-on jamais, avec des gaillards qui emploient pour la liberté les moyens du despotisme.

La séance était terminée. Les délégués se levaient en s'étirant.

— Déjeunez-vous avec moi? demanda Pierre à Tancret.

— Volontiers. Nous n'aurons que juste le temps. Il est une heure déjà, et la séance est pour deux heures.

— Eh bien, déjeunons au restaurant le plus proche.

Ils sortirent en se hâtant, et cinq minutes après ils étaient attablés dans la salle à manger de l'Automobile-club, dont Pierre était un des membres actifs.

Ils étaient à peine installés, lorsqu'un jeune homme, très élégant et très basané, vint prendre place à la table voisine de la leur. Sans savoir pourquoi, Pierre reçut de ce voisinage une impression désagréable, presque un choc physique. Le jeune homme paraissait d'ailleurs fort indifférent à ce qui l'entourait. Après avoir commandé son menu d'une voix un peu sourde, il s'était plongé dans la lecture d'un journal.

Pierre essaya de se débarrasser de la sensation de gêne qu'il éprouvait. Ce jeune homme, évidemment, était trop élégant et trop basané. Mais, après tout, c'était son droit. C'était son droit encore de déjeuner au cercle, puisqu'apparemment il en faisait partie.

Tandis que Tancret lui faisait l'éloge du délégué aux Relations extérieures, Pierre sentait une vague terreur l'envahir.

— Serais-je menacé de quelque mal foudroyant, se demanda-t-il?

Puis, invinciblement, ses yeux se reportèrent

sur le jeune homme qui lisait son journal avec application, et il sentit que lui seul était la cause de ce malaise inexplicable. Pour un peu, il se fût levé et eût pris la fuite. Il songea un instant à se renseigner auprès du garçon sur cet inconnu. Il repoussa cette idée, car il était persuadé que le garçon verrait dans sa question l'aveu de sa crainte. Cela était absurde, mais à mesure que la panique intérieure montait et glaçait son sang, il devenait incapable de raisonner, et les paroles de Tancret lui arrivaient lointaines et absolument inintelligibles.

Pourtant, il se ressaisit une seconde, se dit que les membres du cercle étaient trop nombreux pour se connaître tous. Cette pensée se traduisit par ces paroles, qui interrompirent Tancret au beau milieu d'un récit :

— Savez-vous, mon cher, que nous sommes au moins six mille membres à l'Automobile.

Tancret le regarda interloqué. Quel rapport y avait-il entre l'anecdote qu'il contait à son ami sur leur collègue et le nombre des membres de l'Automobile ?

— Exactement six mille trois cent vingt-deux, dit l'inconnu de sa voix sourde en levant les yeux de dessus son journal.

Pierre le remercia d'une courte inclinaison de tête, tandis que Tancret essayait de reprendre le fil de son récit.

— Pourquoi s'est-il mêlé à notre conversation ?

se demanda Pierre, repris par la terreur sans nom qui l'avait un instant quitté.

Sa pensée s'enchevêtrait dans cette question. Il devenait stupide, et il en avait parfaitement conscience

Son histoire racontée, le délégué aux Beaux-Arts complimentait Pierre sur la part qu'il avait prise dans la délibération. Le jeune homme avait cessé de lire et il écoutait avidemment les détails sur lesquels Tancret appuyait avec complaisance.

— En somme, concluait-il, tandis que Pierre, littéralement paralysé par l'épouvante, sentait comme en un cauchemar peser sur lui le regard de l'étranger, vous avez eu raison. Le peuple syrien n'est pas encore capable de se gouverner lui-même.

A ce moment, Pierre vit le jeune homme se lever, s'avancer vers lui en sortant de sa poche un revolver.

— Il est capable, en tout cas, de faire justice de ses oppresseurs! cria l'étranger d'une voix tonnante.

Pierre vit l'arme dirigée sur sa poitrine, sans pouvoir faire un mouvement pour l'éviter. Une flamme, un choc, un bruit sec, — et il s'affaissa sans vie.

———

XXI

Quand il revint à lui, Pierre, dont la vue était encore obscurcie par un épais brouillard, discerna un bruit de conversation qui le rassura un peu sur son état.

— Non, mon cher Lagaline, disait la douce et menue voix de Frizet, vous ne pouvez accorder la liberté à ceux qui ne savent pas même en quoi elle consiste.

— Eh! répliquait la voix emportée de Lagaline, cette liberté que vous leur refusez, ils s'en empareront de force, et ils apprendront à s'en servir.

— Oui, dit Pierre, et c'est moi qui paie les frais de l'apprentissage.

— Eh! bien, cher ami, fit la voix du docteur, avez-vous fait un bon voyage?

Pierre sursauta. Complètement réveillé à présent, il se retrouvait dans son jardin. Lagaline et Frizet avaient cessé de disputer et le regardaient avec sollicitude. Le docteur, penché sur lui, soufflait légèrement sur son front inondé de sueur.

— Cette blessure? fit le jeune homme. Ce ne sera rien, n'est-ce pas?

— Quelle blessure? demanda le docteur.

— C'est vrai, vous ne savez pas... Mon beau rêve s'est achevé en cauchemar... Aïe!... Mais non, c'est maintenant que je rêve! fit Pierre en portant la main à sa poitrine.

Il ajouta d'un ton d'autorité :

— Ce Syrien a été arrêté, n'est-ce pas! Il faut qu'il nomme ses complices. A-t-on averti le président du Conseil!

Et se tournant vers le docteur :

— Avez-vous pu extraire la balle?

— Le malheureux divague, fit à voix basse Frizet.

— Docteur, docteur! qu'avez-vous fait! s'écria Lagaline avec douleur.

— Je souffre! murmura Pierre.

— Voilà qui est étrange, fit le docteur.

— D'un tour de main, il entrouvrit le gilet et la chemise de son client et poussa un cri de surprise :

— Oh! voyez donc, messieurs.

Une ecchymose faisait une tache rouge sur la poitrine de Pierre. Le docteur posa le doigt dessus. Le patient ne put retenir une plainte.

— C'est un coup de feu, n'est-ce pas? lui demanda le docteur.

— Oui, n'a-t-on pas arrêté l'assassin?

— Puissance de la suggestion, murmura le praticien.

Et, soufflant de nouveau sur le front du jeune homme, il reprit :

— Un coup de feu imaginaire, mon cher. Voyons, vous êtes tout à fait réveillé à présent.

— Mais... le Syrien?

— Eh! le Syrien, il s'est évaporé avec votre rêve.. Vous le retrouverez en 1999, si le cœur vous en dit.

— Bon! fit Pierre en reprenant tout à fait ses esprits. Je ne suis pas pressé.

— En somme, vous n'avez pas fait un mauvais rêve. Je retiens votre mot. Et sauf le cauchemar qui l'a terminé...

— On dit, docteur, qu'en toute chose il faut considérer la fin, dit vivement Pierre.

— Est-ce à dire que le monde idéal créé par votre pensée doive finir dans une catastrophe!

— Oh! non, répondit Pierre. Ce n'était qu'une catastrophe individuelle.

— A laquelle les efforts que je faisais pour vous réveiller n'ont peut-être pas été étrangers.

— Oui, je me rappelle : Ce malaise croissant, cette terreur paralysante de cauchemar... C'est bien cela... Docteur, vous m'avez gâté la fin de mon rêve.

— Donc, vous nous revenez satisfait de votre excursion dans le futur?

— Et guéri, je pense, déclara Pierre.

— Pour moi, c'est l'essentiel.

— Docteur, docteur, prenez garde! vous allez perdre un bon client.

26

— Bah ! l'ami me restera. Un ami bien vivant, bien portant. J'ai envie de mettre votre cas dans les gazettes médicales.

— Laissez-moi raconter moi-même mon voyage, fit Pierre. Cela m'amusera infiniment.

Et tendant la main à Frizet et à Lagaline, joyeusement stupéfaits de l'animation de leur ami, si morose d'ordinaire :

— Je ne vous avais pas revus depuis le soir de l'émeute...

— Comment! des émeutes au siècle futur! s'écria Frizet.

— Oui, mon bon Frizet. Mais bénignes, comme celles que vous feriez si vous vous y mettiez.

— Ne vous fiez pas aux moutons enragés, dit-il avec un sourire.

— Naturellement, j'étais parmi les émeutiers! fit Lagaline.

— Naturellement, répondit Pierre.

— Et nous étions vaincus.

— Naturellement encore.

— Donc, s'il faut s'en rapporter à votre rêve et le tenir pour une prédiction, le siècle futur ne verra pas fleurir l'anarchie.

— Mais si! se récria Pierre. En un sens, ma société était plutôt libertaire. Vous n'y faisiez point trop figure de révolté.

— Mais alors, dit Frizet, elle n'était pas collectiviste!

— Je vous demande pardon. Et vous y paraissiez plutôt parmi les satisfaits du régime.

— Comment ! fit Lagaline, c'était un régime à fois libertaire et collectiviste !

— Et bien autre chose encore, répondit Pierre. Laissez-moi mettre mes souvenirs en ordre. Je vous raconterai tout par le détail.

— Bref, dit le docteur, vous ne revenez pas de l'enfer.

— Ni du paradis non plus.

— Je m'en étais bien douté.

A ce moment, la bonne apportait de la bière fraîche. Pierre jeta un regard sur cette figure bien connue qui le rattachait définitivement à la réalité, et il soupira tout bas:

— Louise, où es-tu ?

Et, se reprenant, il demanda tout haut à la jeune femme qni se tenait devant lui dans une attitude d'attente :

— Le mécanicien est-il venu prendre mon automobile pour la réparer ?

— Quelle automobile, monsieur ? demanda la servante d'un ton de stupéfaction.

Pierre la regarda un instant, surpris, et, d'un geste, il chassa de son cerveau ce dernier brouillard de rêve.

— C'est vrai, dit-il, je n'ai pas d'automobile. Je vous demande pardon, ma brave Julie... Eh bien, j'en aurai une.

— Bravo ! cria le docteur.

— J'aime encore mieux que vous ayez à me raccommoder la jambe que la cervelle, ajouta-t-il, tandis que Julie s'éloignait.

Frizet avait ouvert la bouche et levé un doigt en l'air. Il resta un instant ainsi et dit de sa voix lente et menue :

— Etes-vous bien persuadé que les choses se passeront ainsi que vous les avez arrangées dans votre esprit ?

— Pas du tout, répondit Pierre. Mais je veux les raconter tout de même. Si, par aventure, mon récit avait chance d'être connu d'eux, nos petits-neveux riraient bien sans doute de mon hypothèse fantaisiste, dont ils relèveraient malicieusement les différences qui la sépareront des réalités d'alors. Mais ce n'est pas pour eux que je veux écrire mes impressions de voyage. C'est pour nos contemporains. Peut-être y trouveront-ils, sinon un chemin, du moins quelques poteaux indicateurs qui les aideront à se diriger vers l'avenir d'égalité et de liberté que les meilleurs d'entre eux espèrent, et que les autres refusent bien moins par souci de leur intérêt que par crainte de ne pouvoir réaliser ce beau rêve.

Julie reparut, une carte à la main, qu'elle remit à Pierre.

— Ce monsieur est là avec une demoiselle, fit-elle.

— Faites-les venir ici, s'écria Pierre joyeux.

— Voilà la première fois que je vous vois

accueillir une visite sans ennui, fit le docteur, en faisant mine de se retirer, geste qui fut aussitôt imité par Frizet et Lagaline.

Pierre les retint affectueusement.

— Mon cousin Laury et sa fille. Il a été mon correspondant au temps de mes études. Il revient se fixer en France après avoir passé dix années à Hong-Kong. Je suis heureux de le revoir. Il a véritablement remplacé mon père à l'âge où les jeunes gens ont besoin d'une direction, et j'ai parfois regretté de ne l'avoir pas suivi en Chine.

Il se leva et alla au-devant des visiteurs dont le pas faisait crier le sable de l'allée.

— Mon bon oncle! s'écria-t-il en pressant dans ses bras un maigre et robuste quinquagénaire. Permettez-moi de vous appeler ainsi comme autrefois.

— Mais oui, mon petit Pierre. J'allais te le demander. Embrasse ta cousine.

Pierre leva les yeux sur la jeune voyageuse et poussa un cri étouffé.

— Louise!

— Oui, ta petite cousine Louise, fit l'oncle Laury. Elle a poussé comme une belle plante, hein! Et le soleil de la Chine ne l'a pas trop fanée. Eh bien, embrassez-vous donc.

La jeune fille obéissant à son père autant qu'à son propre plaisir, s'avançait vers son cousin, dont la physionomie exprimait à la fois la stupéfaction et le ravissement. Elle s'arrêta en voyant le visage de Pierre se contracter soudain en une douloureuse expression d'anxiété.

— Est-ce mon rêve qui continue! murmurait-il. Ce visage... cette démarche, c'est elle, c'est bien elle!...

— Qu'avez-vous, mon cousin? fit Louise avec un affectueux intérêt.

— Sa voix, c'est sa voix! reprit Pierre.

Il passa la main sur son front, d'un geste d'égarement.

— Docteur, implora-t-il, prouvez-moi que je suis bien éveillé.

— Prouvez-le-vous à vous-même, en embrassant mademoiselle votre cousine.

— Louise, est-ce donc toi que je retrouve! fit Pierre avec un sanglot de bonheur.

Il saisit la jeune fille et la tint longuement embrassée.

— Moi aussi, j'ai voyagé, fit-il. Je reviens de très loin... Tu ne te souviens pas, non... Vous ne pouvez pas vous souvenir...

— Je me souviens de mon grand cousin Pierre, dit-elle, qui venait passer ses vacances et ses dimanches.à la maison, et qui refusait de jouer avec moi parce que je n'étais qu'une gamine. Cela me chagrinait beaucoup...

Elle se tut et rougit très fort à ce rappel des premières émotions de sa précoce enfance. Pierre avait éveillé son cœur à l'âge où l'amour est lettre close pour toutes, et elle l'avait adoré en

silence pendant des années sans même se douter
de la nature des sentiments qu'elle éprouvait. Et
voilà qu'elle retrouvait celui qu'elle avait tant
aimé, et l'accueil qu'il lui faisait était si insolite
qu'elle en était bouleversée.

— Pardonnez-moi, ma chère enfant, lui dit
Pierre en apercevant son émotion. J'ai été très malade, et je suis seulement au seuil de la guérison.

— Ah ! mon cousin, dit-elle avec effusion, si je
puis y aider, combien j'en serai heureuse.

L'oncle Laury, à qui le docteur venait d'expliquer rapidement l'expérience tentée sur Pierre et
si heureusement réussie, intervint.

— Tu sais, mon Pierre, Louison n'est pas une
fille comme les autres. Elle a été élevée, là-bas, à
l'américaine. Je crois même qu'elle partage tes
lubies sur le socialisme.

— Oui, je suis socialiste, dit Louise. Est-ce
que c'est interdit aux femmes, en France !

— Pas du tout, ma cousine.

— C'est cela, fit Laury, emmène-la dans tes
réunions faire des discours.

— Je ne crois pas que j'aurais assez d'aplomb
pour cela, dit Louise en riant. Mais si vous vouliez
m'aider à organiser des choses que je rêve...

— Je l'ai dit et je ne m'en dédis pas, puisque
tel est ton bon plaisir, lui dit son père. Je te
donne cent mille francs pour tes expériences.
Si tu les manges, tant pis pour toi, tu ne les re-
trouveras pas dans ta dot.

— Vous m'acceptez comme associé, ma cousine ? s'écria Pierre.

— Certes. Mais vous ne savez pas ce que je veux faire.

— Eh bien, vous me l'apprendrez, fit-il d'un ton joyeux.

— Je veux, dit-elle, susciter ceux qui bâtiront la cité future, et les faire vivre en réalité leur rêve, le nôtre.

— Lagaline, et vous Frizet, s'écria Pierre, vous serez mes collaborateurs. Avec vous, Lagaline, je rêverai ; avec vous, Frizet, j'agirai. Et avec toi, dit-il tout bas à Louise, j'aimerai.

— Bon, fit le docteur, me voilà inutile.

— Pas du tout! se récria Pierre. Vous nous enseignerez à être bien portants.

— Et moi, dit Laury, que ferez-vous de moi ?

— Si nous nous ruinons dans l'expérience, répondit Louise avec un beau rire heureux, eh bien! mon cher papa, tu retourneras en Chine nous chercher une fortune.

— Bon! s'écria-t-il, me voilà intéressé à votre succès, en ce cas.

Et sa bonne figure de brave homme s'éclaira de la joie qui émanait de ses enfants.

FIN

TABLE

—

PARIS. = IMP. FERD. IMBERT, 7, RUE DES CANETTES.

BIBLIOTHÈQUE-CHARPENTIER

EUGÈNE FASQUELLE, éditeur, 11, RUE DE GRENELLE

CHOIX DE ROMANS
CONTES — NOUVELLES
Collection dite BIBLIOTHÈQUE-CHARPENTIER
A 3 FR. 50 LE VOLUME (FRANCO)

Ces ouvrages sont envoyés *franco* contre mandat ou timbres-poste adressés à l'ordre de M. Eugène FASQUELLE, éditeur, 11, rue de Grenelle, Paris.

		vol.
Fabre (Ferdinand)	Xavière	1
—	Taillevent	1
Flaubert (G.)	Madame Bovary	1
—	Salammbô	1
—	La Tentation de Saint-Antoine	1
—	Trois Contes	1
—	L'Education sentimentale	1
—	Par les Champs et par les Grèves	1
—	Bouvard et Pécuchet	1
Gautier (Th.)	Mlle de Maupin	1
—	Le Capitaine Fracasse	2
—	Le Roman de la Momie	1
—	Spirite	1
—	Romans et Contes	1
—	Nouvelles	1
—	Les Jeunes-France	1
—	Les Grotesques	1
—	Caprices et Zigzags	1
—	Fortunio	1
—	Partie Carrée	1
—	Un Trio de Romans	1
Goncourt (Edmond de.)	La Fille Élisa	1
—	Les Frères Zemganno	1
—	La Faustin	1
—	Chérie	1
Goncourt (E. et J. de)	En 18**	1
—	Germinie Lacerteux	1
—	Madame Gervaisais	1
—	Renée Mauperin	1
—	Manette Salomon	1
—	Charles Demailly	1
—	Sœur Philomène	1
—	Quelques Créatures de ce temps	1
Guinaudeau	L'abbé Paul Allain	1
Gyp	Du Haut en Bas	1
—	Le Journal d'un Philosophe	1
Hennique (Léon)	Le Baron Sinaï	1
—	Minnie Brandon	1
—	L'accident de M. Hébert	1
Hervilly (E. d')	Histoires divertissantes	1
—	Histoires de Mariages	1
—	Contes pour les grandes personnes	1
—	Mesdames les Parisiennes	1
Houssaye (Arsène)	Les grandes Dames	1
—	La Femme fusillée	1
—	Madame Lucrèce	1
—	Rodolphe et Cynthia	1
—	Histoire d'une Fille du monde	1

		vol.
Malot (Hector)	Madame Prétavoine	2
—	Anie	1
—	Miss Clifton	1
—	Suzanne	1
—	Clotilde Martory	1
—	Marichette	2
—	Un Curé de province	1
—	Un Miracle	1
—	Séduction	1
Matthey	L'Étang des Sœurs grises	1
—	Zoé Chien-Chien	1
—	Le Mariage du Suicidé	1
—	La Bonne d'Enfants	1
—	Le Drame de la Croix-Rouge.	1
—	La Femme de Judas	1
—	La Brésilienne	1
—	La Revanche de Clodion	1
—	Les Amants de Paris	1
—	L'Enragé	1
—	Le Point noir	1
—	Un Gendre	1
—	Marcelle Mauduit	1
—	La Belle Fille	1
—	Le Billet de mille	1
—	189. H. 981	1
—	Le comte Amaury	1
—	Fatina	1
—	La Croix-Pater	1
—	Le Serment d'une mère	1
Mendès (Catulle)	Zo'har	1
—	Lesbia	1
—	La première Maîtresse	1
—	Grande-Maguet	1
—	Le Confessionnal	1
—	La Femme-Enfant	1
—	La Messe Rose	1
—	La Maison de la Vieille	1
—	Rue des Filles-Dieu, 56	1
—	Gog	2
—	Arc-en-Ciel et Sourcil-Rouge.	1
—	Le Chercheur de Tares	1
Méténier (Oscar)	Madame La Boule	1
—	La Lutte pour l'Amour	1
—	Zézette	1
—	Le Policier	1
—	Les Cabots	1
—	Le Beau Monde	1
—	Demi-Castors	1
—	Le 40e d'artillerie	1
—	L'Amour vaincu	1